S. Sagenroth

A. S. Tory

Roadmovie um die Suche
nach einer alten Single

IMPRESSUM

2. vollständig überarbeitete Auflage 2020
Covergestaltung: Stefan Hilden, hildendesign.de
Covermotiv: © HildenDesign, unter Verwendung mehrer Motive von Shutterstock.com
Foto Junge: © Myicahel Tamburini, São Paulo
Lektorat: Silvia Hildebrandt
Verlag und Druck: tredition GmbH, Halenreie 40-44, 22359 Hamburg
ISBN: 978-3-347-04255-1 (Paperback) 978-3-347-04256-8 (Hardcover)

Bibliographische Information der Deutschen Nationalbibliothek: Die Deutsche Nationalbibliothek verzeichnet diese Publikation in der Deutschen Nationalbibliografie, detaillierte bibliographische Daten sind im Internet über dnb.dnb.de abrufbar.

Inhalt

Prolog

Sonntag, 22.10.2017

Der abgestandene Geruch eines lange nicht mehr gelüfteten Raums. Kopfschmerzen. Schwacher Lichtschein blinzelt zwischen den Gardinen hindurch und beleuchtet abwechselnd das Chaos auf dem Fußboden: schmutzige Sockenknäuel, verdreckte Turnschuhe und ein undefinierbarer Haufen fleckiger Kleidung. Eine seltsame Maske und ein altes in Leder gebundenes Buch ragen aus einem Rucksack. Daneben liegen ein zerrissenes Zugticket und ein großer Tierzahn. Auf dem Plattenspieler rotiert David Bowies *Heroes* …

Ich hebe meine Hand und halte sie in den Lichtstreifen. Erschrocken ziehe ich sie zurück. Breite Kratzspuren laufen über meinen Arm, meine Fingernägel sind eingerissen und schwarz. Ich taste nach meinem Gesicht, meine Lippen sind aufgeplatzt, schmecken Blut. Verwirrt falle ich auf das Kopfkissen zurück und erinnere mich.

»Ich treibe«, erwiderte ich,
»mich selbst ein bisschen herum,
um die Welt zu sehen.«

Aus dem Leben eines Taugenichts
Joseph von Eichendorff

1. Mail to Sid

Samstag, 7.10.17

Es war der erste Samstagabend zu Beginn der Herbstferien. Lang ersehnt, und dann doch enttäuschend langweilig. Mit Mama hatte ich gerade wegen der letzten versemmelten Mathearbeit Krach gehabt. Urlaub war dieses Jahr nicht angesagt. Dazu reichte das Geld nicht, seitdem mein Vater uns verlassen hatte. Als einziges Ferienerlebnis warteten ab Montag die Nachhilfestunden. Die meisten aus meiner Klasse waren schon verreist. Carsten, der zwei Häuser weiter wohnte, war als Einziger daheimgeblieben.

Aber die ganzen Ferien durchzuzocken, war auch nicht das Wahre. Zwei öde Wochen lagen vor mir. Also hatte ich mich wie so oft in mein Zimmer zurückgezogen und fast alle meine Lieblingsplatten gehört. Wer sich darüber wundert: Ich sammle alte und neue Vinylplatten. Gerne hätte ich mal wieder im Recordstore gestöbert. Leider war sogar Sammy, der Ladenbesitzer, für ein paar Tage weg und hatte daher geschlossen. Außerdem reichte mein Taschengeld nicht mehr. Ich stellte mein Radio auf volle Lautstärke, surfte lustlos ein bisschen herum, schaute nach neuen WhatsApp-Nachrichten und checkte alle Mails. Schließlich sah ich sogar den Spamordner durch.

Und da war sie wieder. Die Mail, die ich in den letzten Wochen schon mehrmals gesehen und dann doch immer wieder nach kurzem Zögern gelöscht hatte.

tory@fantastico.com.

Und im Betreff: *Sid – ein Abenteuer für eine Geschichte*

Sid, das bin ich. Ich habe mich so genannt, bevor ich das Faultier aus Ice Age kannte. Dumm gelaufen. Aber eigentlich heiße ich Siegmund. Siegmund Sagenroth. Keine Ahnung, was sich meine Eltern damals dabei gedacht hatten. Auch vor fünfzehn Jahren war das kein Name, der in Mode war. »Sigmund-Freud'sche Fehlleistung« vermutlich, wie Mama manchmal halb spaßend, halb entschuldigend meinte. Oder eine blödsinnige Anlehnung an den sagenumwobenen Siegfried, wie unser Deutschlehrer erst letztens wieder betont und mich damit vor der ganzen Klasse zur Lachnummer gemacht hatte.

Und da kannte also jemand meinen Rufnamen und benutzte ihn in seiner Betreffzeile. Bloß ein Zufall? Die Neugier war an diesem Abend stärker. Also ein Klick, und mal schnell schauen, was sich dahinter verbirgt, dachte ich. Doch dann klappte richtig viel Text auf. Keine Werbung oder so was. Nein, ein Brief an mich persönlich. Ich sage Brief, weil er eben nicht so geschrieben war wie eine Mail, sondern wie ein richtiger Brief. Auch ein bisschen altmodisch. Genau das war mir sofort aufgefallen. Ich glaube, ich habe den Text zehnmal hintereinander gelesen, bevor ich ihn wirklich verstehen konnte, obwohl ich zwischendurch immer wieder überlegte, ihn einfach zu löschen und zu vergessen, weil mir beim Lesen etwas mulmig wurde.

Sid – Ein Abenteuer für eine Geschichte

Von: tory@fantastico.com

An: s.sage@web.de

Mein hochverehrter Sid,

ich schreibe diese Zeilen in dem Bewusstsein, dass es Zeit braucht, bis Sie wirklich bereit sein werden, meinem Anliegen Ihre Aufmerksamkeit zu schenken. Aber vielleicht ist nun der richtige Moment gekommen, meine Worte zu lesen und über mein Angebot nachzudenken. Sicherlich fragen Sie sich, ob ich mein Schreiben auch an andere Adressaten richte. Nein, ich habe nur Sie ausgewählt.

Kommen Sie zu mir. Es ist eine Reise, die sich lohnt und die Ihnen ein Ersatz sein wird für den ausgefallenen Urlaub mit Ihrer Familie. Sie werden die kurzweiligsten, spannendsten Ferien Ihres Lebens verbringen. Es benötigt dafür nur eine kleine Gegenleistung Ihrerseits. Sie sollen etwas suchen und mir am Schluss eine Geschichte schenken, Ihre persönliche Geschichte. Ich werde es Ihnen erklären, sobald Sie bei mir eingetroffen sind. Was Sie vorerst dafür tun müssen, ist lediglich, mir eine kurze Antwort zu schreiben. Dann packen Sie ein paar Sachen, die Sie gerne mitnehmen möchten. Geld benötigen Sie nicht. Da Sie noch nicht über ein eigenes Auto verfügen, schlage ich die Rei-

se mit dem Zug vor. Der Bahnhof befindet sich ja ganz in der Nähe Ihres Elternhauses, wie ich mich vergewissert habe. Dort wartet jemand auf Sie, der Ihnen alles Nötige für Ihre Fahrt mitgeben wird. Sie müssen sich nur vor den Schalter im Eingangsbereich stellen. Als Erkennungszeichen tragen Sie doch bitte Ihre rote Mütze. Und nennen Sie dem Herrn, der Sie ansprechen wird, meinen Namen. Allerdings sollten Sie keinem von unserem Ferienplan erzählen. Auch diese Mail muss nach Ihrer Entscheidung gelöscht werden. Aber es wird sich lohnen. Denken Sie über alles in Ruhe nach. Ich würde mich freuen, Sie in meinem Haus zu empfangen und Ihnen eine unvergessliche Zeit zu ermöglichen.

Mit freundlichen Grüßen,

A. S. Tory

Was macht man, wenn man so etwas liest? Natürlich, die meisten werden sagen: Totaler Blödsinn. Schon die Mailadresse »Fantastico.com« klang ja nicht sehr seriös. Und dann dieses »hochverehrt.« Wie kann man so etwas auch nur eine Sekunde ernst nehmen? Aber an diesem Abend war alles nun einmal anders. Das Schreiben war eine willkommene Ablenkung. Also, so sagte ich mir, gehen wir mal mit etwas Verstand an die Sache: Die Mail war hier auf meinem Computer. Da gab es keinen Zweifel. Der Verfasser, dieser Herr Tory, schien mich irgendwoher zu kennen. Er wusste, dass ich Ferien hatte und nicht verreist war. Er kannte meinen Namen. Meinen Wohnort. Sogar meine rote

Mütze. Aber woher? Wohnte er bei uns in der Nähe? Dann bräuchte es wohl kaum eine Reise mit dem Zug, um ihn zu erreichen. Wollte ich das überhaupt? Was wusste ich über Herrn Tory? Eigentlich nichts. Und was war das für ein seltsamer Typ, der Interesse daran haben konnte, mich zu kontaktieren? Sollte ich doch das Ganze besser gleich vergessen, löschen, schnell hier aus dem Zimmer flüchten und mich eine Runde mit meiner Mutter und meinem Bruder Ferdinand rumärgern? Nicht wirklich. Zu Carsten rüber gehen? Nein, dafür war's heute auch schon zu spät. Die Alternativen waren heute und die nächsten Tage etwas dürftig. Nach diesen Überlegungen traf ich eine Entscheidung. Ich würde Herrn Tory eine Antwort schicken. Also setzte ich mich an den Computer und schrieb hastig folgende Worte:

Re: Sid – Ein Abenteuer für eine Geschichte

Von: s.sage@web.de

An: tory@fantastico.com

Sehr geehrter Herr Tory, Ihr Angebot klingt ja ganz gut. Aber ich weiß zu wenig über Sie. Daher bin ich mir nicht sicher, ob ich wirklich darauf eingehen kann. Bitte schreiben Sie noch etwas mehr über sich und das, was mich erwartet.

Sid

Klick und weg. Ich starrte auf den Bildschirm. Als ich gerade dachte, es würde mit einer Antwort bestimmt etwas länger dauern, sah ich, dass ich neue Post hatte:

Re: Re: Sid – Ein Abenteuer für eine Geschichte

Von: tory@fantastico.com

An: s.sage@web.de

Mein verehrter Sid,

hoch erfreut habe ich Ihre Antwort gelesen. Ich verstehe Ihre Bedenken. Das Wesen des Abenteuers ist nun einmal, dass man nicht genau weiß, worauf man sich einlässt. Über meine Person kann ich in der Kürze auch nur so viel sagen, dass ich ein paar Jährchen älter bin als Sie und ich mich nun, da meine besten Jahre hinter mir liegen, darauf spezialisiert habe, Geschichten zu sammeln. Mich interessieren Ihre Geschichte, Ihr Abenteuer und Ihr Mut, den Sie nur dadurch unter Beweis stellen können, indem Sie meinem zugegebenermaßen ungewöhnlichen Angebot folgen. Ich hoffe zuversichtlich auf Ihre Antwort. Ihre Reise kann schon heute beginnen. Wenn Sie sich beeilen, erwischen Sie noch kurz nach 22.00 Uhr den Nachtzug.

Mit freundlichen Grüßen,

A. S. Tory

Wirklich viel erfahren hatte ich dadurch nicht … *Ihre Reise kann schon heute beginnen* … vermutlich waren es diese Worte, die mir nicht mehr aus dem Kopf gingen. Gedankenverloren stand ich auf und sah mich in meinem Zimmer um. Was würde ich denn auf so eine Reise überhaupt mitnehmen wollen?

Ich betrachtete meinen Rucksack, der noch immer unausgepackt in der Ecke stand. Das halbe Pausenbrot in der Frühstücksdose. Kurzerhand leerte ich ihn aus, ging dann zum Kleiderschrank und griff mir zwei T-Shirts, eine zweite Jeans und Unterwäsche heraus, schnappte mir dann eine noch halbvolle Tüte Gummibärchen, mein Handy und den iPod aus dem Regal. Ich schlich ins Bad, um mir Zahnbürste, Zahnpasta und Duschgel und ein kleines Handtuch zu holen. All das stopfte ich dann in meinen Rucksack.

Im Flur standen meine Turnschuhe. In der Jacke, die an der Garderobe hing, steckten noch ein paar Euro. Ich bräuchte ja angeblich kein Geld. Tja, und nun? Ich ging in mein Zimmer zurück, schaute ängstlich auf den Rucksack und dann auf den flimmernden Bildschirm. Sollte ich wirklich zusagen?

21.15 Uhr. Mein kleiner Bruder war bereits über eine Stunde im Bett. Meine Mutter saß wohl noch in ihrem Arbeitszimmer. Manchmal schaute sie spät zu mir herein, vergewisserte sich in der Regel aber nur, ob das Licht aus war und ich nicht noch am Computer saß. Da wir im Parterre wohnten, könnte ich leicht aus dem Fenster steigen, ohne dass es jemand bemerkte. Aber was würde sie sagen, wenn ich morgen früh nicht da wäre? Von Herrn Tory durfte ich nichts erzählen. Eine kleine Nachricht wäre vielleicht doch gut. Schnell kritzelte ich ein paar Worte auf ein Blatt Papier:

Liebe Mama, lieber Ferdi,

ich verreise. Macht euch aber keine Sorgen. Werde rechtzeitig zum Ferienende wieder da sein. Lateinnachhilfe muss dann doch ausfallen. Das spart dir aber auch Geld. Bitte nicht böse sein, aber hier wäre es die zwei Wochen echt langweilig gewesen.

Sid

Vorsichtig faltete ich den Zettel und legte ihn halb unter den Laptop, damit meine Mutter ihn nicht sofort finden konnte. Sollte ich wieder schneller als erwartet zurück sein, wäre die Nachricht vielleicht doch etwas blöd und würde nur unnötig Stress machen.

Jetzt blieb nur noch die Antwort an Herrn Tory und das anschließende Löschen der Mails. Ich setzte mich vor den Laptop und überlegte kurz. Dann schrieb ich.

Re: Re: Re: Sid – Ein Abenteuer für eine Geschichte

Von: *s.sage@web.de*

An: tory@fantastico.com

Sehr geehrter Herr Tory, ich habe meine Sachen gepackt. Ich hoffe, ich werde es nicht bereuen. Ich werde jetzt zum Bahnhof gehen. Bin gespannt, ob dort wirklich die versprochene Abenteuerreise beginnt. Bis dann.

Sid

Meine Hand hielt eine Weile über der Computermaus inne. Dann klickte ich auf »Senden.« Ich löschte anschließend den Posteingang und meine gesendeten Mails und fuhr den Computer herunter. Ich zog Jacke, Mütze und Turnschuhe an, schulterte meinen Rucksack, lauschte noch kurz an der Tür. In der Wohnung war alles still. Mittlerweile war es schon 21.30 Uhr. Ich machte alle Lichter im Zimmer aus, kletterte vorsichtig auf meinen Schreibtisch und öffnete das Fenster. Mit einem Satz sprang ich in den Vorgarten und zog das Fenster wieder hinter mir zu.

Es war windstill. Eine klare, aber schon kühle Herbstnacht. Der Hauptbahnhof war ungefähr eine Viertelstunde von uns entfernt. Wie ein Dieb schlich ich durch die Wohnstraßen, bis ich in den beleuchteten und noch belebten Bereich rund um den Bahnhof kam. Die ganze Zeit über versuchte ich, die Stimme in meinem Kopf zu ignorieren, die mir sagte, dass das, was ich da gerade machte, total irrsinnig war. Ich ballte trotzig meine Hände in meinen Jackeninnentaschen, die paar Euro umklammernd wie einen Talisman.

Endlich sah ich vor mir das Bahnhofsgebäude. Samstagabend war hier doch noch viel los. Ich näherte mich dem Schalterbereich. Wenn der angekündigte Typ nicht käme, würde ich wieder kehrtmachen. Unsicher schob ich meine rote Mütze auf dem Kopf hin und her. Hoffentlich begegnete mir niemand, den ich kannte. Dann wäre ich etwas in Erklärungsnot.

Es kam mir vor wie eine Ewigkeit. Ich war schon zigmal auf und ab marschiert, tat so, als würde ich die Fahrpläne studieren und verfluchte diese ganze bescheuerte Idee, als mich von hinten jemand antippte. Erschrocken drehte ich mich um und blickte in die großen, ernsten Augen eines kleinen, dunkelhäutigen Mannes mit schwarzen Haaren.

»Are you Mr. Sagenroth?«, fragte er mich. »Can you tell me the name of the gentleman?«

Ich hatte nicht damit gerechnet, auf Englisch angesprochen zu werden. Unsicher stammelte ich: »Ähm, yes. Ähm … Mr. Tory.«

Der Mann nickte. »Please follow me.« Er bedeutete mir mit der Hand, ihm zu folgen. Mit schnellen Schritten durchquerten wir den Bahnhof und fuhren dann mit der Rolltreppe zu Gleis acht. Dort wartete bereits ein Zug. Eilig zog der kleine Mann mich bis zum Einstieg und drückte mir einen Zettel, eine Fahrkarte und ein Portemonnaie in die Hand. »All you need is this.« Er schaute mich noch einmal eindringlich an, dann huschte ein kleines Lächeln über sein Gesicht. »Good luck!«

Ehe ich etwas sagen konnte, war er jedoch verschwunden. Ruckartig setzte sich der Zug in diesem Moment in Bewegung. Schnell sprang ich hinein, suchte mir einen Platz in einem leeren Abteil und starrte aus dem Fenster in die Dunkelheit. Mit dem gleichmäßigen Rattern strömten die Gedanken auf mich ein.

Die Reise hatte begonnen, noch kannte ich mein Ziel nicht. Mit zitternden Händen zog ich den Zettel, die Fahrkarte und das Portemonnaie hervor. Jetzt wollte ich doch wissen, wohin ich in dieser Nacht fahren würde.

2. Die Reise beginnt

Ich besah mir den Ticketausdruck:

Hannover Hbf 22.16

Paris Gare de l'Est 9.24

Paris Gare du Nord 11.30

London St. Pancras 12.30

Das sollten nun meine Stationen in den nächsten Stunden sein. Vorsichtig entfaltete ich den beigefügten Zettel und las:

Mein lieber Sid,

ich gratuliere Ihnen zu Ihrem ersten Schritt ins Abenteuer. Ihre Route haben Sie der Fahrkarte sicherlich bereits entnommen. Sollten Sie zwischenzeitlich Hunger oder Durst verspüren, können Sie gerne etwas im Bahnrestaurant zu sich nehmen. Der Inhalt des Portemonnaies dürfte dafür reichen. Erstes Etappenziel wird für Sie also Paris sein. Sie haben dort zwei Stunden Zeit. Nutzen Sie die für ein Frühstück. Das Geld wird auch für ein Reiseandenken reichen. In London werde ich Sie erneut durch einen Herrn in Empfang nehmen lassen. Erkennungszeichen bleiben Ihre rote Mütze und mein Name.

Man wird Sie dann zu meinem Wohnsitz fahren. Ich wünsche Ihnen noch eine angenehme Reise.

Es grüßt Sie

Ihr A.S. Tory

Herr Tory erwartete mich demnach in London oder zumindest in der Nähe von London. Hätte ich mir bei seinem Namen und dem Englisch sprechenden Pakistani am Bahnhof ja fast denken können. In London war ich noch nie. Cool! Die Stadt mit den genialsten Plattenläden!

Beim Blick ins Portemonnaie haute es mich echt von den Socken und ich vergaß fast die Angst und die Aufregung, die mich kurz zuvor noch gepackt hatten. Ich zählte mehrmals nach. 300 Euro und 200 englische Pfund lagen fein säuberlich gefaltet in der Brieftasche. So viel hatte ich noch nie auf einmal besessen. Und die Zugfahrt bezahlen musste ich ja auch nicht. Aber vielleicht sollte das ja die nächsten zwei Wochen reichen. Keine Ahnung. London war sicherlich teuer.

»Die Fahrkarte bitte!«

Hastig steckte ich mein Portemonnaie und den Zettel von Tory beiseite und reichte dem Schaffner mein Ticket.

»So jung und zu so später Stunde noch allein unterwegs?« Der dicke Schaffner schaute mich freundlich an. Es fiel mir schwer, auf die Schnelle eine passende Antwort zu finden.

»Ja, ich fahre zu meinem Vater.« Wie bescheuert war das denn? Ausgerechnet meinen Vater zu nennen, von dem ich seit zwei Jahren fast nichts mehr gehört hatte, und daher längst aus meiner Erinnerung streichen wollte.

»Nun, dann mal gute Reise. Da hast du ja noch ein paar Stündchen vor dir.«

Plötzlich verspürte ich gewaltigen Hunger. Hatte ich mich doch am frühen Abend, ohne viel zu essen, in mein Zimmer zurückgezogen. Schon jetzt schien mir das eine Ewigkeit her zu sein. Das Bordrestaurant befand sich im übernächsten Waggon, zu so später Stunde ziemlich leer. Ein junges Pärchen war in ein Gespräch vertieft. An einem Einzeltisch saß ein älterer Mann mit einem Glas Bier und starrte ins Dunkle hinaus. Auf der Theke lagen noch ein paar belegte Brötchen, Snacks und Süßigkeiten und es gab eine kleine Auswahl an Getränkedosen und -flaschen. Ich wählte ein Käsesandwich und eine Cola. Zwar wäre es verlockend gewesen, sich ein Bier zu holen, aber das hätte ich bestimmt nicht bekommen. Mit meinen fünfzehn Jahren sah ich nicht besonders alt aus. Bislang hatte noch nie jemand zu mir »Sie« gesagt. Das hatte mich bei den Briefen von Tory am meisten amüsiert, gefiel mir aber auch sehr, wie ich zugeben musste.

Die junge blonde Frau an der Theke musterte mich neugierig. »Biste auf Interrailtour?«

Ich murmelte nur ein kurzes »Hm, ja«, schob ihr einen Zehn-Euro-Schein hin und hoffte, dass es bei diesem Smalltalk bleiben würde. Vermutlich etwas enttäuscht über meine Wortkargheit, schob die Bedienung mir das Wechselgeld zu und sagte dann nur: »Na, dann mal guten Appetit.« Nachdem ich kurz »Danke und Tschüss« gemurmelt hatte, machte ich mich rasch auf den Rückweg. Da es mittlerweile schon auf halb zwölf zuging, waren die Abteile zwischen dem Restaurant und meinem dunkel. Die meisten schliefen bereits.

Nur zwei Männer mittleren Alters unterhielten sich leise, ein älterer Herr döste vor sich hin, den Kopf leicht gegen die Scheibe gelehnt und im übernächsten saß ein Ehepaar mit zwei kleineren Kindern. Ich fing wieder an zu grübeln. Etwas komisch war das Ganze ja schon. Wie konnte dieser Mr. Tory das alles so einfach organisieren? Wie hatte er es überhaupt geschafft, so schnell jemanden zum Bahnhof zu schicken? Er hatte doch vorher gar nicht gewusst, ob und wann ich mich zu meiner Reise entschließen würde. Doch irgendwie war es mir unangenehm, über diese Dinge nachzudenken. Schnell suchte ich mein Abteil wieder auf.

Ich brauchte irgendetwas, um mich abzulenken. Als Erstes verschlang ich mein Sandwich und klickte mir dann meine Cola auf. Ich holte meinen iPod hervor, stöpselte mir die Kopfhörer ein und wählte meine Lieblingsplaylist. Dann nahm ich mein Smartphone und wischte mich durch ein paar Apps. Allerdings war nach einer halben Stunde der Akku bereits halb leer. Hektisch kramte ich in meinem Rucksack. War ja klar, Sid, du alter Trottel, die Powerbank und das Ladekabel hatte ich vergessen. Vielleicht eine oder zwei Stunden noch, dann würde mein Handy aus sein.

Es war nun Mitternacht. Wenn mein Verschwinden meiner Mutter jetzt noch nicht aufgefallen war, schlief sie vermutlich schon lange. Sollte ich sie anrufen? Aber was konnte ich überhaupt sagen?

Hey, Mama. Habe Mist gebaut. Kannste mich irgendwo zwischen Deutschland und Frankreich abholen?

Nein, das ging nun wirklich nicht. Auf halber Strecke schon zu kneifen. Siegmund, du sagenhaftes Hasenherz, das wäre nun wirklich feige.

Ich starrte in die Dunkelheit hinaus, ohne zu wissen, wo ich gerade vorbeifuhr. Meine Geographiekenntnisse waren nicht die besten. Das gleichmäßige Rattern des Zuges hatte aber etwas Beruhigendes.

Irgendwann schlief ich dann doch ein.

Sonntag, 8.10.17

Das Quietschen der Zugbremsen weckte mich auf. Ich sah aus dem Fenster. Es war immer noch dunkel. Auf dem schwach beleuchteten Bahnhof konnte ich das Schild »Saarbrücken« erkennen. Ich griff nach meinem Handy. Das Display war schwarz. Akku leer.

Die Tür zum Zugabteil öffnete sich und zwei Mädchen mit schweren Rucksäcken kamen herein. »Ist hier noch frei?«

»Ja«, antwortete ich, hätte gerne ein »leider« ergänzt, denn eigentlich hatte ich keine Lust auf die Gesellschaft von den beiden. Ich spürte das Ruckeln des Zuges. Es ging also weiter. Nun gut, lieber Sid. Du wolltest dein Abenteuer. Also zieh das jetzt auch durch. Die Mädchen verstauten ihre Sachen in der Gepäckablage und quatschten eine Weile aufgeregt miteinander. Gerade wollte ich mir meinen iPod wieder einstöpseln, um einem Gespräch mit ihnen zu entgehen, da sprach mich die kleinere von den beiden an. »Machste auch einen Paris-Trip?«

»Nee. Mach da nur einen Zwischenstopp.«

»Und wohin fährste dann?«

»Nach London.«

»Hey, Renate. Dahin könnten wir auch noch fahren.«

Renate hatte eine bunte Brille auf der Nase und einen eigenartigen Fransenschnitt. Viel zu enge Jeans und eine zu knappe lila Bluse. Die andere, die mich angesprochen hatte, sah schon etwas netter aus. Braune lange Haare, klein und schlank. Lustige Stupsnase. Trotzdem wär's mir lieber gewesen, hätte mich die Stupsnase in Ruhe gelassen. Aber nein, da war jemand hellwach. Und hatte anscheinend Lust, sich zu unterhalten.

»Wir machen unseren ersten Trip nach Frankreich. Zuerst wollen wir ein paar Tage in Paris bleiben. Aber London ist natürlich auch klasse. Was machste denn da? Und wie heißt du eigentlich?«

Da ich nicht viel Zeit zu überlegen hatte, wählte ich dieses Mal eine andere Variante. »Ich heiße Sid und ich besuche einen Freund von meinem Vater in London. War vorher auch noch nie dort.«

»Cooler Name. Und wie lange bleibste dann da? Die ganzen Herbstferien?« Manchmal hat es echt einen Vorteil, wenn jemand viel redet. Da werden einem die Antworten schon vorher in den Mund gelegt. Ich bestätigte, dass ich die Ferien in London verbringen würde. Dann nahmen mir die beiden Mädchen die Gesprächsführung weitgehend ab. Sie erklärten mir, dass die Fahrt so etwas wie das letzte Highlight vorm Abi-Stress sein sollte. Außerdem belegten beide Französisch als Leistungskurs und wollten auf diese Weise ihre Sprachkenntnisse verbessern. Erleichtert stellte ich fest, dass ein Trip nach London dann nicht wirklich viel Sinn machte. Da kam die Frage von Renate, wo ich denn in London wohnen würde. Mist. Was sollte ich sagen? Irgendeine Adresse erfinden? Oder zugeben, dass ich in Wirklichkeit keinen blassen Schimmer hatte, wo dieser Tory lebte.

»Der Freund von meinem Vater wohnt am Piccadilly Circus.«

Blöder konnte meine Antwort wohl kaum sein. Fast hätte ich losgekichert bei der Vorstellung, dass ich direkt neben der Reklametafel von Coca-Cola ein Zimmer hatte und fröhlich aus dem Fenster gucken würde, um täglich Tausenden von Touristen zuzuwinken. Außer diesen Reklametafeln kannte ich eigentlich nichts vom Piccadilly Circus. Ich wusste nicht einmal, ob es da überhaupt Wohnungen gab. Meine beiden Gesprächspartnerinnen kannten sich anscheinend auch nicht aus und zeigten sich schwer beeindruckt. »Wow! Ist aber bestimmt ganz schön viel los da. Dann kannste ja jeden Tag die roten Busse sehen. Hey Renate, sollen wir nicht doch am Schluss einen Abstecher nach London machen und Sid besuchen?«

Zum Glück zeigte sich Renate weniger interessiert. Sie schaute mich die ganze Zeit durch ihre bunte große Brille ziemlich kritisch an. Ich stellte sie mir jetzt schon als spätere Französischlehrerin vor und hörte sie mit schriller Stimme sagen: »Reise heißt weujaasch, nicht weujitsch, Herr Sagenroth. Wir sind hier nicht im Englischunterricht.«

Ich hatte Französisch nach Latein und Englisch nun zwar seit zwei Jahren, war aber nicht besonders gut darin. Für Latein als erste Sprache hatte ich mich aufgrund der falschen Annahme entschieden, wir würden dann die ganze Zeit Asterix lesen.

Renate wollte von mir den Namen des Freundes und die genaue Adresse wissen. Also war ich gezwungen, etwas weiter zu flunkern und erzählte ihnen, der Bekannte hieße Sir Arthur Tory, sei ein Mitglied der Labour Party und er hätte eine riesige Wohnung am Piccadilly Circus Nummer Zwei, direkt neben der Coca-Cola-Tafel eben. Das einzig Gute an solchen irrsinnigen Gesprächen mit zwei schwatzhaften Mädchen ist, dass die Zeit nahezu verfliegt. Während wir uns unterhielten, wurde es draußen hell.

Fast pünktlich gegen halb zehn traf der Zug am Gare de l'Est ein. Eilig suchte ich den Gare du Nord. In diesem Gewimmel hatte ich Mühe, mich zu orientieren. Doch nach einer Weile fand ich den Bahnsteig, an dem mein Anschlusszug in zwei Stunden abfahren würde. Ich kaufte mir Croissants und Getränke. Aus einem Anflug von Ferienlaune wählte ich auch noch eine besonders kitschige Karte vom beleuchteten Eiffelturm. Im Vordergrund eine grinsende Katze mit schwarzem Clochardmützchen, Kussmündchen und einem Baguette zwischen den Pfoten. »Bons baisers de Paris.« Die könnte ich ja Ferdi schicken. Dann suchte ich mir eine Bank und stöpselte mir den iPod ein. Mit meinem persönlichen Soundtrack im Ohr fand ich das Ganze schon echt abgefahren und irgendwie sogar erstmals richtig gut. Ich betrachtete meine Umgebung, als wäre sie ein Videoclip. Menschen unterschiedlichster Hautfarbe und Herkunft kamen und gingen. Verschleierte Frauen, Männer mit langen Bärten, im schicken Businesslook gekleidete Geschäftsleute, Afrikaner in langen bunten Kaftanen, Familien mit schreienden Kleinkindern, gammlige Typen mit hängenden Hosen und Baseballkappen.

Der Zug nach London fuhr ein und ich kämpfte mich zu einem Einstieg durch. Schließlich fand ich einen Platz im vorletzten Waggon. Mit mir im Abteil saßen drei junge Franzosen, ein älterer Mann und eine Frau mittleren Alters. Sie schloss sogleich die Augen, der Mann verschanzte sich hinter einer großen englischen Tageszeitung und die drei Franzosen vertieften sich in ein lebhaftes Gespräch. An mir schien diesmal niemand Interesse zu haben und das war auch gut so. Mit etwas Verspätung startete der Zug. Da ich selbst ziemlich müde war, verbrachte ich die meiste Zeit dösend. Während wir durch den Channel fuhren, war mir kurz etwas mulmig zumute. Die Vorstellung, dass über mir Tonnen von Wasser waren, war schon seltsam.

St. Pancras. Quietschend setzten die Bremsen zum Anhalten ein. Mit wackligen Beinen erhob ich mich und steuerte mit vielen anderen den Ausstieg an. Auf der Plattform des Bahnsteigs angekommen, drehte ich mich erst einmal in alle Richtungen um und bestaunte das riesige Bahnhofsgebäude. Ich setzte meine rote Mütze auf. Wie schon bei meiner

Hinfahrt fragte ich mich, ob mich wirklich jemand finden und ansprechen würde. Wieder kam mir das Warten wie eine halbe Ewigkeit vor. Doch dann sah ich einen schlanken, älteren Mann in schwarzem Mantel zielsicher auf mich zusteuern. Er blieb vor mir stehen. »Mr. Sid Sagenroth?«

Ich nickte, schluckte und nannte meine Erkennungsformel: »Mr. Tory.« Der Mann nahm mir mit einem leichten Stirnrunzeln den Schulrucksack ab und forderte mich auf, ihm zu folgen.

Wir bahnten uns unseren Weg durch die Menschenmassen, bis wir ins Freie gelangten. Staunend sah ich an den alten Gebäuden hinauf und kam mir vor, als wäre ich mitten in Harry Potter gelandet.

Vor einer schwarzen, langen Limousine blieben wir stehen. Der schweigsame Herr öffnete eine der Hintertüren und wies mich an, dort einzusteigen. Ich rutschte auf die Rückbank, befühlte die vermutlich sündhaft teuren, hellbeigen Lederbezüge und lehnte mich in den bequemen Sitzen zurück. Der Motor startete lautlos, und Teil zwei meiner Abenteuerreise konnte beginnen. Jetzt sollte es nicht mehr lange dauern und ich würde Herrn Tory endlich kennenlernen. Unruhig nestelte ich an meinem Rucksack herum, starrte auf die an mir vorbeiziehenden hohen Gebäude, die mir teilweise doch sehr bekannt vorkamen, und wagte es nicht, den schweigsamen Chauffeur etwas zu fragen.

3. Mr. Tory

Ich schaute durch die getönten Fenster. Wir hatten eine der verdammt teuren Gegenden Londons erreicht. Hinter breiten umzäunten Vorgärten und alten Bäumen versteckten sich Villen, wie ich sie noch nie zuvor gesehen hatte. Der Wagen wurde plötzlich langsamer. Ein hohes, kunstvoll verziertes Eisentor öffnete sich wie von Geisterhand.

Lautlos glitt die Limousine in die Einfahrt und rollte dann im Schritttempo über einen Kiesweg auf eine alte rostrote Villa mit weiß umrandeten Fenstern zu. Mein Chauffeur hielt an, stieg aus und öffnete meine Tür. »Here we are.« In seinen Augen sah ich eine Sekunde lang fast so etwas wie ein kleines belustigtes Grinsen, dann nahm er meinen Rucksack entgegen.

Noch bevor wir die Treppenstufen zu der Haustür hochgestiegen waren, öffnete sie sich bereits und ein Mann in schwarzem Frack, mit weißem Hemd und weißen Handschuhen erschien im Eingang. Als ich ihm entgegentrat, lächelte er freundlich, verbeugte sich und begrüßte mich mit »Welcome Mr. Sagenroth.«

Während ich noch überlegte, ob dies Mr. Tory sei, nahm der Mann mir schon meine Jacke ab und sagte fröhlich: »Mr. Tory is already waiting for you.« Unschlüssig blieb ich inmitten einer gefliesten Eingangshalle stehen. Ich tappte nervös auf der Stelle, denn ich hatte vor lauter Aufregung dann doch das dringende Bedürfnis, erst einmal auf Toilette zu gehen. Mr. Torys Hausdiener nickte verständnisvoll und führte mich zu einer Seitentür, öffnete sie und wies mit einer freundlichen Geste auf das Badezimmer. Ich betrat einen mit Mosaikfliesen ausgestatteten luxuriösen Raum. An dem Waschtisch drehte ich die geschnörkelten Messinghähne auf und wusch mir ausgiebig mein Gesicht, dann betrachtete ich mich in dem großen Spiegel. Ich sah müder aus als sonst, Haare noch verwuschelter und mit nicht besonders viel siegfriedhaftem Mut im Blick. Siegmund Sagenroth. Da bist du nun. In London, in einer fremden Villa. Ich konnte es kaum fassen.

Anschließend führte mich der Hausdiener durch die Halle zu einer hohen, bunt verzierten Tür …

»Wie abgefahren!« Der Raum war riesig, fast so groß wie unsere Schuleingangshalle, bestimmt größer als unsere gesamte Wohnung. Direkt ins Auge fielen die bis zur Decke reichenden, randvollen Bücherschränke aus dunklem, glänzendem Holz, teilweise mit Glastüren davor. Lange Leitern lehnten an den Schränken. Zwischen Fenstern mit schweren, dunkelgrünen Samtvorhängen hingen zahlreiche Gemälde. Am Boden dicke, bunte Teppiche. Mittendrin ein riesiger Klavierflügel und mannshohe Statuen. Überall

Ledersessel und Sofas, kleine Tische und hohe Grünpflanzen. So eine Einrichtung in einem Privathaus hatte ich noch nie gesehen.

Plötzlich hörte ich ein leises Hüsteln hinter mir. Erst jetzt merkte ich, dass in einer dunklen Ecke des Raums jemand saß. Zögernd schritt ich auf die versunkene Gestalt zu.

Eine etwas heisere, aber angenehm klingende Männerstimme ertönte: »Herzlich willkommen, mein lieber Sid. Ich freue mich sehr, Sie hier bei mir empfangen zu können. Kommen Sie näher! Ich bin untröstlich, Ihnen nicht entgegen kommen zu können. Doch leider ist es mir nicht mehr vergönnt, auf meinen eigenen Beinen sicher zu stehen.«

Vor mir saß ein kleiner, sehr hager und gebrechlich wirkender Herr in einem hellgrauen Anzug mit dunkelroter Weste und einem gemusterten Halstuch. Leuchtend weiße Haare und unzählig viele Falten im Gesicht. Ein steinalter Mann. Doch seine blauen Augen blickten mich hellwach und äußerst lebendig an. Er streckte mir seine von Altersflecken übersäte Hand entgegen, die dann aber erstaunlich fest und energisch meine zitternde und schweißnasse Hand schüttelte.

»Wie war Ihre Reise?«

Ich brachte nur ein krächzendes »Ähm. Danke. War ganz okay« heraus.

»Setzen Sie sich doch bitte zu mir und erfrischen Sie sich. Möchten Sie vielleicht auch noch einen Tee?«

»Nein … vielen Dank, das Wasser reicht.«

Nachdem ich im gegenüberstehenden Ledersessel vorsichtig Platz genommen hatte, trank ich einen Schluck aus dem bereitstehenden Wasserglas, äugte zu einem ziemlich lecker aussehenden Sandwichberg, wagte aber noch nicht, mir davon etwas zu nehmen. Unsicher sah ich nun Mr. Tory an. Das war also der Mann, der mich dazu veranlasst hatte, eine Reise ins Ungewisse zu machen und von zu Hause abzuhauen. Als hätte Mr. Tory meine Gedanken erraten, sagte er: »Mein lieber Sid. Als Erstes muss ich mich vielmals dafür entschuldigen, dass ich Sie mit meiner Bitte so einfach überfallen und Ihnen diese Reise abverlangt habe. Es war ganz sicher nicht einfach für Sie, so schnell eine Entscheidung zu treffen, ohne wirklich zu wissen, was Sie erwartet.« Er machte eine kurze Pause, lächelte mich an und fuhr dann fort: »Vermutlich befürchten Sie nun, Ihre Mutter und Ihr Bruder machen sich große Sorgen. Um Ihnen, lieber Sid, diese Gewissensbisse zu nehmen, habe ich mich darum bereits gekümmert. Möglicherweise ist Ihre Mutter zurzeit etwas verwundert, aber sie ist fürs Erste beruhigt.«

Ich hätte gern gehört, was er sich da ausgedacht hatte. Gerade wollte ich zu einer Frage ansetzen, da sprach Mr. Tory bereits weiter. »Um Ihre Familie müssen Sie sich die nächste Zeit kein Kopfzerbrechen machen. Jetzt essen Sie erst einmal etwas, ich sehe doch, dass Sie hungrig sind. Lassen Sie sich nicht von mir stören. Danach möchte ich mit Ihnen über unser Vorhaben sprechen.«

Tatsächlich knurrte mir der Magen, und so schnappte ich mir eines der Sandwichs. Dabei schaute ich mich wieder in der Bibliothek um, natürlich auch, um der etwas peinlichen Situation zu entgehen, beim Essen von Mr. Tory beobachtet zu werden. Dieser hatte sich freundlicherweise mit seinem Sessel etwas zur Seite gedreht und sich dem auf einem weiteren Seitentisch stehenden Laptop zugewandt.

Ob er von diesem Platz aus die Mails an mich geschickt hatte? Organisierte er von hier aus alles? Ich hatte so viele Fragen. Hoffentlich konnte ich ihm die endlich stellen. Also, was war mit diesem Abenteuerding? Meine Güte, Sid, es wird Zeit, hier mal das Gespräch selbst in die Hand zu nehmen. Als ich mein zweites Sandwich verschlungen hatte und mich etwas gestärkt fühlte, räusperte ich mich und schaffte es endlich, Herrn Tory gegenüber meinen ersten vollständigen Satz zu sagen. »Mr. Tory, ich würde nun doch gerne wissen, was Sie mit mir vorhaben … Was soll das für ein Abenteuer werden …?«

Herr Tory wandte sich mit einem freundlichen Blick mir wieder zu. »Vielleicht sind Sie sich nicht ganz dessen bewusst, aber Ihr Abenteuer hat bereits in dem Moment begonnen, als Sie mir Ihre E-Mail schickten, Ihre Sachen packten und aufgebrochen sind. Möglicherweise war das sogar der mutigste Teil, selbst wenn Sie sich um die Reiseroute keine Gedanken machen mussten. Aber wie fast bei allem, ist der Anfang oftmals am schwierigsten.«

Er nippte an seinem Tee und fuhr fort. »Natürlich soll Ihr eigentliches Abenteuer nun hier beginnen. Da Sie ja noch nie in London waren, sollen Sie bereits heute Abend dazu Gelegenheit bekommen, diese wunderbare Stadt etwas kennenzulernen. Ihre erste Aufgabe darf es sein, mir in einem Antiquariat eine seltene Buchausgabe zu besorgen. So haben Sie die Möglichkeit, einen kleinen Einblick in das alte London und in die Welt der Bücher zu bekommen. Ich habe einen besonderen Gefallen an Büchern und auch an allen anderen alten Medien, ja, ich bin ein passionierter Sammler.« Dabei wies er auf die vollen Bücherregale. Ich betrachtete sie wieder und war immer noch beeindruckt. »Sie haben ziemlich viel gesammelt …« Tory lächelte und räusperte sich dann. »Ja, das kann man so sagen. Nun … damit Sie mehr von London sehen, schlage ich Ihnen vor, den Weg zu Fuß von hier mit der U-Bahn zu meistern. Als Bedingung stelle ich allerdings, dass Sie auf Ihr Handy verzichten. Sie werden auf diese Weise bessere Eindrücke sammeln können. Ich möchte Sie gerne in die nicht-digitale Welt schicken … Das wird Ihnen mal ganz guttun, lieber Sid …« Er sagte das mit einem Schmunzeln. Mich machte seine Bemerkung einigermaßen verlegen. Er aber achtete nicht weiter darauf, sondern fuhr fort: »Die Adresse des Antiquariats bekommen Sie natürlich. Ich sage Ihnen gleich, es ist nicht ganz einfach zu finden … aber Sie schaffen das. Davon bin überzeugt.« Mr. Tory blickte auf seine Armbanduhr. »Ich vermute, dass Sie sich in den nächsten Stunden etwas ausruhen möchten. Außerdem ist das abendliche London noch viel reizvoller. Wie auch überhaupt die meisten Abenteuer erst im Dunkeln entstehen …« Er machte hier eine Pause und schaute mich aufmunternd an. »Haben Sie hierzu Fragen, mein lieber Sid? Nur zu, stellen Sie sie.«

Ich überlegte. Das mit dem Handy gefiel mir nicht wirklich gut. Leider fehlte mir ein Aufladekabel. Sonst hätte ich das Verbot ignoriert. Aber das konnte ich ihm kaum sagen. Daher fragte ich nach dem, was immer noch am seltsamsten war. »Warum ausgerechnet ich? Und was soll ich suchen? Und wie meinen Sie das mit der Geschichte?«

Tory lächelte: »Was Sie suchen sollen, werden Sie noch beizeiten erfahren. Aber ich bin überzeugt, es wird Ihnen gefallen. Es ist ein Grund dafür, warum ich gerade Sie ausgewählt habe. Und ja, ich wünsche mir, dass Sie alles, was Sie in diesen zwei Wochen erleben, hinterher aufschreiben.«

Vermutlich merkte Tory, dass ich immer noch etwas ratlos war. Er schien nachzudenken, dann sprach er weiter: »Die heutige Zeit bestimmt, wie Sie ja selbst sicher wissen, vorwiegend das Internet. Telefon oder Briefe, auch direkte

Begegnungen haben nur noch eine geringe Bedeutung. Gerade aber Ihre Generation kommuniziert besonders viel über diese öffentlichen Wege. Dass private Gespräche und Gedanken dadurch öffentlich werden, ist nur den wenigsten bewusst. Jedem, der sich ein bisschen auskennt, ist es dadurch möglich, eine Vielzahl an Informationen über eine Person zu erhalten. Viel mehr vermutlich, als Sie ahnen. Bitte erschrecken Sie nicht, aber ich habe Ihre Beiträge im Netz verfolgt. Dadurch habe ich Sie gefunden.«

Herr Tory, dem ich zwischenzeitlich schon magische Kräfte zusprechen wollte, hatte also dieses banale Mittel der Internetrecherche benutzt, um mich kennenzulernen! Wie er das genau gemacht hatte, war mir zwar immer noch nicht klar, aber dafür kannte ich mich zu wenig aus. Mich erstaunte, dass ein so alter Mann – ich schätzte ihn auf gut über achtzig – anscheinend über die Kenntnisse eines jungen Hackers verfügte und diese sich auch so zielgerichtet zunutze machen konnte. Da die meisten meiner Lehrer, die mal gerade halb so alt wie Herr Tory waren, keinen blassen Schimmer von solchen Dingen hatten, fand ich das schon mehr als beachtlich. Nun gut, was wollte ich noch wissen?

»Soll ich jeden Tag aufschreiben, was ich erlebe oder wie denken Sie sich das mit der Geschichte?«

Mr. Tory lächelte wieder. »Nein, mein Lieber. Das würde Ihr Erleben nur unnötig unterbrechen. Um etwas gut erzählen zu können, benötigt man Abstand zu den Dingen.

Dass dabei das eine oder andere dann etwas anders erzählt wird, als es dann in der Wirklichkeit war, ist nicht schlimm. Eine gute Story zeichnet sich nicht immer unbedingt durch ihren Wahrheitsgehalt aus. Manchmal macht sogar die Fiktion oder unsere Fantasie, mit der wir unsere Gedächtnislücken füllen, die Dinge erst logisch oder aber interessant. Aufschreiben dürfen Sie das Ganze erst, wenn Sie wieder zu Hause sind. So viel Zeit und Geduld habe ich. Ich bin mir sicher: Es wird Ihnen sogar ein dringendes Bedürfnis sein, über das Erlebte zu schreiben.«

Also nicht gleich Schreibstress. Auch beruhigte mich die Antwort ein bisschen, da für mich die Frage, wann und ob ich wieder nach Hause kommen würde, natürlich schon wichtig war.

»Wenn Sie nun vorerst keine Fragen mehr haben, schlage ich vor, mein Butler Matthew zeigt Ihnen nun Ihr Zimmer.« Ich nickte dankbar. Ich war tatsächlich hundemüde. Hatte ich doch die meiste Zeit während der Fahrt nicht richtig geschlafen. Mr. Tory drückte einen Klingelknopf, der auf der Armlehne seines Sessels angebracht war. Sofort erschien der Butler. Er begleitete mich zurück in die Halle, die ich anfangs schon durchquert hatte, und schritt eine große Treppe hinauf, die in die oberen Etagen führte. Am Ende eines Ganges mit mehreren weißen Holztüren führte er mich in ein großes helles Zimmer. Hier stand ein breites, frisch bezogenes Bett, ein Schreibtisch, ein Kleiderschrank und durch eine weitere geöffnete Tür konnte ich ein geräumiges Bad erkennen. Perfekt. Wie in einem Hotel. Matthew fragte mich, ob ich noch etwas bräuchte. Da ich auf einem Stuhl meinen Rucksack und meine Jacke erkannte, auf einem Tablett Getränke, Obst und Süßigkeiten, verneinte ich und dankte ihm.

Sobald er mit einer Verbeugung den Raum verlassen hatte, ließ ich mich mit voller Montur aufs Bett fallen und stopfte mir ein paar von den wirklich leckeren Toffees in den Mund. Dann starrte ich noch auf die weiße Stuckdecke und bewunderte den Raum mit den teuren Möbeln. Doch es dauerte nicht lange und ich schlief vor Erschöpfung ein.

4. London, Cecil Court

Sonntag, 8.10.17, abends

Es war schon stockdunkel, als mich ein leises Klopfen aufweckte. Verwirrt schaute ich mich um, bis ich mich wieder erinnerte. Alles war so unwirklich. Diese E-Mail, meine heimliche, spontane, so überstürzte Abreise, die Fahrt im Zug, erst nach Paris, dann nach London, die Ankunft und meine Begegnung mit Mr. Tory. Und nun mein erster Auftrag, ein Besuch im abendlichen London, um ein Buch abzuholen.

Als es noch einmal klopfte, räusperte ich mich und antwortete in meinem unbeholfenen Englisch: »Yes, I stand up.« Die Tür zu meinem Zimmer öffnete sich einen Spalt und Matthew schaute herein. Er überreichte mir einen großen Briefumschlag, nickte freundlich und verließ wieder das Zimmer. Neugierig öffnete ich den Brief. Mr. Tory hatte mir einen Stadtplan von London, eine Karte der Tube und einen Zettel reingelegt. Darauf die kurze Notiz:

Zefani Books,

78 Cecil Court, backyard

Ich hoffe, Sie haben sich etwas ausgeruht.

Wenn Sie fertig sind, kommen Sie einfach herunter.

Sie finden mich in der großen Bibliothek.

A. S. Tory

Das war also die Adresse für meinen abendlichen Ausflug. Ich griff nach meinem Rucksack, der Jacke und der Mütze, stopfte den Zettel und die beiden Pläne in meine Hosentaschen und machte mich auf den Weg zu der großen Bibliothek, die ich schon am Nachmittag aufgesucht hatte. Die Tür stand halb offen und so betrat ich immer noch ehrfürchtig den Raum. Genau wie vorhin saß Mr. Tory in seinem Sessel und blickte direkt auf, als ich mich näherte.

»Mein lieber Sid. Ich hoffe, Sie konnten sich etwas ausruhen. Sie haben die Adresse und die Pläne erhalten?«

Ich räusperte mich und erwiderte dann. »Ja, vielen Dank, ich habe alles bekommen.«

Mr. Tory schaute mich an. »Sehr gut! Um Ihnen einen kleinen Hinweis zur besseren Orientierung zu geben, wir befinden uns hier in Kensington … Das werden Sie leicht auf den Plänen finden.«

Er hatte gesagt, ich sollte ein Buch suchen. Aber wie hieß es und wie sollte ich es finden? Er schaute mich verschmitzt an und bevor ich zu einer Frage ansetzen konnte, antwortete er bereits.

»Nun, es wäre kein erstes Abenteuer, wenn ich Ihnen Name und Autor des Buches nennen würde. Ich kann so viel sagen: Sie werden es finden. Ich vertraue Ihnen da ganz.«

Nachdem er das gesagt hatte, lehnte sich Mr. Tory in seinem Sessel zurück und wandte sich wieder seinem Laptop zu. Ich hatte den Eindruck, dass er nun nichts mehr hinzufügen wollte. Geld hatte ich ja immer noch genug von ihm.

Ich gab mir einen Ruck und entschloss mich zu gehen. Als ich bereits der Eingangstür zur Bibliothek nahegekommen war, rief Tory mir nach: »Ich wünsche Ihnen einen tollen Abend. Sie werden das hinbekommen, Sid. Ich freue mich schon auf Ihre Heimkehr und das Buch.«

Matthew begleitete mich zur Haustür. Zögernd schritt ich die Stufen der Villa hinunter und blickte zum Ende der von Laternen erleuchteten Einfahrt. Da hörte ich Matthew gerade noch sagen: »You have to turn left to reach Notting Hill Gate …«

Ich atmete die kühle Herbstluft ein. Es regnete nicht. Das war vermutlich Glück für London im Herbst. Ich lief los, über den knirschenden Kiesweg und zur Toreinfahrt hinaus, und wandte mich dann nach links. Tagsüber hatte die Gegend schon beeindruckend ausgesehen, aber jetzt war es noch unwirklicher. Zu beiden Seiten der Straße befanden sich, hinter Bäumen liegend, großzügige Anwesen, nun am Abend von Laternen in Licht getaucht. *Das Haus am Eaton Place.* Jetzt erinnerte ich mich. Mama hatte es mal erwähnt.

Auf meine Nachfrage hatte sie erwidert, das wäre früher zu ihrer Kinderzeit eine Serie mit piekfeinen englischen Leuten gewesen. Da war ich nun, Sid vom Eaton Place, auf der Suche nach *dem Buch*.

Ich ging die Allee hinunter. Nur wenige waren zu Fuß unterwegs. Endlich sah ich in der Ferne das Schild der London Underground. Zum Glück klappte der Ticketkauf recht schnell und ehe ich mich versah, stand ich auf der Plattform und der Zug fuhr ein. Ich schob mich mit zahlreichen weiteren Stadtreisenden in die Linie. Nach einmal Umsteigen verließ ich an der Leister Square Station die U-Bahn.

Als ich Cecil Court endlich entdeckte, kam ich aus dem Staunen nicht mehr heraus. Ein Antiquariat reihte sich ans andere. Zum Teil auch noch geöffnet. Auch ein Recordstore! Und nicht nur irgendeiner. Der Name sagte mir sogar etwas. Obwohl ich eigentlich nach Zefani suchen sollte – das wollte ich mir dann doch nicht entgehen lassen. Ich betrat den Store und stöberte eine ganze Weile. Was für ein Wahnsinnsladen! Das Angebot war riesig! Die Preise aber echt heftig und ich hatte Bedenken, einen Teil von Torys Geld dafür auszugeben. Daher kaufte ich schweren Herzens nichts, verließ den Laden und machte mich auf die Suche nach Zefanis Haus.

Doch die Nummer 78 war einfach nicht da. Nur die Nummern 76 und 80. Dazwischen ein dunkler Toreingang. Während die meisten anderen Läden alle noch offen oder zumindest beleuchtet waren, war es hier stockdunkel. Ich schaute mich um. Kein Mensch sonst beachtete den dunklen Eingang. Dann tappte ich vorsichtig durch die schmale Gasse, an deren Ende ich an eine kleine Holztür kam. Man konnte kaum etwas erkennen. Aber neben der Tür sah ich ein kleines beleuchtetes Schild mit einem Klingelknopf. Darauf stand in geschwungener Schrift:

Zefani.

Nach kurzem Zögern drückte ich den Knopf. Irgendwo im Inneren des Hauses hörte ich ein blechernes Klingeln. Sonst aber nichts. War Herr Zefani nicht da? In dieser dunklen Häuserschlucht war es ganz schön kalt und irgendwie auch unheimlich.

Ich nahm all meinen Mut zusammen und klingelte nochmals, presste dabei meinen Finger etwas länger auf den Knopf. Gerade wollte ich aufgeben, da hörte ich ein heiseres Schimpfen, ein Poltern und dann knarrende Treppenstufen. Eines der Fenster leuchtete auf. Endlich öffnete sich die alte Haustür. Vor mir lugte ein sehr kleiner, krummer und alter Mann heraus. Ich blickte hinunter in ein Faltenmeer und auf eine ziemlich beeindruckende große Nase. Winzige Augen starrten mich durch starke Brillengläser an. Und ehe ich mich versah, fing das Männlein in einer mir vollkommen unverständlichen Sprache an zu schimpfen. Als er schließlich fertig war, wusste ich erst einmal nicht, was ich sagen sollte und ehe ich mich versah, knallte das Männlein mir die Tür vor der Nase wieder zu.

Na super, das war ja ein voller Erfolg. Fassungslos starrte ich die Holztür vor mir an. Sollte es das schon gewesen sein? Herr Tory hatte mir nicht gesagt, ich sollte vorher noch einen Sprachkurs belegen und dass mir ein Treffen mit einem giftigen Gartenzwerg bevorstand.

Ich hatte es nun schon so weit geschafft, so leicht ließ ich mich dann doch nicht abwimmeln. Ein drittes Mal drückte ich den Klingelknopf. Wieder hörte ich das heisere Schimpfen und die knarrenden Stufen und wieder riss der alte Mann die Tür auf, um dann in seiner eigenartigen Sprache erneut loszulegen. Sobald ich erkannte, dass er gleich wieder die Tür zuschlagen würde, holte ich schnell den Zettel von Tory heraus, zeigte auf die Adresse und die Unterschrift. Der alte Mann kniff seine Augen zusammen, schaute kurz auf die Notiz, runzelte die Stirn und ließ ein kurzes Nicken erkennen. Dann sah er zu mir auf und sagte plötzlich in zwar gebrochenem, aber verständlichem Deutsch: »Ween Se Mr. Tory schickt, dann kommen Se bitte rein, junger Mann.«

Der kleine Mann ging vor mir mit schweren Schritten die Treppe hinauf. Ich folgte ihm, gespannt, wie es nun wohl weiterginge. Oben traten wir vor eine weitere Holztür. Die war weitaus weniger schäbig als die unten am Eingang; zwar alt, aber mit zahlreichen Schnitzereien versehen. Irgendwie erinnerte sie mich sogar an die Bibliothekstür von Mr. Tory. Als der kleine Mann sie dann öffnete, war ich wirklich überrascht.

Vor mir eröffnete sich ein niedriger, aber durchaus großer Raum mit unzähligen Vitrinen und Regalen voller Bücher. Alles getaucht in das warme, flackernde Licht zahlreicher kleiner Petroleumlampen. Herr Zefani drehte sich zu mir um und deutete mit einer stolzen Geste auf den Raum vor uns. »Das ist meine scheene Bibliotheka.« Ich nickte und schaute mich noch einmal genauer um. »Wirklich schön.«

»Entschuldigen Se, wenn ich Se erst nicht reinlassen wollte, aber Se sehen gar nicht so aus wie einer, der sich für meine Bücher interessiert. Darf ich fragen, woher Se Herrn Tory kennen?«

Und so erzählte ich dem kleinen Mann, so gut es ging, wie ich Mr. Tory kennengelernt und was sich in der kurzen Zeit ereignet hatte. Währenddessen bot mir Herr Zefani einen Sessel an und schenkte mir ungefragt einen Tee ein. Ich war mit meiner Erzählung fertig, da nickte Herr Zefani nur und sagte: »Und nun wollen Se also *das* Buch haben …«

Ich erwiderte: »Ja, so ist es.« Und hoffte zu diesem Zeitpunkt bereits, in fünf Minuten wieder auf dem Heimweg sein zu können. Aber Herr Zefani legte seinen Kopf schräg, beäugte mich durch seine blinkenden Brillengläser belustigt und gab eine Art meckerndes Lachen von sich. Er schlug sich sogar mit beiden Händen auf die Oberschenkel und schien sich köstlich zu amüsieren. Als er sich wieder beruhigt hatte, sagte er schließlich: »*Das Buch* gibt es nicht oder jedenfalls *ich* kann es ihnen nicht sagen, welches es ist. Wenn der gnäd'ge Herr Tory Ihnen nicht gesagt hat, welches er haben möchte, dann kann das nur bedeuten, das Se es sich selbst aussuchen müssen.«

Entsetzt starrte ich Herrn Zefani an. »Aber wie soll ich denn unter all den Büchern das Buch finden, das Mr. Tory haben möchte und vor allem, wie kann ich überhaupt wissen, welches das ist?«

Herr Zefani lächelte und warf sein zu Beginn noch so grimmig aussehendes Gesicht in tausende Lachfalten. »Da kann ich Ihnen wohl helfen. Ich kenne den Herrn Tory bereits lange. Er ist mein bester Käufer. Aber er kauft jedes Mal nur ein einz'ges Buch. Er sagt, das Buch muss ihm spontan ins Auge fallen. Es sollten Titel, Titelbild oder aber die ersten Sätze beim Aufklappen so sein, dass es einen nicht loslässt. Dann ist es zumindest für diesen Momento *das Buch.* Und vermutlich möchte er, dass dieses Mal Sie, mein Junge, für ihn ein Buch auswählen, das Ihnen so extraordinari gefällt, dass Se es auf der Stelle lesen wollen.«

Mr. Tory wollte mich zum Lesen bringen. Abends um – mittlerweile 21.30 Uhr – sollte ich anfangen, eine Bibliothek mitten in London zu durchforsten. Ich könnte natürlich hingehen, mir ein Buch greifen, so tun, als wäre ich sofort begeistert und es dann Mr. Tory als *das Buch* auftischen. Aber mir schwante jetzt schon, weder Herr Zefani noch Mr. Tory würden mir das abnehmen. Folglich blieb mir wohl nichts anderes mehr übrig, als die Regale durchzugehen und einfach mit der Suche zu beginnen. »Okay …« Herr Zefani klatschte in die Hände und sagte: »Bravo, mein Junge, denn mal los. Ich kann Ihnen aber einen kleinen nützlichen Tipp geben. Es befinden sich nur wenige deutsche Bücher hier, das wird Ihre Suche vermutlich erleichtern. Es sei denn, Se bevorzugen eine andere Sprache …« Als ich verneinte, schritt er zu einer der hinteren Buchreihen und bedeutete mir, ihm zu folgen. Dort standen in einem Regal dicht an dicht alte Bücher mit deutschen Titeln. Ich legte los und las mir die Titel durch, nahm einzelne Bücher in die Hand, schlug sie auf und fing auf diese Weise an zu stöbern. Schwierig war es trotzdem, da manche in alter Druckschrift geschrieben waren. Doch es ging mit dem Entziffern, wenn auch langsamer als normalerweise.

Die Zeit verstrich und ich glaubte schon, meiner Aufgabe nicht gewachsen zu sein, als ich endlich ein Buch herauszog, das mir recht gut gefiel und bei dem mir sogar der Autor halbwegs bekannt vorkam. Vor allem sagte mir der Begriff im Titel etwas. Wenn meine Mutter besonders sauer auf mich war, beschimpfte sie mich oftmals so. Ein anderer Aspekt war: Das Buch war das schmalste, das ich finden konnte, dennoch so ansprechend, dass ich mich vor Mr. Tory nicht schämen musste. Die Ausgabe war anscheinend von 1920 und mit Gold und dunkelgrünem Leder eingefasst und sogar bebildert. Ich begann zu lesen. Es war in der Ich-Perspektive geschrieben und las sich ein bisschen wie ein Märchen. Das gleich auf der zweiten Seite abgedruckte Lied kannte ich sogar. *Wem Gott will rechte Gunst erweisen, den schickt er in die weite Welt …*

Hey, da ist ja noch einer, den es von zu Hause wegzieht. Anders als bei mir aber nicht eingeladen von einem mysteriösen Mr. Tory, sondern von seinem eigenem Vater rausgeworfen. Ich blätterte die Seiten noch einmal durch und entschied mich, das Buch zu nehmen. Schließlich kam ich wieder aus meiner Leseecke. Herr Zefani schaute auf und nickte anerkennend. »Gute Wahl, mein Junge. Möchten Se den Taugenichts direkt hier lesen?«

Ach, du meine Güte. Das wollte ich dann doch nicht. Mir knurrte mittlerweile der Magen und ich konnte es kaum mehr aushalten. Es war nun ein paar Stunden her, seit ich Mr. Torys Sandwichs vertilgt hatte und die paar Toffeebonbons aus meinem Gästezimmer reichten auch keinen ganzen Tag. Ein Blick auf meine Armbanduhr verriet mir auch, dass es bald elf Uhr war. So lange war ich also bei Herrn Zefani gewesen! Zum Glück musste ich mich auch hier nicht näher erklären. Herr Zefani schien genauso müde zu sein wie ich.

»Nun denn, mein Junge, dann wollen wir mal sehen, was Se mir für dieses Schätzchen an Buch zahlen können.«

Zefani lachte wieder gackernd, nahm mir das Buch ab und ging zu einer alten Kasse. »Das wären dann 30 Pfund.« Ob Herr Zefani mir einen guten Preis gemacht oder aber mich übers Ohr hauen wollte, konnte ich beim besten Willen nicht sagen, denn tatsächlich wusste ich überhaupt nicht, wie viel so ein altes Buch wert war. Vielleicht war das ja auch der Nachttarif. Ich zögerte daher nicht und zahlte ihm die £30. Herr Zefani lächelte zufrieden.

»Was treibt den jungen Mann nach London?«

Ich überlegte, was ich sagen sollte.

»Die Langeweile. Und die Lust auf ein Abenteuer.«

»So, da passt der Eichendorff ja wirklich zu Ihnen. Da will ich mal hoffen, dass Se auch so ein Hans im Glück sind und nur Gutes erfahren. Die echte Welt da draußen ist nicht nur nett … war se freilich nie …deshalb lieb ich meine Bibliotheka. Die Bücher hier kann man zuklappen, wenn man möchte … und selbst wenn se gruselig sind, ist das sehr scheen, wenn man's drumherum gemütlich hat …«

Verlegen schwieg ich. Er hatte wohl recht. Ich liebe Krimis. In Echt erleben wollte ich das Meiste davon aber nicht. Zefani schaute mich noch einmal prüfend durch seine dicken Brillengläser an.

»Ich sehe, sie zieht's nach draußen. Dann lasse ich Se mal frei, damit Se sich im wilden London heute noch etwas austoben können.«

Ich verabschiedete mich und entschuldigte mich nochmals für die späte Störung. Herr Zefani begleitete mich die knarrende Stiege hinunter und riet mir, gut auf mich aufzupassen. Dann fiel die alte Holztür hinter mir ins Schloss. Ich fand mich wieder in der nun deutlich weniger belebten und beleuchteten Cecil Court. Kurz blieb ich stehen und atmete tief durch. Das wäre nun also geschafft. Jetzt wollte ich schauen, wo es noch etwas zum Essen für mich gab. Unterhalb einer Ladenreklame studierte ich den Stadtplan und fand heraus, dass ich gar nicht so weit entfernt von einer Gegend Londons war, in der besonders viele Restaurants und Bars sein sollten.

5. Chinatown

Überall blinkten bunte Lichter. Ein asiatisches Restaurant reihte sich an das nächste. Dazwischen Shisha-Bars, Handyshops und auch das ein oder andere dubiose Etablissement, an denen ich mit kurzen neugierigen Blicken hängen blieb, dann aber schnell weiterging. Laute Musik drang aus den sich pausenlos öffnenden Eingängen, Lachen und ein Geräuschemeer zahlloser Gäste. Verschiedenste Gerüche asiatischer und orientalischer Speisen hingen in der Luft. Für Sonntagnacht war hier noch ungeheuer viel los. Verwirrt, aber auch schwer beeindruckt von der fremden Atmosphäre schritt ich an einem Laden nach dem anderen vorbei. Fast hatte ich meinen Hunger schon vergessen, so sehr war ich von den fremden und neuen Eindrücken um mich herum abgelenkt.

Vor einem kleinen Chinarestaurant mit großen roten Lampions vor der Tür, blieb ich schließlich stehen. Zögernd sah ich mir das bebilderte Angebot in dem Schaukasten an und entschied mich dann hineinzugehen. Innen war es recht eng und schummrig. Auch über den kleinen Tischen hingen rote Lampions. An den Wänden befanden sich Bilder alter chinesischer Figuren in bunten Farben. Es waren nicht viele Gäste hier. Leise Musik füllte den Raum. Ich war es nicht gewohnt, alleine essen zu gehen, normalerweise besuchte ich nur Schnellrestaurants oder Imbissbuden und bereute nun fast schon meinen Mut.

Fast wollte ich schon wieder umkehren, da kam eine kleine chinesische Frau auf mich zu und lud mich mit freundlichen Gesten und fremden Worten dazu ein, Platz zu nehmen. Ehe ich mich versah, saß ich an einem der Tische im hinteren Bereich und hatte eine in Leder eingebundene Speisekarte vor der Nase. Anders als der Aushang draußen war diese Karte aber leider nicht bebildert und natürlich nur auf Chinesisch und Englisch. Etwas ratlos las ich mich durch die Karte. Sollte ich *satay chicken* oder *soft shell crab* nehmen oder *fried beef with cashewnuts*? Nachdem ich eine Weile hin- und herüberlegt und die Karte durchgeblättert hatte, kam die kleine Chinesin wieder, zeigte auf ein Gericht und riet mir damit zu den *mixed Hors d'Oeuvres.* »Set is good, verry, verry good.«

Ich überlegte kurz, nickte dann, bat außerdem um eine Cola und schon war die kleine Frau samt Karte wieder hinter einem Vorhang, der vermutlich zur Küche führte, verschwunden.

Um die Zeit zu überbrücken, zog ich das Buch aus Zefanis Antiquariat heraus und schlug es auf. Ich hatte noch nie ein so altes Buch gekauft und musste immer noch staunen. Bis eben war ich noch in einer einsamen Bibliothek gewesen. Dass es überhaupt noch so etwas gab!

Ich begann zu lesen. Dieser Taugenichts war ja wirklich eine Frohnatur. Schien ihn ja nicht weiter zu stören, aus dem Haus geworfen zu sein. Die Sprache war schon echt ungewohnt. *Recht artig, Gesell, Bächlein, holdselig.* Als ich gerade darüber las, wie der junge Taugenichts in einem Reisewagen in Wien eintraf, stellte die Chinesin meine bestellte Cola und eine Vielzahl von kleinen Körbchen und Schüsselchen auf den Tisch und wünschte mir vermutlich einen guten Appetit. Jedenfalls sprach sie ein paar freundliche Worte, nickte eifrig und verschwand wieder hinter dem Vorhang. Jetzt erst bemerkte ich, wie hungrig ich war. Neugierig öffnete ich die ersten dampfenden Schüsselchen. Da gab es kleine Teigpakete, dampfende Nudeln, Krabben, Hühnchenstücke, grüne algenartige Fädchen und kleine Frühlingsrollen. Ich kostete vorsichtig, aber es schmeckte wirklich lecker und so versank ich ganz in meinem unerwartet fürstlichen Vorspeisenmahl.

Erst als ich satt war, schaute ich wieder auf und erschrak sehr. Knapp zwei Meter von mir entfernt sah ich einen chinesischen Jungen, der mich unverwandt anstarrte. Wie lange er da wohl gestanden hatte? Ich hatte ihn überhaupt nicht gehört.

»You're very young. Where are you from?«

Ich spülte den letzten Rest Essen hinunter und räusperte mich. »I am eighteen years old. And I am from Germany.«

Der Junge grinste mich an. »Germany is probably right, but you're not eighteen.«

Als ich hektisch in meiner Tasche nach meinem Portemonnaie kramte und plante, der unbequemen Situation zu entkommen, schob der Junge sich schon auf die Sitzbank mir gegenüber und fing an zu reden: »Come on, don't be silly. I won't tell anybody. My name is Chan, by the way.«

Nach etwa fünf Minuten war ich in ein Gespräch verwickelt. Das mit dem Alter korrigierte ich, bei meiner Herkunftsstadt musste ich auch nicht lügen, nur über Mr. Tory verriet ich nichts Näheres. Ich kehrte zu der Version zurück, die ich auch schon den beiden Mädchen im Zug erzählt hatte, nur dass ich Mr. Tory jetzt lieber nicht mehr mitten am Piccadilly wohnen ließ.

Schließlich bot Chan mir an, mich zur nächsten U-Bahnstation zu begleiten und mir vorher noch Chinatown zu zeigen. Er grinste und sagte: »It's better than Halloween!« Ich wusste zwar nicht genau, was er damit meinte, aber ich willigte ein. Nachdem ich bezahlt hatte, wechselte Chan noch ein paar schnelle Worte mit der chinesischen Frau, die, wie ich vermutete, seine Mutter war, und zog mich dann schon durch die Tür nach draußen.

Ich folgte ihm und bald führte er mich durch eine kleine Nebengasse, in der sich weitaus weniger Touristen und Passanten aufhielten.

Vor einem schmalen Haus blieb Chan stehen, zog einen Schlüssel heraus und schloss auf. Wir stiegen eine kleine Kellertreppe hinunter. Fast glaubte ich, er wolle sich mit mir einen üblen Scherz erlauben, da hatte er bereits eine Tür geöffnet und das Licht angemacht.

Der Raum war von oben bis unten gefüllt mit chinesischem Tand. Alte Masken, Lampions, Statuen, Geschirr, Vasen und Winkekatzen aller Art standen dicht beieinander auf mehreren Regalen und Tischen.

Ich sah Chan fragend an. Er aber lachte laut und erklärte mir, das sei das Warenlager seines Onkels, der neben chinesischer Feinkost auch chinesische Antiquitäten und Souvenirs verkaufte. Vor den Masken blieb ich stehen.

Chan grinste. »There you are. You want to try them on?« Die Masken sahen furchterregend aus. Ich wählte mir eine aus und schob sie mir vor das Gesicht. Chan schien das köstlich zu amüsieren und auch er zog sich eine an und plötzlich tanzten wir unter lauten Buhu-Rufen wild durch den Raum. Das war wirklich abgefahren. Hätte mein kleiner Bruder so etwas gemacht, hätte ich mich über ihn lustig gemacht. Nun musste ich zugeben, es machte verblüffend viel Spaß. Dann meinte Chan, ich solle die Maske anbehalten und mit ihm auf die Straße kommen. Ich zögerte, aber Chan schnappte sich noch eine Tüte chinesische Reiscracker, warf sie mir zu und dann verließen wir bereits wieder eilig den Keller und das Gebäude.

Mit den Masken vorm Gesicht suchten wir die immer noch vollen Straßen auf, zogen hier und da erschreckte Blicke auf uns und sprangen wie wild von einer Häuserecke zur anderen. Nur als ein paar Bobbys in unser Sichtfeld gerieten, versteckten wir uns in einem Häusereingang. An einer Straßenecke stand ein schiefes Einbahnstraßenschild. Chan rüttelte daran und plötzlich hatte er die ganze Stange samt Schild in der Hand. Lachend rief er mir zu: »Come on. Now we change the traffic rules.« Ich stutzte. Er meinte das nicht ernst, oder? Jedoch im Schutz der Maske war ich mutig geworden und so liefen wir mit dem Schild durch die Gegend. Zwar registrierten einige der Nachtschwärmer unser Treiben. Dennoch hinderte uns keiner daran. Vermutlich sahen wir mit unseren Masken so furchteinflößend aus, dass sich niemand traute, uns zu stoppen. Ich sah schon die Schlagzeile vor mir: *Chinesische Mönche entführen Straßenschild in Soho.* Der Spaß ging so weiter, bis wir unversehens wieder Leicester Square und die Underground-Station erreichten. Chan stellte das Schild rasch am Eingang ab und sprang leichtfüßig über die Absperrung, während ich mein Ticket einschob.

Unten auf der Plattform angekommen, zogen wir schließlich unsere Masken wieder aus und setzten uns auf eine der Plastikbänke. Ich erschrak, als ich auf meine Uhr schaute. Mittlerweile war es bereits ein Uhr nachts! Ich hatte keine Ahnung, wann die nächste U-Bahn kommen würde. Chan schien aber keine Eile zu haben. Und so führten wir unser Gespräch aus dem Restaurant fort. Ich erfuhr, dass er sechzehn war und mit seiner Familie bereits seit seiner Geburt in London lebte. In China war er erst zwei Mal gewesen. Die Reise wäre zu teuer und es war nicht einfach, das Restaurant über längere Zeit geschlossen zu halten. Außer London kannte er kaum etwas von England und woanders in Europa oder Deutschland war er noch nie. Seine Schulzeit an einer Public School hatte er bereits beendet und arbeitete daher zurzeit im Restaurant seiner Eltern und half bei der Buchhaltung aus. Gerne würde er weiter das College besuchen, ihm fehlte dafür aber das Geld. Er war brennend daran interessiert zu erfahren, wie es bei mir zu Hause war. Und als ich ihm von meiner kurzen Reise erzählte, fand er das mordsspannend.

Wir unterhielten uns auch über Musik. Während bei uns in Deutschland das Plattensammeln eher ein Thema für Erwachsene war, war Chan damit vertraut. Er selbst besaß einige Vinylscheiben. Ich erzählte ihm, dass ich auf die bald neuerscheinende Vinylplatte von Coldplay warte. Auf Englisch sagte er: »Coldplay is really great. Have seen them a few times live at London. I suppose, you know *Mylo Xyloto* and *Princess of China*?« Er grinste. Klar, kannte ich das. Hatte ich ebenfalls auf Vinyl. Wir unterhielten uns noch eine Weile weiter.

Kurz vor zwei Uhr kam die nächste U-Bahn. Chan überlegte, ob er mit mir fahren sollte. Doch dann erklärte er mir, dass sich seine Mutter sonst Sorgen machen würde und er außerdem keine Lust hatte, ohne Ticket erwischt zu werden. Ich fragte ihn, ob ich ihn mal wieder erreichen könnte. Da verwies er auf das Restaurant und gab mir auf seinem Zettel seine Handynummer. Als ich ihm die Maske zurückgeben wollte, lehnte er ab und erklärte mir mit einem Grinsen, sie würde mir supergut stehen. Fast hätten sich die Türen der U-Bahn wieder geschlossen, und so sprang ich in letzter Sekunde hinein. Ich sah Chan noch mit seiner Maske winken, dann verschwand er aus meinem Blickfeld und ich war wieder allein. Es dauerte nicht lange, da war ich am Notting Hill Gate wieder angekommen.

Kensington war anders als Chinatown fast menschenleer zu dieser Zeit. Es war mittlerweile kalt und nieselte. Ich eilte die Allee hinunter, hatte aber Mühe, die Villen, die meist hinter dichten Bäumen versteckt waren, zu unterscheiden. Schließlich erkannte ich das Tor und den weißen Kiesweg wieder. Anders als am Tag war es verschlossen. Daran hatte ich natürlich überhaupt nicht gedacht. Frustriert setzte ich mich auf eine Bank und lehnte mich gegen meinen Rucksack. Bis zum Morgen hier sitzen zu bleiben, würde mir eine ordentliche Erkältung einbringen. Warum hatte ich Mr. Tory nur nicht gefragt, wie und wann ich wieder zurückkommen sollte? Als ich mich gerade erschöpft auf der Bank hinlegen wollte, hörte ich ein Räuspern. Zu Tode erschrocken fuhr ich hoch.

Unter einem schwarzen Regenschirm stand Matthew. »Hello, Mr. Sagenroth. I'm sorry you had to wait outside. Next time you'll ring the bell. Please follow me.« Tatsächlich war neben dem großen Tor ein kleineres Törchen und da befand sich auch eine Klingel. Beides hatte ich übersehen. Unendlich erleichtert folgte ich Matthew und fand mich bald in der Eingangshalle wieder. Da auch Matthew nicht zu längerer Konversation aufgelegt schien, machte ich mich ohne große Worte auf zu meinem Gästezimmer. Genauso wie bereits am Nachmittag des vergangenen Tages warf ich mich auf das Bett und war im Nu eingeschlafen.

6. English Breakfast

Montag, 9.10.17

Der Wecker auf dem Nachttisch zeigte bereits halb zehn. Durch das Fenster sah ich dichte Nebelschwaden. Der Park rund um Mr. Torys Anwesen lag mit seinen herbstlichen, golden und rot schimmernden Bäumen und Sträuchern, wie verwunschen da. Wie konnte ein einzelner Mann allein in einem so großen Haus wohnen? Womit hatte er sein Geld verdient, um all das hier bezahlen zu können? Ob es einmal andere Familienmitglieder gegeben hatte? Ich wusste so wenig über Mr. Tory, während er so viel über mich in Erfahrung gebracht hatte. Das war ein seltsames, auch etwas unangenehmes Gefühl, und so nahm ich mir vor, ihn bei der nächsten Gelegenheit zu fragen. Ich schnappte mir den *Taugenichts* und machte mich auf den Weg nach unten. An der großen Treppe zog mir bereits die Duftmischung aus Kaffee, Toast und gebratenen Speck in die Nase. Ich folgte den Essensgerüchen und landete vor einer halb geöffneten Tür, die in einen geräumigen Salon führte. Bodentiefe Fenster gaben den Blick frei in den Park des Hauses. Leise Klaviermusik erfüllte den Raum. Ringsum standen mehrere Vitrinen und an den Wänden hingen farbenfrohe Gemälde. In der Mitte befand sich ein langer ovaler Esstisch. Nur an einem Platz war ein Gedeck. Auf einer Seitenvitrine erkannte ich mehrere silberne Warmhaltebehälter, denen der köstliche Geruch entströmte.

Zögernd näherte ich mich, um das großzügige, aber auch für mich ungewohnte Frühstücksangebot zu begutachten. Gerade als ich mich für eine Portion Rührei entschieden hatte, öffnete sich eine Seitentür und eine dunkelhäutige Frau mittleren Alters mit schwarzem Kleid und weißer Schürze erschien. »Good Morning, Sir. Can I help you? Do you like to order some coffee or tea?«

Zu Hause trank ich meistens nur einen Becher kalte Milch. Aber vielleicht sollte ich es doch einmal mit Kaffee versuchen? Etwas unbeholfen äußerte ich daher meinen Wunsch, woraufhin die Frau wieder hinter der Tür verschwand, dann aber sogleich mit einem Tablett zurückkehrte. Mit freundlichen Worten forderte sie dazu auf, mich an dem Frühstücksbüffet zu bedienen, und verließ dann wieder den Raum. Hungrig schaufelte ich das köstliche Rührei in mich hinein, langte dann auch beim gebratenen Speck zu, nahm mir nach kurzem Zögern eine überbackene Tomate und zwei Toasts und kostete von dem Kaffee, den ich dann aber mit ordentlich Milch verdünnte. Erst als ich satt war, sah ich neben meinem weißen Porzellangedeck einen Briefumschlag liegen, den ich neugierig öffnete. In dem Umschlag lag ein kleiner Bogen Papier, auf dem handgeschrieben einige Zeilen standen.

Guten Morgen, lieber Sid,

ich hoffe, Sie konnten gestern einen interessanten Abend verbringen und hatten nach Ihren Erlebnissen in London eine angenehme und erholsame Nacht. Nehmen Sie sich Zeit für Ihr erstes englisches Frühstück. Wenn Sie sich ausreichend gestärkt haben, erwarte ich Sie wieder in meiner Bibliothek. Ich bin ganz gespannt und begierig darauf, Ihr gestriges erstes Abenteuer zu hören. Bestimmt möchten Sie auch erfahren, was in den folgenden Tagen Ihrer Ferien alles noch auf Sie zukommen wird.

A.S. Tory

Ich steckte den Brief in meine Hosentasche, stapelte rasch das von mir benutzte Geschirr übereinander, überlegte kurz, ob von mir erwartet wurde, es wieder in die Küche zu bringen, vermutete aber, dass es in diesem Haus eher nicht üblich war. Ich schnappte mir mein Buch, verließ den Speiseraum und suchte die mir bereits vertraute Bibliothekstür auf. Sie stand wieder einen Spalt offen und ich betrat den Raum. Verglichen mit Zefanis zwar vollem, aber auch engem, niedrigem und auch etwas rumpeligem Antiquariat, musste ich abermals feststellen, wie unglaublich groß und luxuriös Torys Privatbibliothek war. Es war kaum möglich, zu schätzen, wie viele Bücher sich in den hohen Bücherregalen aus dunklem Holz befanden. Sicher war, dass Herr Zefani nicht die einzige Quelle für Tory sein konnte. Wieder fand ich Mr. Tory in seinem großen Sessel sitzend, neben ihm flimmerte sein Laptop. Anders als am Vortag lag eine große Karte auf dem Tisch. Neugierig schielte ich darauf und konnte erkennen, dass es sich um einen Ausschnitt einer Europakarte handeln musste.

»Guten Morgen, Mr. Sagenroth. Ich hoffe, Sie konnten sich ordentlich ausschlafen und waren zufrieden mit meinem kleinen Frühstück für Sie.«

Ich nickte. Bevor ich etwas sagen konnte, fuhr er fort: »Dann wissen Sie ja, dass ich darauf brenne, von Ihren gestrigen Erlebnissen zu hören. Matthew hat mir bereits berichtet. Es ist spät geworden.«

Also erzählte ich Mr. Tory, was ich gestern erlebt hatte, berichtete von den anfänglichen Schwierigkeiten, Zutritt zu Herrn Zefanis Antiquariat zu erlangen und zeigte dann mein ausgewähltes Buchexemplar. Tory begutachtete das Buch aufmerksam, blätterte darin und gab es mir dann mit einem zufriedenen Lächeln zurück. »Ausgezeichnete Wahl, Sid. Der Taugenichts steht Ihnen gut. Ich sehe, Sie haben Ihre erste Aufgabe erfüllt. Selbstverständlich möchte nicht *ich* das Buch für mich haben, sondern es soll Ihnen gehören. Ich hoffe auch sehr, Sie werden zu gegebener Zeit darin lesen.«

Tory fragte mich, ob ich an dem Abend noch mehr erlebt hatte und wie mir mein erster Besuch in London gefallen hatte. Ich erwähnte daher meinen Besuch im China-Restaurant und die Begegnung mit Chan. Das mit den Masken und dem Straßenschild ließ ich aber aus. Ich bestätigte Mr. Tory, dass mir London sehr gut gefiel, wenngleich ich ja noch nicht vieles davon gesehen hatte. Auch fügte ich zögernd hinzu, dass das eine oder andere mit einem Handy doch leichter wäre. Mr. Tory nickte daraufhin versonnen, schwieg kurz und antwortete mir dann: »Mein lieber Sid Sagenroth, es freut mich sehr, wenn Sie Gefallen an der Großstadt gefunden haben und sich auch offen gegenüber neuen Begegnungen zeigen. Ich weiß, dass man mit London, wie auch mit jeder anderen Weltstadt, immer bestimmte Sehenswürdigkeiten verbindet, die man meint, unbedingt besuchen zu müssen. Die immer gleichen Wege der Touristenströme zeugen tagtäglich davon. Ich hatte aber von Anfang an nicht vor, Ihnen einen Touristenurlaub anzubieten. Mich interessieren eher die Plätze abseits der breiten Masse. Ich bin mir auch absolut bewusst, dass Ihre Generation das Fehlen eines Handys kaum mehr verkraften kann. Daher muss es ungewohnt und schwierig sein, sich ohne Handy irgendwo zu bewegen.« Er schaute mich dabei sehr intensiv an. Ich nickte. »Wenn Sie sich gegenüber ehrlich sind, wäre Ihr erster Abend aber bestimmt anders verlaufen, wären Sie mit Ihrem Handy unterwegs gewesen. Ich bin mir fast sicher, dass Sie weder dieses Buch gefunden hätten, noch Ihre Begegnung mit dem chinesischen Jungen in der gleichen Weise verlaufen wäre …« Er machte hier eine Pause und sah mich an. Es war schwer, den erstaunlich wachen und blauen Augen des alten Mannes Stand zu halten. Vermutlich hatte Mr. Tory recht. Für die Suche nach Cecil Court, vielleicht auch für die Buchauswahl, hätte ich mein Handy benutzt, der Begegnung mit Chan wäre ich ausgewichen, indem ich im Restaurant meine Lieblingsspiele am Handy gespielt hätte.

Dennoch bereitete es mir Unbehagen, keine Nachrichten verschicken oder im Notfall nicht telefonieren zu können. Als ich Mr. Tory dies vorsichtig andeutete, nickte er und erklärte dann aber: »Das ist mir durchaus klar, seien Sie gewiss, dass ich Sie auch nicht unnötig gefährden möchte. Gestern gab es immer jemanden, der zumindest zeitweise über Ihren Aufenthaltsort informiert war. Da ich mir aber bereits Gedanken über Ihre weitere Reise gemacht habe, die Sie außerhalb meines Wirkungskreises führen soll, will ich Sie zumindest mit diesem reisetauglichen kleinen Gerät ausstatten.« Dabei zog er ein taschenbuchgroßes schwarzes Tablet heraus und legte es zusammen mit dem Netzkabel und einem tragbaren Aufladegerät vor mich hin. Ich nahm das Tablet in die Hände und klappte es auf. Nach einem kurzen Antippen des Bildschirms erschien allerdings ein recht flurbereinigter Desktop, wie ich mit leichtem Bedauern feststellen musste. Herr Tory fuhr daher fort: »Spieleapps oder die üblichen Nachrichtenmessenger befinden sich nicht darauf, nun ja, die Möglichkeit besteht natürlich …« Tory lächelte und sah mich leicht prüfend an.

»Aber vielleicht lassen Sie es einfach mal so. In erster Linie soll es Ihnen erlauben, E-Mails zu verschicken und notfalls etwas zu recherchieren.« Ich nickte etwas verlegen.

»Wie Sie ja vermutlich bemerkt haben, bin ich selbst ein eifriger und recht versierter Nutzer moderner Medien und daher keineswegs technikfeindlich, sondern halte mich beständig auf dem Laufenden. Fasziniert habe ich die Entwicklung der letzten Jahre verfolgt. Ich besitze auch selbst ein hochmodernes Smartphone, benutze es allerdings fast nie. Dennoch betrachte ich mit Sorge die Entwicklung der letzten Jahre und befürchte, dass sich diese Bibliothek in den kommenden Jahren bzw. Jahrzehnten nicht mehr sehr füllen könnte. Noch gibt es ein durchaus erfreuliches Angebot, aber nur wenige überzeugende Autoren entstammen bislang Ihrer jungen Generation.« Er seufzte dabei. »Nun. Freilich liegt das wohl auch noch am Alter, der aktuelle Sprachgebrauch lässt mich aber zweifeln. Mein einziger persönlicher Trost ist es, dass ich das vermutlich nicht mehr erleben werde. Zum Teil habe ich aber auch Verständnis dafür. Ihre Generation hat es schwer. Sie erleben weder die Umbruchzeiten, die ich miterleben durfte oder die Love & Peace-Euphorie der Sechziger und Siebziger Jahre, noch die Sorglosigkeit der Neunziger. Ihre Zeit ist von großen Verwirrungen und Ängsten geprägt. Dass die modernen Medien und das Internet einen solchen Stellenwert erlangt haben und zum Teil Ersatz sind, ist daher absolut verständlich.«

Ich musste über Torys Worte nachdenken. Waren Medien und Internet wirklich ein Ersatz? Für was? Für das Leben? Vermutlich sah Tory, dass ich etwas irritiert war und so brach er dieses Thema ab und wandte sich der vor uns liegenden Karte zu. »Mein lieber Sid, London ist eine herrliche Stadt und ganz sicher gäbe es auch für Sie hier noch vieles zu entdecken. Da unsere Zeit begrenzt ist, gedenke ich, Sie aber noch heute auf weitere Reisen zu schicken.«

Bereits heute sollte ich eine neue Reise antreten?

Ich beugte mich über die große Karte und sprang eine Weile von einem Punkt zum anderen. Ich war mit meiner Familie noch nicht viel verreist. Es hatte, als ich klein war, Reisen an die Nord- und Ostsee gegeben, einen Urlaub an der Costa Brava, einen Kurzurlaub auf Lanzarote und eine Reise ins Allgäu. Das war es dann schon. Europa fand ich sowieso eher langweilig. Hätte Mr. Tory mir eine Weltkarte vorgelegt, hätte ich mich für die USA und New York entschieden, wahlweise auch für Australien. Aber so brauchte ich eine ganze Weile, um mich überhaupt zu orientieren. Schließlich blieb mein Finger auf einem bestimmten Punkt der Karte liegen. Tory schaute mich an und erwiderte dann: »So, bella Italia lockt sie also am meisten. Eine schöne Wahl.« Er drehte sich zu seinem Laptop herum, tippte einige Zeilen ein, dann wandte er sich mir wieder zu. »Es ist diesmal keine Großstadt, eigentlich sogar genau das Gegenteil, aber ich glaube, ich habe ein schönes Ziel für Sie gefunden.«

Er schrieb mir einen Namen auf, mit dem ich zunächst wenig anfangen konnte:

Campeto (Monteverdi Marittimo)

Offensichtlich schaute ich etwas dämlich aus der Wäsche. Das schien Tory zu amüsieren. »Ich habe in meiner Bibliothek nicht nur Romane, sondern auch aktuelle Reiseführer. Schauen Sie mal, gleich hinter mir im Regal wird sich bestimmt etwas Passendes finden. Mein Tipp, suchen Sie in der Toskana.«

So stand ich auf und fand im nächsten Regal gleich mehrere Reihen gefüllt mit Reiseführern. Ich nahm ein paar Bände zu dieser Region heraus und suchte im Inhaltsverzeichnis nach Campeto. Doch erst beim dritten Band wurde ich fündig. Das Gegenteil von Großstadt war noch untertrieben, der Ort, den er mir aufgeschrieben hatte, befand sich nicht einmal am Meer, sondern in der tiefen Provinz und zählte gerade einmal 253 Einwohner. Ich war darüber mehr als erstaunt und auch etwas enttäuscht, sagte aber nichts. Ich hatte den Eindruck, dass Tory das durchaus bemerkte, sich aber wohl dafür entschieden hatte, nicht weiter darauf einzugehen. Stattdessen fragte er mich, wie ich meine Reise denn gestalten wollte. Hm, keine Ahnung, ehrlich gesagt. Aber selbst mir war bewusst, dass eine Reise mit dem Zug recht umständlich sein dürfte und mich sowieso nicht in dieses Dorf direkt bringen könnte. Also fragte ich Mr. Tory, ob es auch möglich war, von London aus mit dem Flugzeug nach Pisa zu fliegen. Dies bejahte er und ehe ich mich versah, druckte er einen Plan mit den Flugzeiten aus.

»Ich möchte Sie nicht hetzen, ruhen Sie sich noch etwas aus, überlegen Sie, was Sie für Ihre Reise brauchen. Um die Fahrt zum Flughafen müssen Sie sich nicht kümmern, dahin wird Sie mein Chauffeur Waters bringen, der Sie vom Bahnhof abgeholt hatte.«

Genauso wie gestern, bemerkte ich, dass Tory die »Audienz« bei ihm fürs Erste als beendet ansah, da er sich mit seinem Sessel umdrehte. Doch dieses Mal wollte ich mich nicht gleich abwimmeln lassen. Zumal es ja so aussah, als würde Tory nicht mitkommen. Eine Weile könnte ich ihn wohl nicht mehr persönlich sprechen, da war es doch Zeit für ein paar wichtige Fragen.

So nahm ich all meinen Mut zusammen. »Mr. Tory, was genau soll ich in Campeto machen, wohin und wie geht es danach weiter? Ich weiß so wenig über Sie und das, was Sie in den zwei Wochen von mir erwarten.«

Mr. Tory wandte sich wieder zu mir. »Lieber Sid, ich kann Sie absolut verstehen. Das alles ist neu und ungewohnt für Sie. Campeto ist so klein, anders als in London muss ich Ihnen daher keine konkrete Aufgabe geben. Ihre Hauptaufgabe wartet erst danach auf Sie. Auch in Zefanis Antiquariat haben Sie selbstständig ein Buch ausgesucht. In Campeto werden Sie mit Sicherheit etwas anderes finden. Es müssen auch nicht immer Gegenstände sein, Begegnungen sind genauso wertvoll. Sie können sich, sofern ein Netz vorhanden ist, jederzeit per E-Mail mit mir in Verbindung setzen. Sehen Sie das Ganze ein bisschen wie eine große Schnitzeljagd. Ziel sollen Ihre Erlebnisse sein und meine Hoffnung ist es, dass Sie daraus am Ende selbst eine Geschichte machen, über die ich mich freuen würde.« Er lächelte mich an, legte eine kurze Pause ein, seufzte dann. »Ich bin schon recht alt und natürlich könnte ich Ihnen einiges von mir erzählen. Würde ich Ihnen alles über mich berichten, würden Sie nicht nur den nächsten Flieger verpassen, sondern vermutlich den Rest Ihrer Herbstferien nur in diesem Raum verbringen …« Bei diesen Worten sah er plötzlich sehr viel ernster und auch etwas traurig aus.

»… Ich habe nicht immer nur hier gesessen, sondern einen Großteil meines Lebens mit dem schnöden Geldgeschäft verbracht, war dabei aber viel auf Reisen. Dieses Haus und ein Teil meiner Bibliothek gehörte bereits meinem Großvater, es gab also Zeiten, da mehr Personen diese Räume bevölkerten. Das müsste als Information vorerst für Sie reichen. Nehmen Sie sich ein, zwei Stündchen Zeit und geben Sie mir Bescheid, was Sie noch brauchen und wann Sie Ihre Reise antreten wollen.«

Ich begnügte mich mit diesen zusätzlichen Informationen, die er mir gegeben hatte. Auch wollte ich mich mit meinem Reiseführer und dem Fahrplan erst einmal zurückziehen und meine eigenen Gedanken etwas sortieren.

In meinem Zimmer stöpselte ich meinen iPod ein, wählte meine persönliche Playlist, die diesmal mit *Sound of Silence* von *Disturbed* begann und schlug den Reiseführer auf.

7. Die Reise geht weiter

»Im Flug 14.30 Uhr ist noch ein Sitzplatz frei.« Tory drehte sich von seinem Laptop zu mir um und sah mich prüfend an. »Ich will Sie aber nochmals fragen, ob Sie zu dem Abenteuer bereit sind. Ich möchte Ihnen die Möglichkeit geben, jetzt noch auszusteigen, wenn es Ihnen nicht ganz wohl ist bei der Idee ...« Damit hatte ich nicht gerechnet. Seitdem ich hier war, hatte ich mir diese Frage nicht mehr gestellt. Ich dachte kurz nach: Nein, ich wollte nicht mehr zurück! Ich ließ mich auf Torys Angebot ein. Auch wenn das nächste Ziel nur ein Dorf war: Ich wollte unbedingt wissen, was dort und an den anderen unbekannten Orten auf mich wartete. Ich gab Tory entsprechend Antwort. Er nickte zufrieden. Dann schloss er die Buchung ab und druckte das Ticket für mich aus. »Hier ist Ihr Flugticket. Ich bin gespannt, wie Sie die restlichen dreizehn Tage verbringen werden. Ich hoffe, dass es eine gute Reise wird. Es wäre schön, wenn Sie mir zwischendurch berichten würden.« Ich nahm das Ticket entgegen. »Danke. Ja, das werde ich.« Tory lächelte. »Gut. So, mein lieber Sid. Mein Chauffeur Waters wird Sie begleiten. In Pisa wird Sie jemand in Empfang nehmen. Ihre rote Mütze wäre wieder als Erkennungszeichen empfehlenswert.« Da stand ich nun, abfahrbereit, und etwas unsicher, wie ich mich von Tory, dem Mann, der in der kurzen Zeit so viel für mich geregelt hatte und von dem ich aber selbst so wenig wusste, verabschieden sollte. Etwas unbeholfen gab ich ihm die Hand. Mr. Tory klopfte mir daraufhin auf die Schulter. »Sid, Sie machen das schon. Und wir werden uns wiedersehen. Ich weiß noch nicht wo, aber an einem Ihrer Reiseziele werden wir uns wieder begegnen. Ich bin zwar schon recht wacklig auf den Beinen, aber den Spaß werde ich mir nicht nehmen. Lassen Sie sich überraschen.« Mit dieser erstaunlichen Nachricht fiel es mir tatsächlich leichter, mich von ihm zu verabschieden. Und so schulterte ich meinen Rucksack und machte mich mit Matthew zusammen auf zu der Limousine, die mich vom Bahnhof abgeholt hatte. Der Chauffeur namens Waters wartete bereits. Da wie immer in London viel Verkehr herrschte, dauerte es eine gute Dreiviertelstunde, bis wir endlich am Flughafen London Stansted angekommen waren. Waters begleitete mich zum Check-in, wartete noch, bis ich an der Reihe war und wünschte mir dann einen guten Flug, riet mir aber auch, gut auf mich aufzupassen. Ehe ich mich versah, saß ich bereits im Flieger.

Mein zweiter Flug in meinem Leben. Der große Unterschied war, dass der erste schon sechs Jahre her war und ich damals noch zwischen meiner Mutter und Ferdi saß. Mein Vater war auch noch dabei. Vater … ich erinnerte mich an ihn als einen fröhlichen Menschen … Mutter dagegen sagte, er sei ein Künstler und Freigeist, dem es einfach vor zwei Jahren mit uns zu eng geworden sei ... aber sie sprach nicht oft darüber, das Thema war bei uns zurzeit tabu.

Ich hatte einen Fensterplatz, neben mir saß jedoch ein sehr dicker Mann, was meine Bewegungsfreiheit erheblich einschränkte. Alles konnte Mr. Tory doch nicht vorhersehen und arrangieren.

Ich stöpselte schnell meinen iPod ein und folgte dann mit den Augen den Einweisungs- und Flugstartformalitäten. Dann ging es los. Mit einem flauen Gefühl im Magen registrierte ich, wie wir abhoben. Fasziniert blickte ich auf das eigentlich so große, nun aber immer kleiner werdende London unter uns. Der Morgennebel hatte sich gelichtet. Während mein Nachbar sich in eine Zeitung vertiefte und damit ungeschickt herumwedelte, war ich versunken in die Welt unter mir, diesmal begleitete mich *Human* von Rag'n'Bone Man.

Was meine Mutter und Ferdi jetzt wohl machten? Ich hatte die Gedanken an beide seit gestern verdrängt. Doch jetzt bekam ich Gewissensbisse. Was hatte ihr Mr. Tory erzählt? Er hatte gesagt, sie wäre vermutlich etwas verwundert, aber beruhigt. Spätestens in Campeto wollte ich Mr. Tory per E-Mail fragen, ob ich sie anrufen und mich bei ihr melden könnte. Nach einer Weile schaute ich die Bordzeitschrift durch und zog dann den Taugenichts heraus. Und siehe da! Auch ihn führte es nach Italien.

Wertgeschätzter Herr Einnehmer! Italien ist ein schönes Land, da sorgt der liebe Gott für alles, da kann man sich im Sonnenschein auf den Rücken legen, so wachsen einem die Rosinen ins Maul, und wenn einen die Tarantel beißt, so tanzt man mit ungemeiner Gelenkigkeit, wenn man auch sonst nicht tanzen gelernt hat. (1)

So die Worte eines Portiers zum Taugenichts.

Na dann. Mal schauen, ob ich Rosinen oder Taranteln begegnen würde. Das Buch war doch etwas ungewohnt und anstrengend und verriet von Italien nicht allzu viel, so schlief ich dann irgendwann ein.

Nach der Landung schulterte ich Rucksack und Jacke, zog die rote Mütze erneut an und stiefelte los. Unsicher sah ich mich um. Mr. Tory hatte gesagt, ich würde abgeholt werden. Automatisch suchte ich nach älteren Herren in schwarzen Anzügen, konnte aber niemanden entdecken. Als ich schon etwas nervös wurde, hörte ich eine Mädchenstimme dicht hinter mir meinen Namen rufen. Ich wirbelte herum und schaute mitten in ein sommersprossiges, leicht spöttisches Gesicht: zwei grüne, wache Augen, ein lachender Mund mit auffälliger Zahnlücke, ein leuchtendes Nasenpiercing, das Ganze umrahmt von einer in alle Richtungen stehenden leuchtend roten Mähne.

»Hi. Ich bin Chiara. Nach der roten Mütze zu urteilen musst du Sid sein. Willkommen in Pisa.«

Ich musste ziemlich dämlich in diesem Moment aus der Wäsche geschaut haben, jedenfalls betrachtete mich der Rotschopf leicht amüsiert. »Falls du dich wunderst. Ich kann Deutsch. Vereinfacht die Sache etwas. Ich werde dich nach Campeto bringen.«

Alles, was ich hervorbrachte, war so ein Krächzlaut und ein »Okay.« Oh Sid, manchmal bist du echt ein Vollpfosten. Aber niemals hätte ich damit gerechnet, dass mir der vornehme Mr. Tory so eine Art junge Punkerin schicken würde.

Chiara schien nicht der Typ zu sein, der sich ewig mit etwas aufhielt. Schnurstracks stiefelte sie los. Ich hinterher. Bis wir vor einem kleinen, reichlich verdreckten Pickup landeten. Chiara fackelte nicht lange, öffnete die Beifahrertür, nahm mir Rucksack und Jacke ab, stopfte alles hinter den Sitz und forderte mich dazu auf, einzusteigen. Rasch nahm sie dicht neben mir Platz und startete den Wagen, der darauf ein Dröhnen von sich gab, als wäre er ein Traktor. Und schon ging's los.

Verstohlen musterte ich meine neue Chauffeurin. Chiara hatte eine schwarze Canvashose an, schwere Boots, dazu ein schwarzes Top mit Rolling-Stones-Zunge und allerlei silbernen Schmuck an den Fingern und um den Hals. Insgesamt sah sie aus wie eine Kreuzung aus Pippi Langstrumpf und einer Gothic Queen. Mannomann, wo Mr. Tory die wohl aufgetrieben hatte?

Als hätte sie meine Gedanken gehört, antwortete Chiara: »Ich bin die Einzige im Dorf, die richtig Deutsch spricht, meine Mutter ist Deutsche. Auch kenne ich die Strecke gut, seit ich den Pickup fahren darf. Mein Vater Federico ist hier mindestens ein Mal die Woche unterwegs. Du wirst übrigens bei uns wohnen. Aber erst müssen wir die Fahrt hinter uns bringen.«

Anfangs ging es die Küstenstraße entlang. Zwischen den Strandanlagen konnte ich immer wieder einen Streifen des blitzenden Blaus erhaschen und bedauerte es, dass Tory mir nicht einen Badeort ausgesucht hatte. Dann führte uns Chiara ins Inland, die Straße schlängelte sich immer weiter hinauf, wurde zusehends schmaler, schließlich einspurig. Jedes Mal, wenn uns jemand entgegenkam, musste ich scharf Luft einziehen. Das war kein Zuckerschlecken hier. Und an den immer seltener werdenden Ortschaften merkte ich auch, dass wir uns vom Tourismus entfernten. Chiara hatte eine ganze Weile geschwiegen. War mir allerdings auch lieber so, immerhin schien man sich auf die Strecke konzentrieren zu müssen.

Auf einer geraden Straße ohne Gegenverkehr begann sie dann mit etwas Konversation. Wo ich herkäme. Wie alt ich wäre. Ob ich schon in Italien gewesen wäre. Ich erfuhr im Gegenzug von ihr, dass sie neunzehn sei und derzeit auf dem Hof ihres Vaters mithelfen würde.

»Mein Vater«, erzählte sie, »hat zusammen mit meinem Onkel einen Weinberg. Auch ein paar Hühner und er baut etwas Gemüse an, sie besitzen eine kleine Taverne und im Frühjahr, Sommer und Herbst verirren sich ein paar Feriengäste dorthin. Insgesamt gibt es stets eine Menge zu tun.«

»Und deine Mutter?«

»Die ist noch in Deutschland. Ich wohne seit meinem sechzehnten Lebensjahr bei meinem Vater.«

Getrennte Welten also. Damit hatten wir eine kleine Gemeinsamkeit. Mit dem allerdings nicht unwesentlichen Unterschied, dass sich mein Vater einfach verdrückt hatte. Ich beließ es erst einmal dabei und stellte keine weiteren Fragen. Hatte ich doch den Eindruck, dass Chiara zunächst einmal nicht an weiteren Ausführungen interessiert war.

8. Campeto

Während der Fahrt machte Chiara ihr kleines Transistorradio an und stellte dabei einen Sender ein, der fast ausschließlich alte Rockmusik spielte. Nicht schlecht eigentlich, im Grunde hätte ich mich gerne mit ihr darüber unterhalten.

Die letzte Strecke bestand fast nur aus engen Kurven. Mir wurde etwas übel. Ich wollte mir aber nichts anmerken lassen. Es war schon nach acht, als sich vor uns gegen den geröteten Abendhimmel eine Reihe alter hellbrauner Stein häuser über einen Hügel erhob, eng aneinander gekuschelt, in der Mitte überragt von einem eckigen Turm. Aus den zahlreichen kleinen Fenstern drang bereits warmes Licht und die elektrische Straßenbeleuchtung flackerte orange. Am Ortseingang saßen ein paar alte Menschen auf Klappstühlen und unterhielten sich angeregt.

»Wir sind da. Willkommen in Campeto – und in der wunderschönen Pampa der Toskana«, rief Chiara und machte dabei eine ausladende Geste. Sie fuhr nun ganz langsam durch die engen Gassen. Dass ihr Pickup so eine Spielzeugausgabe war, machte hier endlich richtig Sinn. Vermutlich würde jedes andere Auto zwischen den Häusern steckenbleiben. Vor einem runden Toreingang mit der Aufschrift »Taverna Da Rosa« verlangsamte sie ihre Fahrt und tuckerte im Schritttempo in die recht schmale Durchfahrt. Um uns herum stieben ein paar Hühner auseinander und zwei schmale grau-getigerte Katzen sprangen maunzend herbei. Wir befanden uns in einem kleinen gepflasterten Innenhof, gesäumt von einer Vielzahl an großen und kleinen Tontöpfen mit blühenden Pflanzen.

Chiara stellte den Pickup ab und stieg aus. Ich nahm Jacke und Rucksack und folgte ihr. Sie öffnete eine der Türen, die zu einem kleinen Flur mit Treppe und einer Seitentür führte und rief: »Ciao, Papa! Siamo qui!«

Kurz darauf trat ein recht imposanter Mann in den Flur. »Benvenuto! Sono Federico.« Mit einer kräftigen Umarmung, die sich so stürmisch vollzog, dass ich kaum Zeit fand, etwas zu entgegnen, hieß Federico mich willkommen, als wäre ich ein alter Bekannter. Chiaras Vater hatte gebräunte Haut, nur mit wenigem Grau durchsetzte braune Haare, ein markantes Gesicht mit sehr wachen, aber freundlichen grünen Augen. Chiaras Augen. Ich hätte wetten können, die hätte sie von ihrer deutschen Mutter, aber das war wohl ein Irrtum.

Verlegen versuchte ich mich an die Begrüßungsformeln aus dem Reiseführer, den mir Tory noch mitgegeben hatte, zu erinnern, doch schon kam Chiara mir zur Hilfe und bot sich an zu übersetzen. So erfuhr ich, dass ich eins der Zimmer mit der schönsten Aussicht bekäme. Sie hätten zurzeit nur noch zwei Damen als Gäste, daher drei weitere Zimmer frei. Und dass es gleich schon Abendessen gäbe. Chiara bedeutete mir zu folgen, und so erklommen wir die schmale Stiege zum ersten Stockwerk. Sie öffnete mir eine winzige Tür, unter der ich mich etwas ducken musste. *Mein* Zimmer war klein, aber wirklich nett. Weiß getünchte Steinwände, ein großes Bett mit rot-weiß-karierter Bettwäsche. Ein alter Bauernschrank. Ein kleiner Fernseher und eine winzige Balkontür, die zu einem schmalen Balkon führte, aber einen wirklich tollen Blick auf die unterhalb des Dorfes liegenden Weinhänge und Felder bot. Das alles in dunkelrotes Abendlicht getaucht.

Chiara erklärte mir: »Das Bad ist nicht groß, aber genau gegenüber von deinem Zimmer. Essen gibt es in zehn Minuten. Du musst nur deiner Nase folgen, dann findest du den Gastraum.«

Ich bedankte mich bei ihr. So anders das hier auch war im Vergleich zu dem luxuriösen Anwesen von Tory, es war doch etwas Besonderes. Alles fühlte sich hier nach Urlaub an, obwohl das Meer eine Ecke entfernt war. Ich nahm kurz Platz auf dem kleinen Bett, wühlte meine paar Sachen heraus und stöpselte dann das Tablet mit Aufladekabel in die Steckdose.

Na ja, ganz schwacher Empfang. Aber immerhin. Schnell rief ich das E-Mail-Programm auf, suchte Torys bereits eingegebene E-Mail-Adresse heraus und schrieb ihm eine kurze Nachricht.

Von: s.sage@web.de

An: tory@fantastico.com

Lieber Mr. Tory,

bin gut in Campeto angekommen. Kurvenreiche Fahrt mit einem Mädchen namens Chiara. Sie spricht Deutsch. Ist ganz nett hier. Gleich gibt's Essen. Ich würde nachher gerne eine Nachricht an meine Mutter schreiben. Da ich aber nicht weiß, was Sie ihr erzählt haben, weiß ich auch nicht genau, was ich ihr schreiben kann, ohne mich zu verraten …

Viele Grüße Sid

Und zack auf Senden. Die Nachricht brauchte eine gefühlte Ewigkeit, bis sie in die Weiten des Internets geschickt wurde. Mittlerweile zog schon ein aromatischer Geruch aus Knoblauch, Tomaten und Gebratenem in meine Nase und erinnerte mich daran, dass es Essenszeit war.

Ich eilte die kleine Treppe hinunter. Wie Chiara gesagt hatte, führte mich der Essensduft ganz sicher ans Ziel. Ich landete in einem mit Kerzenlicht erleuchteten Raum mit kleinen Tischchen. An einem davon hatten schon die beiden von Chiara erwähnten Damen Platz genommen. Der andere war für vier weitere Personen gedeckt. Teller, Gläser, Besteck, Brot, Karaffen mit Wein und Wasser standen bereit.

Chiara kam mit zwei dampfenden Schüsseln Gemüse aus der angrenzenden Küche. Ihr Vater folgte mit zwei Platten riesengroßer Steaks. Sie platzierten sie vor den Damen und auf dem zweiten Tisch. »Buon appetito« Federico und Chiara nahmen Platz. Aus der Küche trat, sich die Hände an einer Schürze abwischend, eine kleine ältere Frau.

»Das ist meine Großmutter Ludovica.«

Ludovica lächelte mich aus ihrem fast zahnlosen Mund an und drückte mich genauso heftig wie zuvor schon ihr Sohn. Wie ein festes Mitglied der Verwandtschaft, nach langer Zeit zurückgekehrt. Als sie mich mit ihrem rasend schnell gesprochenen Italienisch bestürmte, beschwichtigte Chiara sie, bis ihre Großmutter den Wortschwall mit einem weiteren herzigen Lächeln beendete.

»Das ist Bistecca fiorentina à la Federico. Das Gemüse hat meine Großmutter liebevoll zubereitet. Ich hoffe, du isst auch so etwas und nicht nur Spaghetti Bolognese«, sagte Chiara. Mit leicht spöttischem Lächeln durch die Zahnlücke.

»Klar, sieht lecker aus.« Ich hatte einen Bärenhunger und daher fiel es mir nicht schwer, mir einen beachtlichen Berg Tomaten, Zucchini, Möhren und Zwiebeln auf den Teller zu schaufeln. Federico krönte das Ganze dann mit einem dieser gigantischen Steaks. Mein Glas wurde mit Wein gefüllt und alle prosteten mir fröhlich zu. Der Rest war schweigender Genuss. Also meinerseits. Die drei ergingen sich beim Essen in einem einzigen lebhaften Wortschwall. Es ist mir vollkommen schleierhaft, wie sie es gleichzeitig dabei schafften zu essen.

Auch die beiden toskanareisenden Damen, geschätzte sechzig, Typ pensionsreife Gymnasiallehrerin oder so, schienen sich in eine angeregte Unterhaltung vertieft zu haben.

Ich tunkte das Brot in die letzten Reste des Gemüses und der Fleischsoße und war angenehm satt, aber auch etwas benommen von dem ungewohnten Wein. Sobald ich meinen Teller freigab, eilte Großmutter Ludovica auf ihren kleinen Füßen zurück in die Küche, um dann mit einem Wägelchen mit Kuchen, Obst und Käse zurückzukehren. Die beiden Damen nahmen begeistert davon, ich selbst bekam ganz einfach von allem etwas auf einen kleinen Teller.

»Ludovica meint, du siehst immer noch hungrig aus«, erklärte Chiara. Der Kuchen war ungewohnt süß, aber lecker, keine Frage. Nach diesem üppigen Mahl überlegte ich schon, wie ich am elegantesten den Abgang machen konnte. Ich war reichlich müde. Auch erwartete ich ja die Antwort von Tory. Chiara schaute mich an und sagte: »Ich kann dir morgen den Ort und die Umgebung zeigen, muss aber auch ein paar Einkäufe machen und in den Weinbergen vorbeischauen. Hast du Lust mitzukommen?«

»Klar, wäre cool.«

»Gut. Aber jetzt legst du dich vielleicht besser ins Bett. Siehst echt fertig aus.«

Erleichtert gab ich ihr recht, bedankte mich bei Federico und seiner Mutter für das leckere Essen und verkrümelte mich dann in meinem neuen Zimmer. Dort rief ich das E-Mail-Programm auf und siehe da, der unermüdliche Mr. Tory hatte bereits geantwortet.

Von: tory@fantastico.com

An: ssage@web.de

Lieber Sid,

es freut mich sehr zu hören, dass Sie die toskanischen Kurven wohlbehalten hinter sich gebracht haben. Ich habe Ihren gesunden Appetit ja bereits kennengelernt. Daher mache ich mir keine Gedanken, dass Ihnen das stets reichhaltige italienische Essen ebenfalls gut bekommen wird. Um auf Ihre Frage bezüglich Ihrer Mutter zurückzukommen:

Schreiben Sie einfach kurz: »Der Latein-Sprachkurs in Trier mit Ansgar ist langweilig. Aber ich halte durch. Handys sind hier verboten. Gruß, Sid.« Alles andere würde Ihre Mutter nur unnötig verwirren. Ich setze auf Ihre Klugheit und Kooperation. Verderben Sie sich nicht selbst Ihr kleines Abenteuer, das ja noch zwölf Tage währen soll.

Herzlichst, A.S. Tory

Verblüfft las ich die E-Mail ein zweites Mal. Latein-Sprachkurs mit Ansgar! Schlimmer ging es ja kaum! Ansgar war der letzte Oberspießer in unserer Klasse und hatte in der Tat vor den Ferien gefragt, ob ich mit ihm dieses komische Latein-Camp in Trier machen wolle. Das war allerdings das Allerletzte, was ich mit meinen Ferien hatte anfangen wollen. Dann lieber ein paar Mal Nachhilfe.

Dass meine Mutter, wie Tory schon anfangs gesagt hatte, beruhigt, aber auch erstaunt war, konnte ich mir jetzt gut vorstellen. Eigentlich wusste sie, dass ich Ansgar nicht mochte. Allerdings war Ansgar das allerbeste Kindermädchen, weil die größte Spießerspaßbremse überhaupt. In seiner Begleitung konnte mir echt nichts passieren. Und genug Geld hatten seine Eltern auch. Zu Ansgars Eltern passte es durchaus, ihrem Sohn einen Freund für die Ferien zu organisieren. Wenn ich nicht schon vorher über Tory gestaunt hatte, dann jetzt erst recht. Wie konnte er das alles wissen und dann auch noch so reibungslos durchführen? Hammer! Einziges Problem war: Meine Mutter durfte nicht Kontakt mit Ansgars Eltern aufnehmen. Aber ich war mir fast sicher, dass Tory auch dafür irgendwie gesorgt hatte. An Torys Textvorschlag änderte ich nichts und schickte meine E-Mail mit dem vorgegebenen Wortlaut an meine Mutter. Ich öffnete die kleine Balkontür und setzte mich auf einen Klappstuhl. Kühle Luft strömte mir entgegen. Trotz der Dunkelheit konnte man die Umrisse der sanft abfallenden

Hügel erkennen, hier und da die schwarzen Konturen einiger Zypressen und Pinien.

Was wohl der nächste Tag für mich bereithalten würde? Es war Montagabend, erst der dritte Tag meines Abenteuers und dennoch erschien es mir, als wäre ich schon viel länger fort. Ich legte mich auf das Bett, besah mir von dort meine kleine Trophäensammlung: das alte Buch, die chinesische Maske und das neue Tablet und versank bald in einen tiefen Schlaf.

9. Chiara

Dienstag, 10.10.17

Ein kühler Luftzug aus der noch offenstehenden Balkontür und helles Sonnenlicht weckten mich. Ich hatte von einem seltsamen Lateincamp mitten in der Toskana geträumt. Mit Mr. Tory als Lehrer. Und Ansgar und Chiara als Mitschülern. Ersterer beflissen wie immer. Chiara hingegen fand das Ganze völlig unnötig. Sie könne schon fließend Latein sprechen. Sehr verwirrend. Aber irgendwie auch lustig.

Bereits auf der Treppe stieg mir ein süßer Vanilleduft in die Nase. Als ich den kleinen Gästeraum betrat, lugte Ludovica aus der Küche und rief irgendetwas Erfreutes aus. Dann trippelte sie mit einem Körbchen herbei, in dem sich das befand, was so wunderbar geduftet hatte. Mit Puderzucker bestäubte, frisch gebackene kleine Hörnchen. Daneben ein Cappuccino, den eine verlockend schneeweiße Milchschaumhaube krönte. Das Frühstück war hier nicht so üppig wie in London, aber nicht minder lecker. Auf diese Weise gestärkt, fragte ich Ludovica nach Chiara. Sie wies mit der Hand zu einer weiteren Tür, die von der Küche zur Rückseite des Gebäudes führte.

Dort fand ich dann auch Chiara zusammen mit ihrem Vater. Sie stapelten gerade mehrere Körbe ineinander und stellten leere Flaschen in Kisten. Als beide mich sahen, begrüßten sie mich freundlich. Chiara erkundigte sich, ob ich gleich Lust hätte, mit ihr in den nächsten Ort zum Einkaufen zu fahren. Ich bejahte und bot mich an, den beiden dabei zu helfen, die Körbe und Kisten zum Pickup zu tragen.

Als alles verstaut war, umarmte Chiara ihren Vater und forderte mich dazu auf, einzusteigen. Eine der Katzen strich schnurrend um mein Bein und machte es mir daher etwas schwer, die Füße in den Wagen zu heben. Chiara lachte, hob die kleine Graue kurz auf, gab ihr einen Kuss und setzte sie einige Meter entfernt ab. Dann starteten wir.

Der winzige Ort war an diesem Morgen etwas belebter. Hier und da liefen ältere Frauen durch die Gassen, bepackt mit Einkaufstaschen und Körben. Knatternde Vespas fuhren vorbei. Neugierige Katzen schauten von Fenstersimsen. Hundegebell drang aus mehreren Toreinfahrten. Auch einige wenige Touristen waren unterwegs. Unversehens gelangten wir zum Ortsausgang. Ein paar kleine Jungs spielten dort Fußball. Wie sich das Leben hier wohl im Alltag gestaltete? Schule oder Kindergarten gab es bestimmt nicht. Auch kein Kino oder sonstige Freizeit- und Sportmöglichkeiten. Dass sich die Menschen hier pausenlos online die Zeit vertrieben, war ebenfalls unwahrscheinlich bei dem schlechten Netzempfang, den es hier gab. Wie konnte es jemanden wie Chiara, die noch so jung, aber auch eigenwillig und scheinbar recht taff war, dauerhaft hierhin verschlagen? Ich nahm mir vor, sie bei der nächsten Gelegenheit zu fragen.

Da sie mit halsbrecherischem Tempo den Ort verließ und mir der klappernde und scheppernde Inhalt auf der kleinen Ladefläche des Wagens etwas Sorgen machte, zog ich es vor, sie erst einmal nicht in eine Konversation zu verstricken. Zum Glück dauerte unsere Fahrt keine zwanzig Minuten und wir kamen in einem etwas größeren Ort an, der ebenfalls wie Campeto aus braunen Steinhäusern bestand, aber weitaus belebter war. Sogar ein paar Reisebusse konnte man am Ortsrand sehen.

Chiara steuerte geschickt durch die Straßen, bis wir an einen Parkplatz mit einem großen »Super-Mercato« gelangten. Gemeinsam brachten wir das ganze Altglas weg, dann drückte Chiara mir einen Zettel in die Hand, auf dem sich auf Italienisch eine Einkaufsliste befand. »Hier, mal schauen, ob du etwas lesen kannst.«

Das eine oder andere ließ sich erraten, aber die meiste Zeit brauchte ich Chiaras Hilfe. Am Ende hatten wir einen stattlichen Einkauf beisammen.

»Allora, ich hoffe, das reicht für dich.« Chiara grinste. Die Rückfahrt gestaltete sich genauso zackig wie die Hinfahrt. Wir brachten die Lebensmittel in die Küche, in der Ludovica schon wieder eifrig zugange war. Als alles verstaut war, gab Ludovica uns einen Proviantkorb mit. Dann machten wir uns wieder auf den Weg. Diesmal ging es zur anderen Seite des Ortes hinaus, durch die Felder und Hügel, die ich schon von meinem Balkon aus hatte sehen können. Jetzt alles getaucht in goldenes Oktoberlicht.

Chiara verlangsamte ihre Fahrt vor einem großen Steintorbogen. Daneben war ein Schild angebracht: *»Podere Da Rosa.«* Wir fuhren den schmalen Feldweg hinauf. Gesäumt wurde der Pfad zur Rechten und Linken von Wein. Inmitten der Hänge konnte man einige Frauen und Männer bei der Arbeit sehen.

An einem großen Steingebäude auf dem Hang hielt Chiara an.

»Schön, nicht wahr? Unser Weinberg. Du hast Glück mit deinem Reisezeitpunkt. Wir sind mitten in der Weinlese. Und es war ein ganz gutes Jahr.«

Wir stiegen aus und Chiara erklärte mir, was alles zum Weinberg ihres Vaters und Onkels gehörte. »In der Weinlesezeit kommen immer einige Helfer aus dem Ort und auch aus der Stadt dazu. Hier wird die Weinlese noch komplett ohne Maschinen gemacht. Das ist ganz schön mühsam.« Zwischen den Reihen mit Weinstöcken standen zwei schon zur Hälfte mit rotblauen Trauben beladene Traktoren mit großen Ladeflächen.

Chiara sprach ein paar Worte mit einer der Arbeiterinnen. Diese zeigte mir einen noch vollen Rebstock und forderte mich auf, es selbst mal zu versuchen, die vollen Trauben mit der speziellen Schere abzuknipsen.

»Bevor es kalt und regnerisch wird, muss alles abgeerntet werden. Zeit ist Geld. Mein Vater und ich helfen natürlich auch zwischendrin immer wieder. Da er die Taverne hat, hat mein Onkel aber die meiste Arbeit.«

Chiara führte mich zu dem großen Gehöft.

»Hier wohnt mein Onkel mit seiner Frau. Sie haben zwei Kinder. Zehn und vierzehn Jahre alt. Franka und Francesco. Sie gehen in Pisa in ein Internat. Und kommen erst in den Winterferien zurück nach Hause.«

Wir gingen durch ein großes Tor in einen dunklen gemauerten Raum, in dem mehrere Keltern standen. Eine breite Steintreppe führte von da aus nach unten.

»Warst du schon einmal in einem richtigen Weinkeller?«

Als ich verneinte, zog Chiara mich die Treppe herunter. Ein großer Raum lag vor uns. Es roch modrig, aber auch eindeutig nach Trauben und Wein. Mehrere Fässer lagerten hier und eine große Abfüllanlage aus Edelstahl stand in der Mitte.

»Wir sind autark. Den Wein füllen wir hier selbst in Flaschen ab.«

»Chiara! Mia Cara!«

Die sonore Stimme schreckte mich auf. Im Eingang stand ein Hüne von Mann: gegerbtes Gesicht, wenig Haar. Den Schalk in den braungrünen Augen.

»Das ist mein Onkel Raffaele Da Rosa.«

Chiara stellte mich ihm vor. Er musterte mich interessiert. Mit mehreren lebhaften Gesten und Worten schien sie ihm meine Anwesenheit zu erklären. Der Onkel nahm eine der noch nicht etikettierten Flaschen und gab sie mir.

»Raffaele meint, ein paar Schluck könnten wir zu unserem Picknick trinken. Es ist Zeit für eine kleine Mittagspause.«

Chiara lachte, verabschiedete sich von ihm und so folgte ich ihr wieder hinaus. Sie holte aus dem Pickup den Korb, den ihr ihre Großmutter gegeben hatte und wies auf ein schattiges Plätzchen unter ein paar Olivenbäumen hin. Wir setzten uns auf den trockenen und sonnenwarmen Lehmboden und Chiara packte auf einem Küchentuch alles aus, was ihre Oma mitgegeben hatte. Dann zog sie einen kleinen Korkenzieher aus ihren Hosentaschen und öffnete den Wein. Sie nahm zwei Plastikbecher aus dem Korb und füllte sie jeweils zur Hälfte. Schweigend genossen wir zunächst den Wein und dann die Sandwichbrote. Ich konnte mich nicht erinnern, dass ich schon jemals unter einem Olivenbaum gesessen und noch dazu Wein getrunken hätte.

Nach einer Weile begann Chiara zu erzählen.

»Mein Vater ist hier in Campeto geboren. Er hat meine Mutter in einem Restaurant in Volterra kennengelernt. Dort jobbte er damals als Kellner. Aber wie die meisten Urlaubsgeschichten ist es dann am Alltag gescheitert. Als ich zwei Jahre alt war, ist meine Mutter mit mir zurück nach Deutschland gezogen. Mama hielt es hier einfach nicht mehr aus. Mein Vater hat uns nur zwei Mal besucht. Mit dem Lärm der Großstadt und der Kälte, dem Wind und dauerndem Regen in Hamburg kam er wiederum einfach nicht klar. Bis ich sechzehn wurde, habe ich bei Mama gewohnt. Ein paar Mal haben wir Papa in den Ferien besucht.« Chiara seufzte. »Tja, nach der zehnten Klasse hatte ich echt keinen Bock mehr auf Schule. Und so bin ich in Campeto gelandet. Jetzt sind es schon drei Jahre … Ich lebe gerne hier. Die Landschaft ist toll und Papas Familie schwer in Ordnung. Irgendwie ist alles echter und unverfälschter. Ich habe meine Aufgaben und kann mich nützlich machen. Anders als in der Schule halt.«

»Aber zwischen Hamburg und Campeto ist schon ein großer Unterschied …«

»Klar … zwischendurch fällt mir hier auch mal die Decke auf den Kopf und ich habe dann Lust auf eine größere Stadt. In solchen Zeiten fahre ich dann einfach nach Florenz und penne dort bei Freunden. Vielleicht hole ich auch irgendwann mein Abi nach und studiere Kunst. Mal schauen …«

Während einer Pause, in der wir schwiegen, stand ein »Und du?« unausgesprochen im Raum. Unsicher, wie viel ich von Tory preisgeben durfte, begann ich stockend zu erzählen. Von den Ferien. Von meiner Familie. Von Vaters Verschwinden vor zwei Jahren. Von der Schule. Von den E-Mails. Von meiner Reise. Von London. Von Zefani und Chan. Von der Lügengeschichte, die Tory und ich meiner Mutter aufgetischt hatten.

Chiara hörte zu, ohne mich zu unterbrechen. Als ich geendet hatte, schwiegen wir beide eine Weile.

Dann fragte sie: »Warum ist dein Vater weggegangen?«

»Mama sagt, ihm wäre alles zu eng und erdrückend geworden. Also ein bisschen so wie bei deiner Mutter. Aber ihm hat auch sein Beruf keinen Spaß mehr gemacht. Er wollte ursprünglich mit uns zusammen auswandern. Aber Mama wollte das nicht.«

»Und dann hat er seine Sachen gepackt und ist gegangen?«

»Ja.«

»Schon krass. Wobei es für meinen Vater am Anfang wohl auch so ähnlich war wie für deine Mutter. Und er hat mich sogar damit die ganzen ersten Jahre verloren … Aber ihr wisst, wo er ist, und habt zumindest etwas Kontakt?«

»Ja, er ist in Kanada und hat einen kleinen Handwerksbetrieb eröffnet. Ab und zu meldet er sich. Aber er hat wohl auch eine neue Freundin … komplett neues Leben halt. Meine Mutter will daher zurzeit nichts mehr von ihm wissen.«

»Hm. Nicht einfach. Da ich damals noch zu klein war, habe ich diese Phase zum Glück kaum mitbekommen.« Eine Weile schwiegen wir wieder. Dann sagte Chiara: »Auch wir sind beide geflohen. Ich vor der Großstadt in die Ruhe. Du aus der Langeweile ins Abenteuer. Und da treffen wir uns dennoch hier in der stillsten Provinz, die man sich vorstellen kann.«

Ich nickte. Doch Chiara grinste. »Heute Abend werde ich dir beweisen, dass es hier nicht langweilig ist.« Sprach's und erhob sich. »Und nun schauen wir mal, ob wir meinem Onkel noch etwas helfen können.« Bestimmt drei Stunden arbeiteten wir im Weinberg. Dann packten wir etwas Trauben und ein paar Kartons Wein und Olivenöl in den Pickup und fuhren zurück zur Taverne.

Ich half diesmal, die Tische für den Abend einzudecken und konnte mich sogar etwas beim Vorbereiten des Abendessens nützlich machen. Zwei Cousins und ein Nachbar gesellten sich zu uns. Anders als am Vorabend beteiligte ich mich mit einem Mischmasch aus Deutsch-Englisch und ein bisschen Italienisch am Gespräch und war trotz der ungewohnten Arbeit im Weinberg nicht müde, sondern wach und selten gut gelaunt.

Die Cousins und der Nachbar namens Pedro, Antonio und Bernardo waren alle ein gutes Stück älter als ich, aber irgendwie machten sie nicht viel Aufhebens daraus, dass ich noch jünger war. Das fand ich echt cool.

Nach dem Essen erklärte Chiara ihrem Vater, dass wir zusammen mit den Jungs eine Vespatour ins benachbarte Monteverdi machen würden. Federico schien sie mit einem Blick auf mich noch darauf aufmerksam zu machen, sie sollte auf mich aufpassen. Aber lange Diskussionen gab es nicht. Chiara holte ihre Vespa aus einem Schuppen heraus. Die anderen hatten ihre im Hof geparkt. Ich rutschte auf den Sitz hinter Chiara.

Und los ging's. War sie schon keine zögerliche Autofahrerin, so stellte sich Chiara auf der Vespa als wahrer Teufel heraus. Wir fegten in einem Affenzahn aus dem Ort, sodass ich gar nicht bemerkt hatte, dass wir bereits auf der Landstraße waren. Johlend versuchten die Jungs uns einzuholen, aber Chiara ließ keinen vorbei. Als wir ankamen, kapierte ich erst, dass es sich um den gleichen Ort wie am Mittag handelte. Kleine bunte Lichterketten ließen jetzt am Abend alles ganz anders aussehen. Aus einigen der Restaurants und Bars drang Musik und dank der milden Temperaturen war auch eine Menge los. Zielstrebig steuerte Chiara eine hell beleuchtete Kneipe an, die den gänzlich unitalienischen Namen »Sportsbar« trug. Auch hier war in der Tat erstaunlich viel los. Junges und altes Volk saß auf der beleuchteten

Terrasse. Innen standen mehrere Flipper, ein Billardtisch und ein Dartspiel und alles von lauter Musik aus den Charts, Gesprächen und Gelächter gefüllt.

»Wie kommt es, dass noch so viel los ist? Ich meine, wir haben nicht Wochenende oder so«, wollte ich wissen.

»Na ja, man freut sich hier genauso daran, dass es noch recht warm für die Jahreszeit ist, wie in Deutschland auch. Wochenende oder nicht spielt da keine große Rolle. Teilweise sind es aber auch Touristen, die du heute hier siehst. Aber manche aus der Gegend entspannen einfach auf diese Weise von der harten Erntearbeit.«

Wir entschlossen uns zu einer ersten Runde Billard. Dann folgten Darts, mehrere Glücksspielautomaten und schließlich fasste ich den Mut und schloss mich einer Kartenrunde mit Chiara und den Jungs an. Chiara behauptete, es wäre wie Skat, ehrlich gesagt, muss das eher ein Übersetzungsfehler gewesen sein. Wie auch immer, ich hätte die Regeln nie kapiert, wenn ich nicht im Team mit Chiara gegen die Jungs gespielt hätte.

Kurz vor Mitternacht leerte sich der Laden zusehends und auch die Jungs verabschiedeten sich. Chiara bezahlte und schlug dann als krönenden Abschluss eine Fahrt mit der Vespa zur Chiesa di Monteverdi vor. »Auch wenn du nichts mit Kirchen am Hut hast, das wird dir gefallen.«

Ich stieg wieder hinten auf die Vespa auf und wir fuhren den Ort nach oben, bis wir zur Kirche gelangten. Der

Turm und die Nebengebäude einschließlich Treppenaufgang waren von mehreren Strahlern komplett in orange-rotes und lila Licht getaucht. So still und einfach das Ganze dalag, ja, es hatte was. Chiara stellte die Vespa ab. Und wir setzten uns auf die Brüstung oberhalb des Kirchhofs, vor uns der beleuchtete Turm, dahinter die dunklen Hügel der Toskana. Magic. Sah aus wie eine Bühnenkulisse. Schweigend saßen wir da. Gerade bedauerte ich, kein Handy dabei zu haben. Als hätte Chiara meine Gedanken gelesen, nahm sie aus ihrer Jeansjacke ein Smartphone. Sie hielt es vor uns und machte ein Selfie. Grinsender Sid. Und spöttische Zahnlücke. Vor rötlichem Hintergrund. Aber doch irgendwie gut.

Die Rückfahrt verging schnell und eh ich mich versah, schob mich Chiara zur Taverna herein und die Treppe hoch. Sie bugsierte mich grinsend in mein Zimmer, wünschte gute Nacht und verschwand.

10. Wildschweinhatz

Mittwoch, 11.10.17

Unmittelbar nach dem Aufwachen zog ich das Tablet hervor und fand eine Nachricht meiner Mutter. Aufgeregt klickte ich sie an.

Von: m.sagenroth@freinet.de

An: s.sage@web.de

Lieber Siegmund,

schön, dass du dich doch nach zwei Tagen mal meldest. Ich muss schon sagen: Deine Nachricht am Sonntagmorgen fand ich schon etwas bizarr. Zum Glück hatte mich dann Herr Brauer angerufen, um mir zu sagen, dass du dich in der letzten Minute fürs Lateincamp entschieden hast. Ich kannte ihn ja noch gar nicht und war etwas erstaunt. Das nächste Mal klärst du so etwas bitte vorher mit mir ab … und dass die Brauers das Ganze bezahlen wollen, ist mir auch etwas unangenehm. Ich hätte das gerne geklärt, doch leider sind die Brauers selbst nun auch verreist und irgendwie nicht erreichbar. Das mit dem Handyverbot ist ja ein Ding, hat aber sicherlich sein Gutes. Scheinst eh dein Aufladekabel vergessen zu haben. Ich hoffe, du mel-

dest dich dennoch mal zwischendurch. Gibt ja sicherlich auch ein Telefon im Camp.

Ich hoffe, es geht dir gut.

Gruß und Kuss,

Mama

Puh. Hoffentlich flog das nicht noch auf. Tory hatte sich anscheinend als Herr Brauer ausgegeben. Wie ich das mit dem Anruf machen sollte, wusste ich noch nicht. Vielleicht fiel Tory etwas ein.

Als nächstes öffnete ich eine Nachricht von Mr. Tory.

Von: tory@fantastico.com

An: s.sage@web.de

Mein lieber Sid,

ich hoffe, Sie hatten einen schönen Tag in Campeto. Wenn Sie möchten und sich in der italienischen Provinz nicht zu sehr langweilen, dürfen Sie gerne noch ein bis zwei Tage länger bleiben. Danach wartet dann ihr eigentlicher Auftrag.

Mit freundlichem Gruß,

A.S. Tory

Erleichtert las ich die E-Mail. Ich hatte schon geglaubt, dass er mich sofort wieder weiterschicken wollte. Eigentlich gefiel es mir hier ganz gut …

Sogleich schrieb ich meine Antwort.

Von: s.sage@web.de

An: *tory@fantastico.com*

Lieber Mister Tory,

Es gefällt mir hier wirklich. Besser jedenfalls als das Lateincamp … Ein bis zwei Tage länger hier zu bleiben, wäre nicht schlecht. Meine Mutter hat mir übrigens auf meine E-Mail geantwortet. Ich leite Ihnen die Mail mal weiter.

Ihr Sid

Im Anschluss an das Frühstück zog es mich nach draußen. Es war angenehm sonnig und so setzte ich mich auf einen Mauervorsprung im Innenhof und streichelte die graue Katze, die schon gestern so zutraulich war.

»Hi, alles klar?« Chiara kam aus der Scheune, in der Hand eine Schütte mit Körnern, vermutlich hatte sie gerade die Hühner gefüttert.

»Ich habe heute Vormittag etwas mehr Zeit. Hast du Lust auf einen Kurztrip nach Volterra?« Klar, hatte ich.

Nach der gestrigen Vespatour machte mir Chiaras Fahrstil im Pickup nichts mehr aus. In Volterra angekommen, staunte ich über die Touristenmassen.

»Kennst du Twilight?«, fragte sie unvermittelt.

Ja, das kannte ich. Aber das war Mädchenkram, ich kannte nur einen Teil aus dem Fernsehen.

»Viele Touristen kamen eine Zeit lang ausschließlich wegen der Bücher und Filme um Bella und Edward hierher.« Und wirklich konnte ich in den Andenkenläden und Buchhandlungen rund um den Platz einige Poster, Bücher und Souvenirs zu Twilight entdecken.

Chiara steuerte mit mir eine Nebengasse an, in der eine kleine Kunstgalerie war. »Das hier ist mein Lieblingsort. Ich weiß nicht, ob du dich für Kunst interessierst, aber hier sind fast immer tolle Sachen von jungen Künstlern ausgestellt. Manchmal träume ich davon, hier auch einmal meine Bilder zeigen zu dürfen.«

»Du malst?« fragte ich erstaunt. Das erste Mal sah ich Chiara etwas verlegen.

»Ja, aber ist nicht der Rede wert.«

»Doch, finde ich schon. Hast du Bilder in Campeto?«

»Ja, habe ich. Mal schauen, vielleicht zeige ich sie dir mal. Irgendwann …«

Chiara begrüßte in der Galerie einen Mann, der Alfredo hieß. Sie schienen sich gut zu kennen. Er wollte wissen, wer ich war. Chiara stellte mich vor. Wir unterhielten uns eine Weile mit Alfredo. Dann zeigte er uns die neuen Ausstellungsbilder und -skulpturen. Alles sehr abstrakt. Viel verstand ich selbst nicht davon, Chiara aber war begeistert.

Anschließend machten wir eine kleine Runde durch Volterra. Die vielen uralten Gebäude beeindruckten mich. Wir stöberten durch verschiedene Läden. Dabei hielt ich Ausschau nach einem Plattenladen, konnte aber keinen finden.

Chiara wunderte sich: »Du interessierst dich für alte Platten? Wie kommt man denn dazu?«

»Mein Vater hat mir eine große Sammlung und einen Plattenspieler hinterlassen. Als Mama alles wegwerfen wollte, konnte ich sie im letzten Moment aus dem Müll fischen und habe angefangen, mir die alten Stücke erstmals anzuhören. Manches schon echt schräg, aber es waren auch einige gute Sachen dabei. Dann hat in unserer Nähe ein Recordstore eröffnet und ich habe entdeckt, dass die Retroplatten voll im Trend liegen und auch Neues in Vinyl hergestellt wird. So habe ich begonnen, teilweise alte LPs zu verkaufen und mir neue davon anzuschaffen. Ich sag dir, es ist was ganz anderes, so ein großes Plattencover in der Hand zu halten und eine Platte aufzulegen. Macht echt Spaß!«

Chiara nickte anerkennend. »Wow, das klingt gut. Finde ich mega für dein Alter.«

Ich glaube, ich errötete bei diesem unerwarteten Lob sogar etwas und versuchte abzuwiegeln: »Ach, so etwas Besonderes ist es nun auch nicht.«

Wir schlenderten weiter durch die Gassen. In einem Souvenirladen kaufte ich mir eine kleine günstige Pocketkamera. Gestern hatte ich gemerkt, dass mir seit dem Handyverzicht doch die Möglichkeit zu fotografieren fehlte.

Am späten Nachmittag fuhren wir zurück nach Campeto. Dort angekommen, fanden wir Chiaras Vater im lebhaften Gespräch mit einigen anderen Männern. Auch Chiaras Onkel war dabei. Sogleich fiel Chiara in die Diskussion mit ein. Eine Weile stand ich etwas dämlich daneben, weil ich kein Wort verstand. Nur das Wort »Tschingale« fiel dauernd. Ich konnte damit aber nichts anfangen. Schließlich wandte sich Chiara zu mir und erklärte mir, was der Grund für die Aufregung sei. Oberhalb des Weinbergs hätten gestern Nacht einige Wildschweine größere Verwüstungen angerichtet. Ein paar Zäune wären eingerissen und Teile der Gärten geplündert. Die Männer seien Nachbarn ihres Onkels. Man hätte darüber beraten, wie man den Wildschweinen Herr werden könne. Tatsächlich gelte Wildschwein in der Toskana als Spezialität, das Jagen sei also absolut üblich, doch wäre auch das Wildern der Tiere zunehmend ein Problem. Die Männer wollten heute Abend den Tieren den Garaus machen. Das fand ich allerdings recht spannend und so fragte ich, ob ich dabei sein durfte. Chiara runzelte die Stirn und wandte sich an ihren Vater. Dieser schüttelte zunächst den Kopf. Das sei zu gefährlich. Nur Profis dürften eigentlich daran. Die Keiler wären nicht zu unterschätzen. Doch ich wollte mich nicht so schnell abwimmeln lassen. Denn so eine Jagd erlebte man ja nicht alle Tage. Chiara diskutierte daraufhin mit ihrem Vater. Ich sah, wie er sich zunächst weiterhin abwehrend gab, dann mit Blick auf mich, ein paar Dinge Chiara zu diktieren schien. Sie übersetzte mir: »Papa lässt dich mitkommen unter folgenden Bedingungen. Erstens: Weil du zu wenig Italienisch kannst, muss ich dabei sein. Zweitens: Wir müssen uns immer dicht hinter den Männern halten und auf jedes Kommando sofort hören. Und drittens: Wenn ein Keiler plötzlich auftaucht, werfen wir uns sofort auf den Boden und halten völlig still, bis die Gefahr vorbei ist. Wenn er jedoch dicht vor uns steht, hilft nur noch laufen.«

Die Jagd fände heute Nacht statt und könnte sich gut und gern bis zum frühen Morgen hinziehen. Warme aber dunkle Kleidung wäre wichtig.

Kurz vor halb elf erklärte Chiara, dass es Zeit war, aufzubrechen. Federico musterte streng meine Kleidung und gab mir noch ein Fernglas.

Dass es kein einfacher Waldspaziergang werden sollte, konnte man spätestens an der stattlichen Bewaffnung der Männer erkennen. Wir zogen zu Fuß los. Im nächtlichen Himmel flatterten einige Fledermäuse.

Unten am Ortseingang angekommen, stiegen wir in Raffaeles großen offenen Geländewagen. Die Fahrt führte uns an den Rand eines kleinen Waldes. Dort stellten die Männer den Jeep ab. Und erklärten ihre Vorgehensweise. Chiara übersetzte mir.

»An der Lichtung wird ein *richiamo* postiert, das ist Lockfutter für die Wildschweine aus Getreide und Mais. Dann müssen wir auf den Hochsitz und dort warten. Gefährlich ist es auf dem Hin- und Rückweg. Du musst echt auf jedes Knacken achten und schnell reagieren. Wir dürfen absolut nichts reden oder sonst irgendwelche Geräusche machen.«

»Okay, verstanden. Ich werde mich bemühen.«

Chiara und ich hielten uns dicht hinter den Männern. Ich war noch nie im Dunkeln im Wald. Das Knirschen unserer Schritte kam mir sehr laut vor. Irgendwann gelangten wir zu einer Lichtung. Auf der gegenüberliegenden Seite befand sich ein großer Hochsitz. Raffaele positionierte auf der Mitte der Lichtung den Köder. Zügig begaben wir uns zum Hochsitz und kletterten einer nach dem anderen hinauf.

Nun begann das Warten. Die drei Männer hatten die Waffen im Anschlag und lagen auf der Lauer. Chiara und ich hockten dicht nebeneinander und sahen durch die Zwischenräume der Bretter auf die Lichtung, die vor uns im Mondlicht lag. Was macht man, wenn man nicht reden darf, im Dunkeln sitzt und kein Handy hat? Mir wurde klar, dass ich noch nie in einer ähnlichen Situation war. Ich erinnerte mich an Torys Absicht, mich in die »nicht-digitale« Welt zu schicken. Das hier war in der Tat etwas anderes als zu Hause am PC irgendwelchen feindlichen Wesen aufzulauern, um sie abzuschießen. Es erforderte viel Zeit und Geduld. So starrte ich weiterhin auf die Lichtung und lauschte in die Nacht. Chiaras Knie berührten mich. Irgendwann merkte ich, dass ihre Atemzüge ganz langsam und gleichmäßig wurden. Sie war eingeschlafen. Ihr Kopf neigte sich schwer gegen meine Schulter.

Plötzlich kam Bewegung in die Männer. Auch ich konnte etwas auf der Lichtung erkennen. Dunkle Umrisse lösten sich aus den Schatten des Waldes. Ich hielt die Luft an. Das war nicht ein einziges Wildschwein. Das waren mindestens vier. Raffaele, Federico und der Mann, der Pedro hieß, teilten sich kurze geflüsterte Anweisungen mit und gaben alle hintereinander Schüsse ab. Chiara schreckte auf und warf mir einen wütenden und vorwurfsvollen Blick zu. Auf der Lichtung brach mit einem Ächzen eines der Wildschweine zusammen. Ein anderes taumelte und schleppte sich noch ein paar Meter weiter. Die anderen beiden hingegen nahmen Reißaus. Ich hatte keine Ahnung gehabt, dass die Tiere so schnell sein konnten. Federico schärfte uns ein, wir sollten uns ganz still verhalten, sie müssten sich vergewissern, ob beide Wildschweine tot wären. Das wäre sehr gefährlich, zumal auch die anderen vermutlich noch in der Nähe waren. Chiara übersetzte mir das alles. Federico kletterte vom Hochsitz und schlich sich an die Wildschweine heran. Vorsichtig untersuchte er die Tiere. Das zweite bewegte sich noch. Federico griff nochmals zum Gewehr und gab dem Tier einen Gnadenschuss.

»Spätestens jetzt hätte meine Mutter ein Riesentheater gemacht. Sie ist Veganerin … Nicht leicht für einen passionierten Jäger und Fleischesser wie meinen Vater«, flüsterte Chiara. Ich nickte und musste mir selbst eingestehen, dass das auch für einen so sorglosen Fleischesser wie mich gerade nicht einfach gewesen war. Federico kletterte wieder zurück auf den Hochsitz. Die drei Männer wechselten leise, aber vehement einige Worte. Federico wandte sich an Chiara. Und sie übersetzte anschließend wieder für mich. »Sie wollen bis zum Morgen warten. Vielleicht werden die anderen Wildschweine noch dem Köder folgen. Auch ist der Rückzug im Dunkeln zu gefährlich.«

»Alles klar.«

Die Zeit verging. Irgendwann merkte ich, dass ich dringend musste, traute mich aber nichts zu sagen. Doch zu meiner Erleichterung meldete sich auch Chiara. Ihr Vater war nicht begeistert. Die Männer hatten, ohne sich zu genieren, vorhin vom Hochsitz gepinkelt. Für Chiara eher keine Option. Für mich aber auch nicht. Chiara kletterte vom Hochsitz, mit einem leichten Knurren erlaubte es mir auch Federico, und so verschwanden wir beide in entgegengesetzten Richtungen im Dunkeln. Schnell suchte ich den nächsten Baum auf. Dann wartete ich auf Chiara. Dass Mädchen und Frauen aber auch immer so lange brauchen mussten. Selbst mitten im Wald. Da hörte ich ein lautes Knacken. Aber es war nicht Chiara. Gerade mal zwei Meter vor mir stand ein riesiges Wildschwein mit gigantischen Hauern und starrte mich aus seinen kleinen Augen an. Wenn ich sage, mir ging dabei der Arsch auf Grundeis, ist das noch fast untertrieben. Hätte ich nicht gerade meine Harnblase geleert, es wäre eine prima Gelegenheit gewesen, sich vor Angst in die Hose zu machen. Mir zuckten ein paar Gedanken durch den Kopf, unter anderem, dass es echt bescheuert war, wenn ich schon auf der zweiten Etappe meiner Abenteuerreise von einem toskanischen Wildschwein erlegt würde.

aper, apri. / maskulin / der Eber

In Asterix hießen sie singularis porcus.

Irgendetwas war da doch auch mit Odysseus und einem Wildschwein gewesen …

Aber meine Überlegungen wurden jäh unterbrochen von einem Schrei.

»L A U F!!!«

Chiaras Befehl kam, als das Tier gerade mit den Vorderfüßen scharrte und dazu ansetzte, auf mich zuzuspringen. Ich rannte los, erwischte dabei zahlreiche Äste und auch Baumstämme. Doch das war in dem Moment zweitrangig. Schließlich schaffte ich es bis zu Raffaeles Landcruiser und sprang auf die Ladefläche. Ich würde mal sagen, es war der beste Lauf meines Lebens.

Kurz danach hörte ich einen Schuss und etwas später trat Federico aus dem Wald, den toten Keiler hinter sich herziehend. Schweigend schleifte er das schwere Tier bis zum Wagen und blieb dann vor mir stehen.

»Du biste auf seine Platz.«

Ich weiß nicht, was peinlicher war: auf der Ladefläche für die Wildschweine zu hocken wie ein Kleinkind in einem Laufstall oder den stolzen Federico, der es normalerweise ablehnte, irgendein Wort Deutsch zu sprechen, zu diesem banalen, aber fast richtigen Satz zu bewegen. Unter gestammelten Entschuldigungen kletterte ich wieder von meiner Zufluchtsstätte herunter. Gerade rechtzeitig, bis Chiara mit lauten Ausrufen aus dem Wald gelaufen kam. Dabei warf sie mich fast um, so heftig war ihre Umarmung. Im Anschluss lieferten sich Federico und Chiara ein mehr als temperamentvolles Wortgefecht. Dass dabei Federico nicht nur einen, sondern eine Vielzahl an Flüchen ausstieß, konnte ich auch ohne Italienisch-Kenntnisse verstehen. Beeindruckend ist in dem Fall ja auch immer die ausdrucksstarke

Gestik der Italiener. Etwas später kamen Paolo und Raffaele, beide zogen ebenfalls die Wildschweine hinter sich her, die sie vorhin schon erlegt hatten. Gemeinsam hievten die Männer die Tiere auf die Ladefläche des Geländewagens. Für den großen Keiler, der mich verfolgt hatte, mussten alle drei anpacken.

»Good run, Sid!« Raffaele klopfte auf meine Schulter. Nachdem mir Federico das Gefühl gegeben hatte, der letzte Vollidiot zu sein, tat das gut. Paolo fand es toll, obendrein einen solchen Mordskeiler erlegt zu haben. »Gigante! Enorme ragazzo!«

Chiara war verhältnismäßig still. Ich glaube, weil ihr vielleicht auch bewusst war, dass das Wildschwein genauso vor ihr hätte auftauchen können. Jedenfalls kamen wir nun früher als ursprünglich geplant nach Campeto zurück. Ich fragte Chiara, was mit den Tieren nun geschehen würde.

»Sie werden erst einmal den anderen Männern im Dorf gezeigt, vor allem der große Cinghiale. Dann zerlegt Federico die Tiere. Ein Teil kommt in Raffaeles Kühlkammer, einen Teil wird Paolo räuchern lassen und aus dem Besten wird Ludovica ihr Wildschweinragout machen.«

»Wow, das klingt nach Arbeit.« Ich war beeindruckt.

Chiara seufzte. »Mio Dio, Sid, das war vielleicht was …«

Wir suchten den kleinen Garten hinter dem Haus auf und setzten uns auf eine Bank. Vor uns dämmerte der Morgen.

Herbstliche Nebelschleier lagen über den rötlich schimmernden Hügeln. Während wir schweigend nebeneinandersaßen, musste ich darüber nachdenken, dass ich vor gerade mal einer Stunde den Stoßzähnen eines Keilers nur knapp entkommen war.

Es war schon vier Uhr morgens, als ich mich erschöpft auf mein Bett warf und sofort einschlief.

11. Neue Reisepläne

Donnerstag, 12.10.17

Erst am Mittag stand ich auf. Ich stellte fest, dass mir die Flucht vor dem Wildschwein mehrere blaue Flecken und Kratzer eingebracht hatte. Hätte aber alles durchaus schlimmer kommen können. Dann nahm ich das Tablet und schaute nach neuen Nachrichten. Und tatsächlich – Mr. Tory hatte wieder geschrieben.

Von: tory@fantastico.com

An: s.sage@web.de

Lieber Sid,

ich hoffe, es geht Ihnen gut und Sie genießen weiterhin die toskanische Provinz. Ich habe neue Pläne für Sie und hoffe, dass ich Sie damit überzeugen kann. Nächstes Ziel ist ein kleiner Küstenort in Südfrankreich. Les Issambres. Sehr angenehmes Fleckchen. Ihr Hauptauftrag wartet dort auf Sie. Auch wenn Sie sich jetzt vielleicht damit schwer tun werden, das schöne Campeto zu verlassen. Es wird sich lohnen. Da bin ich mir sicher. Ein Flug wäre diesmal etwas unpraktisch. Ohne Zwischenstopp gibt es keine Flüge von Pisa nach Nizza. Ich empfehle daher die Tour mit dem Auto. Es sollte allerdings spä-

testens morgen früh los gehen. Ich kann Ihnen einen Fahrer organisieren. Aber es sei Ihnen natürlich belassen, Ihre Fahrt selbst zu planen. Denken Sie mal darüber nach. Ich freue mich über Ihre Antwort.

Herzlichst, Ihr A. S. Tory

Ich hatte ja gewusst, dass es bald wieder weitergehen würde. Doch tat ich mich heute etwas schwerer damit, die Reise erneut alleine antreten zu müssen. Ich wollte es mir kaum eingestehen, aber die Gesellschaft von Chiara war nicht das Schlechteste gewesen. Ich machte mich auf nach unten. Der Gastraum war leer. Wie Chiara vermutet hatte, werkelte Ludovica schon in der Küche herum, sie war offensichtlich damit beschäftigt Fleisch, anzubraten. Augenblicklich überlegte ich, welches der Wildschweine da wohl verarbeitet wurde. Irgendwie war es ein echt komisches Gefühl, den Tieren, die da jetzt brutzelten, Stunden zuvor noch begegnet zu sein. Unschlüssig ging ich zum Innenhof.

Draußen schliefen die beiden Katzen in der Mittagssonne. Der Pickup fehlte. Anscheinend hatte ich länger geschlafen als Chiara. Also schlenderte ich allein durch den Ort und machte schließlich Rast bei dem winzigen Café am Ortseingang. Dort bestellte ich eine Cola und ein Panino. Dann schnappte ich mir wieder den Taugenichts und las darin weiter. Am Anfang hatte mir diese altmodische Sprache echt Mühe gemacht. Aber nach einer Weile gewöhnte man sich irgendwie daran. Es war ja auch wirklich keine sehr lange Geschichte. Mir gefiel, dass dieser Typ alles andere als ein Streber war. Und genauso gern schlief wie ich. Er war auch so eine Art Aussteiger und hatte damit eine Menge Glück. Das fand ich cool. Und dann gab es noch diese Aurelie … was der Taugenichts wohl zu Chiara gesagt hätte? Ich musste dabei etwas grinsen …

Ich klappte das Buch wieder zu und entschloss mich, noch etwas durch den Ort zu spazieren. Ich machte ein paar Fotos mit meiner neuen kleinen Digitalkamera und kehrte schließlich zur Taverna Da Rosa zurück. Enttäuscht stellte ich fest, dass der Pickup immer noch fort war. Es war bereits fünfzehn Uhr und es wurde vermutlich Zeit, Tory Bescheid zu geben. Also ging ich auf mein Zimmer und zog das Tablet hervor. Ich gab den Ort, den Tory genannt hatte, ein und versuchte verschiedene Reisemöglichkeiten und Routen von Campeto aus mit Google-Maps zu planen. Ich setzte gerade an, Tory zu antworten, als es klopfte. Auf mein »Herein« lugte ein Rotschopf durch die Tür. »Hi, ich wollte fragen, ob du dich von den Wildschweinen erholt hast.«

Ich bejahte das und erzählte dann aber, dass ich gerade dabei wäre, meine Abfahrt für morgen nach Südfrankreich zu regeln. Chiara schwieg zunächst. »Zeig mal her, wo das ist.«

Auch sie suchte, wie ich zuvor, den Ort auf meinem Tablet. »Cool. Das ist ganz in der Nähe von St. Tropez.«

Sie kaute eine Weile auf ihrer Unterlippe herum. Dann sagte sie, sie müsse kurz was unten klar machen. Ich könnte aber davon ausgehen, dass die morgige Fahrt höchstwahrscheinlich geregelt war.

So saß ich da mit der bereits angefangenen Nachricht für Tory und wartete. Erschien mir ewig. Endlich kehrte Chiara zurück.

»Ist gebongt. Papa ist nicht begeistert, meint aber, man müsse auf dich aufpassen.« Sie grinste durch die Zahnlücke. »Bedingung ist aber, dass wir am heutigen Wildschweinfestschmaus noch teilnehmen.«

Es fiel mir schwer, meine Überraschung, Erleichterung und auch Freude nicht zu zeigen. Also sagte ich möglichst locker: »Geht klar.«

Sobald Chiara wieder aus meinem Zimmer verschwunden war, teilte ich Tory die entsprechende Planungsänderung mit und schickte die E-Mail fort.

Nicht ohne eine gewisse Aufregung starrte ich auf den Posteingang-Ordner. Was Tory wohl zu dieser von ihm nicht ganz eingeplanten Variante sagen würde?

Schließlich hatte er bislang die Zügel fest in der Hand gehabt und ich selbst folgte im Grunde nur seiner Regieführung.

Da erschien auch schon Torys Nachricht. Etwas nervös klickte ich sie an.

Von: tory@fantastico.com

An: s.sage@web.de

Lieber Sid,

mit einem gewissen Erstaunen, aber auch mit Freude habe ich Ihre Nachricht gelesen. Ich finde es gut, dass Ihre Reise auf diese Weise noch etwas individueller wird. Da ich Sie schon in den letzten Tagen den Fahrkünsten der jungen Italienerin anvertraut habe, will ich hoffen, dass auch die Fahrt nach Frankreich gelingt.

Hier die Adresse: 12 Rue Blanche, 83300 Les Issambres.

Ich bin sehr neugierig, was Sie zu Ihrer Unterkunft sagen. Fragen Sie nach Frère Pascale. Von ihm erhalten Sie auch Ihren Auftrag.

Good luck!

A.S. Tory

Yes! Er hatte nichts dagegen! Ich war so erleichtert, dass ich gleich nach unten lief, um Chiara Bescheid zu geben. Ihrem Grinsen nach zu urteilen freute sie sich auch.

Das angekündigte Essen war ein voller Erfolg, die Gaststube der Taverna komplett besetzt. Sogar im Hof waren ein paar Tische aufgestellt. Zahlreiche Verwandte und Freunde aus dem Ort waren gekommen.

Es floss reichlich Wein und das Ragout – es war echt gut. Zum Glück erinnerte ja auch nichts mehr an die Tiere des Vortags, sodass ich alle unangenehmen Gedanken daran weitgehend beiseiteschieben konnte.

Da wir am nächsten Morgen zeitig aufbrechen wollten und ich noch Schlaf nachholen musste, waren Chiara und ich so ziemlich die ersten, die die fröhliche Gesellschaft verließen.

12. Les Issambres

Freitag, 13.10.17

Wir verstauten unser Gepäck hinter den Rücksitzen des Pickups. Dann kam Federico und gab Chiara und mir noch ernst einige väterliche Anweisungen und Ratschläge. Chiara sollte spätestens am Sonntag nächster Woche wieder zurück sein. Anschließend überreichte er mir mit einem leichten Grinsen einen großen Stoßzahn, »Denti di cinghiale.« Verlegen nahm ich das Erinnerungsstück an meine Begegnung mit dem großen Wildschwein an und bedankte mich bei Federico. Gegen halb acht fuhren wir los.

In der Nähe von Genua machten wir an einem Rastplatz eine Pause. Chiara schnappte sich das kleine Transistorradio, das sie in Ermangelung eines Autoradios dabei hatte und wir suchten uns eine Bank. Sie öffnete eine Thermoskanne mit dem Kaffee und schenkte auch mir etwas ein, dann machte sie das Radio an. Als *Something just like this* kam, drehte sie lauter und sang mit. Bei dem Refrain stimmte ich mit ein.

Chiara lachte. »Mein neues Lieblingslied. Wenn es um Helden geht, das Schönste nach David Bowies *Heroes*. Irgendwie finde ich auch, es passt zu dir.«

Was soll ich sagen, ich war perplex, dass sie einen Bezug zu mir sah. Aber auch ich fand, dass Siegmund Sagenroth erstmals seinem Namen etwas gerechter wurde und sich durchaus mutig auf ein Abenteuer eingelassen hatte. Siegfried Superman. Mein neues Alter Ego. Der Typ, der sogar den Wildschweinen trotzt. Na ja, mit kleiner Unterstützung des bewaffneten Vaters von Kriemhilde alias Lois Lane alias Rachel alias Chiara.

Chiara riss mich aus meinen Gedanken. Sie legte eine Karte vor mich hin und erklärte, wie unsere Route weitergehen sollte. Wenn ich ehrlich war, hatte ich überhaupt keine Ahnung vom Kartenlesen. Wenn ich irgendetwas suchte, gab ich es normalerweise in der Karten-App ein. Mama benutzte immer ihr Navi. Aber zum Glück nahm Chiara mir das Kartenlesen ab.

»Wir nehmen die Ausfahrt Allessandria Richtung Ventimiglia. Dann geht's weiter auf La Provençale. Wenn wir uns ranhalten, könnten wir in drei Stunden da sein.«

Ich nickte vermeintlich fachkundig.

Chiara grinste mich an. »Ich könnte dich sonst wohin fahren und du würdest es kaum merken, stimmt's?«

Mist, ich war enttarnt. Chiara schien das Thema nicht weiter vertiefen zu wollen, sondern wandte sich einer anderen Frage zu.

»Was erwartest du dir eigentlich von der Reise?«

Die Frage hätte ich mir ehrlich gesagt so noch nicht gestellt. Im Grunde genommen erwartete ich nichts Konkretes. Die Spannung lag darin, nicht zu wissen, was kam.

»Ich weiß es nicht. Ich möchte mich überraschen lassen. Irgendwie geht's mir so wie dem Taugenichts von Eichendorff. Ich lass mich zurzeit einfach treiben. Und dem bekommt das anscheinend ganz gut, wenn ich das Buch richtig verstehe.«

Chiara nickte. »Deinen Taugenichts habe ich nicht gelesen. Aber ja, das mache ich auch so. Allerdings habe ich bis heute alles weitgehend selbst bestimmt, während ich mich nun auf die Planung deines mysteriösen Engländers einlasse …«

»Ist trotzdem cool, dass du dabei bist … Ich denke, Tory lässt uns auch etwas Spielraum. Nicht alles legt er fest. Dass du mitkommen würdest, war ja wohl nicht vorherzusehen, oder? Ich verstehe jedoch, was du meinst … ich würde auch gerne wissen, warum er gerade mich ausgesucht hat und welche Aufgabe auf uns wartet …«

»Allora, das ist schon seltsam … da schenkt dir jemand Wildfremdes eine Reise … kapiere ich nicht … Ich glaube auch nicht, dass er das ganz ohne Grund macht … Er ist mir etwas unheimlich. Aber ich würde ihn trotzdem gerne mal kennenlernen.«

»Das kannst du ja auch vielleicht. Er erzählte mir in London, dass er an einem der Orte auch zu Besuch kommen würde.«

»Hm, dann schauen wir mal, wann das sein wird. Zunächst einmal sollten wir aber zusehen, dass wir auch in Les Issambres ankommen. Lass uns aufbrechen.« Chiara erhob sich, wir packten unser Picknick wieder zusammen und setzten unsere Fahrt fort. Es war ein fantastischer Tag, azurblauer Himmel und warmer Sonnenschein begleiteten uns, und ich vergaß, dass wir schon Oktober hatten.

Gegen sechzehn Uhr trafen wir in Les Issambres ein. Ein kleiner Küstenort mit zahlreichen Ferienappartements und Villen, die sich an einen Hang nebeneinander und übereinander reihten. Eine blau glitzernde Meeresbucht, in der ein paar Motorboote unterwegs kurvten und ein kleiner Badestrand. Bars entlang der kleinen Strandpromenade. Nett, keine Frage. Allein die Suche nach der Straße und dem Haus brauchte etwas Zeit. Was auch daran lag, dass sich dort kein eigentliches Haus befand.

Nach der dritten Runde hielten wir an und stiegen aus, um nach *12 Rue Blanche* zu suchen. Doch dort, wo die Zwölf sein sollte, befand sich eine kleine Kirche.

»Dann lass uns mal prüfen, was wir da vorfinden«, sprach Chiara und stiefelte zu der Eingangspforte.

Etwas unschlüssig folgte ich ihr. In der Kirche war es sehr dunkel. Vor einer kleinen Marienstatue flackerten ein paar Teelichter. Einige Holzbänke füllten den kleinen Raum. Bei der Eingangstür hing eine Pinnwand mit Informationen zu den Gottesdiensten, Spenden und Projekten. Auf einem Tischchen lagen Gesangsbücher und ein kleines Infoblatt. Ich nahm es in die Hand. *Eglise St. Etienne. 12 Rue Blanche.*

Da stand es. Ob sich Tory vertan hatte? Ich hatte mich nicht verlesen, schon vorhin auf meinem Tablet noch einmal nachgeschaut. In der E-Mail stand jedenfalls diese Adresse. Etwas ratlos besah ich mir die Rückseite des kleinen Blättchens: drei Fotos von Personen, die vermutlich zu der Kirche gehörten. Die danebenstehenden Texte sagten mir nichts. Französisch fiel mir echt etwas schwer. *Père Philippe Karmier*, vermutlich der Pfarrer der Kirche. Älterer, freundlich blickender Mann mit weißem Priesterkragen, *Mme Blanche Lasseur*, eine ältere grauhaarige Frau mit rundem Gesicht – vielleicht die Haushälterin oder Sekretärin? Und *Frère Pascale Farez*. Ein Mann mit schwarzgrauem, sehr kurzem Haar. Dunkler Teint. Ernster Blick. Vielleicht um die fünfzig.

Fragen Sie nach Frère Pascale.

Jetzt erinnerte ich mich an Torys Satz. Das musste er sein. Aber in der Kirche war niemand. Ich machte Chiara auf meine Entdeckung aufmerksam.

»Dann lass uns mal nach dem Pfarrhaus suchen oder in einem der Nachbarhäuser fragen.«

Gegenüber stand ein kleines Haus, aus dessen Fenster neugierig eine alte Frau schaute. Ich bat Chiara, diese zu fragen, da sie auch im Französischen über recht gute Sprachkenntnisse verfügte. Die Alte schien erfreut über die Ablenkung. Und nickte eifrig, als der Name Pascale fiel. Alles Weitere konnte ich nur teilweise verstehen, aber Chiara hörte aufmerksam zu.

Dann drehte sie sich zu mir und übersetzte: »Der Pfarrer wohnt im Nachbarort. Dieser Pascale hilft ihm wohl häufiger. Und macht irgendwie tolle Sachen in der Jugendarbeit. Ein paar Projekte und so. Auch den Kirchengarten hat er auf diese Weise verschönert. Er ist aber Franziskanermönch und wohnt ebenfalls nicht hier, sondern im Abbaye von Fréjus. Es liegt etwas außerhalb. Ist aber wohl nicht weit. Mit dem Auto gerade mal zehn Minuten. Das Kloster ist in der Gegend gut bekannt und daher auch ausreichend ausgeschildert. Anscheinend besichtigen es regelmäßig echt viele Touristen. So der typische Touristen-Fotostopp mit Verkauf von Honig, Wein, Lavendelseife und so ein Kram. Wenn wir ihn suchen würden, hätten wir jetzt ganz gute Chancen, ihn anzutreffen. Ansonsten ist er vermutlich wieder morgen Vormittag bei der Kirche.«

Wir bedankten uns bei der alten Frau und machten uns auf, das Kloster zu suchen. Es war in der Tat gut ausgeschildert. Innerhalb kurzer Zeit hielten wir unseren Pickup vor einem großen, alten Gebäudekomplex, der etwas entfernt vom Meer in einer Senke lag, umgeben von Feldern und Baumreihen.

»Na, da wollen wir mal sehen, ob die Schnitzeljagd deines englischen Freundes hier erst einmal eine Pause macht.«

Chiara schulterte ihre Tasche und schritt auf das Kloster zu. Im Vorhof des Gebäudes hielten sich ein paar Touristen auf und machten Fotos. Vor einem kleinen Eingang standen einige Verkaufsständer mit Tontöpfen, Honiggläsern, in buntes Papier verpackten Seifenstücken und Lavendelsäckchen. Im Verkaufsraum war es schummrig dunkel. Hinter der Theke wartete ein kleiner Mönch in Kutte.

Chiara sprach ihn an und erfuhr, dass wir Pascale um die Zeit hinten im Klostergarten finden würden. Also suchten wir den auf. Neugierige Blicke einzelner Mönche folgten uns.

Zwischen einer Reihe von Apfelbäumen fanden wir schließlich Frère Pascal. Er stand dort auf einer Leiter und pflückte Äpfel. Als wir ihn ansprachen, stieg er vorsichtig hinunter und drehte sich zu uns. Hager von Statur, sah uns ein Mann mit karamellfarbener Haut, schwarzgrauem raspelkurzem Kopfhaar und Kinnbart aus sehr dunklen großen Augen an. Keine Frage, er war der Mann von dem Foto. Hätte ich nicht gewusst, dass er ein Franziskanermönch war, ich hätte den Mann eher für einen orientalischen Teppichhändler gehalten.

Als hätte Pascale meine Gedanken gelesen, begrüßte er uns mit folgenden Worten: »Je suis Frère Pascale, l'unique moine marocain et catholique de la Region Provence-Alpes-Côte-d'Azur.« (2)

Das konnte ich halbwegs verstehen. Auch sonst sprach er ein sehr gut verständliches, eher langsames Französisch. So erfuhren wir, dass er von Tory auch über die kleine Änderung informiert war, dass zusätzlich ein weiblicher Gast eintreffen würde. Wir bekämen jeder eines der Besucherzimmer des Klosters und wären herzlich willkommen in den Mauern von Abbaye de Fréjus.

Pascale nahm den Korb mit den Äpfeln und bat uns, ihm zu folgen. Die Zimmer befanden sich im ersten Stock des Klosterinnenhofs, um den ringsherum ein Balkon mit Arkaden führte. Im Hof selbst standen einige riesige alte Olivenbäume. Die kleinen Schlafräume waren karg – nur ein Bett und ein Waschbecken –, dennoch auf ihre eigene Art schön. Man hatte den Blick frei auf den Klostergarten und die Felder. In der Ferne konnte man das Meer sehen. Pascale lud uns dann dazu ein, an der Messe um achtzehn Uhr teilzunehmen und am anschließenden gemeinsamen Abendessen mit den Mönchen im großen Speisesaal des Klosters.

Etwas unschlüssig sah ich Chiara an. Ich war mir nicht ganz sicher, ob das hier so ihr Ding war. Als sie gehört hatte, es ginge nach Südfrankreich, hatte sie sich bestimmt etwas anderes vorgestellt. Aber anscheinend hatte ich mich geirrt. Sie nickte geradezu begeistert, und so war es also abgemacht, dass wir die Messe besuchen würden und auch die Einladung zum Essen im Kloster nicht ausschlugen. Ich war nicht so der Kirchgänger. Was soll ich sagen? Meinen Freunden aus der Schule gegenüber hätte ich vermutlich gesagt, es war »ne öde Beterei« gewesen. Aber das stimmte nicht. Auf einfache, schlichte, dennoch feierliche Weise vollzogen die Mönche ihr abendliches gemeinsames Gebet.

Das anschließende gemeinsame Essen in dem großen aus Stein gemauerten Speisesaal war ebenfalls bescheiden, aber wir wurden satt.

Im Anschluss setzte sich Pascale zu uns.

Seitdem Tory eine neue Aufgabe in seiner E-Mail angekündigt hatte, platzte ich beinahe vor Neugier. Ich wollte endlich wissen, was es mit dem Auftrag auf sich hatte.

Chiara bestand diesmal darauf, dass ich es selbst mal auf Französisch probieren solle. Also formulierte ich reichlich unbeholfen meine Frage. Zuerst dachte ich, Pascale hätte mich falsch verstanden. Denn er erzählte uns im Grunde seine ganze Lebensgeschichte. Bei Zwischenfragen konnte er uns aber auch sehr gut auf Englisch weiterhelfen. Doch er sprach auf Französisch so klar und deutlich, dass wir, vor allem auch ich, die meiste Zeit gut folgen konnten:

»Ich wurde in Marseille geboren und habe zwei Brüder. Mein Vater war aus Marokko nach Frankreich gekommen.

Er stammte aus einer reichen und angesehenen, aber auch streng gläubigen marokkanischen Familie aus Marrakesch. Die hatte erwartet, dass er nach dem Studium wieder in die Heimat zurückkehrte und eine Marokkanerin heiratete. Doch lernte er in Paris eine junge Französin namens Marie Giscard kennen und verliebte sich Hals über Kopf in sie. Sie führte ihn in das westliche Studentenleben ein, das damals geprägt war vom freien Geist der sechziger Jahre. Mein Vater entfernte sich daher zusehends von seiner eigenen Kultur und Religion, was schließlich zum Zerwürfnis mit der Familie in der Heimat führte. Er brach das Studium ab und eröffnete schließlich mit meiner Mutter eine Musikkneipe, die durchaus erfolgreich war. Obwohl meine Eltern lange ohne Trauschein zusammenlebten, bekamen sie drei Söhne. Doch das Schicksal meinte es nicht lange gut mit meiner Familie. Ende der achtziger Jahre kam meine Mutter bei einem Autounfall ums Leben. Für meinen Vater war das eine Tragödie, die er nie überwunden hat. Marie war seine große Liebe. Er wurde immer verbitterter und zog sich zusehends zurück. Die Jahre, die wir als ehemals glückliche Familie verbracht hatten, waren damit gezählt. Meine Brüder und ich sind bald verschiedene Wege gegangen. Kontakt zu der Familie unserer Mutter hatte es nie gegeben. Auch meine Brüder und mein Vater sprachen über Jahre nicht mehr miteinander. Bis jetzt. Denn mein Vater ist todkrank. Die Ärzte geben ihm nur noch wenige Monate. Ich habe daher nach langer Zeit erstmals versucht, Khalid und Mounir wieder ausfindig zu machen. Allein bei meinem jüngeren Bruder Mounir ist das noch nicht gelungen …«

Chiara und ich sahen uns an. Mit einer solchen Geschichte hatten wir überhaupt nicht gerechnet. Aber was um Himmels willen war nun unser Part dabei?

Pascale fuhr fort: »… Mein Wunsch und auch das Anliegen meines Vaters ist es, noch ein einziges Mal die Familie zusammenzubringen. Das ist leider alles andere als einfach. Es gibt einen winzigen Rettungsanker. Eine Idee. Vielleicht etwas verrückt. Aber sie ist meine einzige Hoffnung zurzeit: Mein Vater und meine Mutter hatten während ihrer glücklichsten Zeit in ihrer Musikkneipe *Blues and Jazz Farez* eine gemeinsame Single mit dem Titel *Nem, mon amour* miteinander aufgenommen, die sich damals in der Region sogar recht erfolgreich verkauft hat. *Nem* ist arabisch und heißt »Ja.« Also übersetzt »Ja, meine Liebste« oder »Ja, mein Liebster«. Die einzige Single, die wir damals von dem Lied besessen hatten, ist irgendwann nicht mehr abspielbar gewesen. Wenn man es hinbekommt, wenigstens ein Exemplar wieder zu beschaffen und meinen Brüdern zukommen zu lassen, ist es vielleicht die bestmögliche Botschaft, die es gibt, den Bann zu brechen. Ich habe natürlich schon recherchiert, sogar stundenlang im Internet, bin bislang aber noch nicht erfolgreich gewesen.Voilà, c'est ça.«

Schweigen. Ich musste das alles erst einmal verdauen. Selbst Chiara sah etwas perplex aus und kaute auf ihrer Unterlippe herum, scheinbar eine Angewohnheit, wenn sie besonders nachdenklich war.

Das hier war definitiv was anderes als gerade mal ein Buch in einer Bibliothek auszusuchen. Also war das Torys Suchauftrag, den er bereits in seiner ersten E-Mail erwähnt hatte! Eine alte Platte! Er musste irgendwie gewusst haben, dass ich mich mit alten Platten auskannte … eigenartig …

Pascale bemerkte wohl, dass wir das Gespräch unter vier Augen brauchten, um mit der Sache klar zu kommen. Er erhob sich höflich und ließ uns allein am Tisch zurück.

Chiara schaute mich an und grinste. »Hey, das passt ja richtig gut zu deinem Hobby! Finde ich cool! Na ja, was er sonst so erzählt hat, schon krass irgendwie … Was mir noch nicht so ganz klar ist, wie das alles klappen soll mit der Familienzusammenführung. Durch eine Platte? Aber ist ja eh erst Thema, wenn wir die wirklich finden sollten.«

»Dass mein Hauptauftrag sein sollte, eine Schallplatte zu suchen – damit hätte ich auch nicht gerechnet. Jetzt erinnere ich mich auch. Tory hatte gemeint, er wäre sich sicher, es würde mir gefallen. Woher er das jetzt schon wieder wusste? Aber was ich immer noch nicht glauben kann, dass übers Internet nichts geht. Normalerweise findet man doch da alles.«

»Ja, echt seltsam. Vielleicht versuchst du es noch einmal selbst. Ansonsten machen wir uns gleich morgen an die Arbeit. Dafür werde ich recherchieren, wo es hier überall Plattenläden gibt. Ich hoffe nicht, dass wir am Ende noch bis Marseille fahren müssen. Das ist eine ganze Ecke von hier weg.«

So verblieben wir. Pascale erklärten wir, dass wir die Aufgabe morgen in Angriff nehmen würden. Dann zogen wir uns auf unsere Zimmer zurück, um unsere Recherchen zu beginnen. Ich wollte auch sehen, ob Tory mir noch eine Nachricht geschickt hatte. Ich war jetzt schon mal gespannt, wie er mir das Ganze erklären würde. Und siehe da, in meinem Postfach wartete wieder eine Nachricht von ihm.

Von: tory@fantastico.com

An: s.sage@web.de

Lieber Sid,

ich hoffe sehr, die Fahrt nach Les Issambres war nicht zu anstrengend und Sie konnten mein kleines Verwirrspiel mit Ihrer Unterkunft lösen. In diesem Fall haben Sie vermutlich schon mit Pascale gesprochen und auch von Ihrer Aufgabe erfahren. Ich hoffe, Sie fühlen sich damit wohl. Wie ich schon mehrfach gesagt habe, ich hätte Sie nicht ausge-

sucht, wenn ich nicht gerade Sie für diesen Auftrag geeignet gehalten hätte. Auch die junge Dame scheint mir eine gute Ergänzung zu sein. Lassen Sie mich hören, wie es Ihnen geht und ob Sie bereit sind, die Aufgabe für Pascale zu übernehmen.

Es grüßt herzlich, Tory

Höflich wie immer. Sein Schreiben ließ mir wenig Gelegenheit, mich zu beschweren. Rasch antwortete ich ihm, dass wir es mit seinem Auftrag versuchen wollten und machte mich dann an die Internetrecherche.

Nach zwei Stunden gab ich auf. Ich hatte zwar recht schnell die Musikkneipe von Pascales Vater in Marseille gefunden, und einige weitere Einträge mit dem Nachnamen Farez oder auch Giscard. Doch unter dem Titel oder den beiden Namen als Interpreten fand ich nichts. Nicht auf eBay oder sonst wo. Mit diesen Erkenntnissen klopfte ich an Chiaras Tür.

»Mein Lieber. Wir sind in einem Kloster. Da sucht man eigentlich zu später Stunde keine Damen auf.«

Chiara grinste ihr breitestes Zahnlückenlächeln und zog mich dann schnell in ihr Zimmer. Ich berichtete von meiner erfolglosen Suche. Chiara hingegen hatte auf einem Block schon eine Liste aller Plattenläden der Gegend aufgelistet und war damit auf die stattliche Anzahl von fünfzehn gekommen. Allein vier davon allerdings in Marseille.

»Wenn man bedenkt, dass über zwanzig Jahre kaum einer Platten gehört hat, verblüffend, nicht wahr?«

Hier konnte ich Chiara belehren. »Das ist gar nicht so erstaunlich. Die Schallplatte feiert zurzeit ihr Comeback. Diese Retroläden schießen gerade wie Pilze aus dem Boden.«

»Mensch Sid, Respekt. Du kennst dich echt damit aus … Allora, dieser Auftrag ist wirklich was für dich.«

Wir verabredeten uns daher, am nächsten Morgen spätestens gegen halb zehn aufzubrechen und den ersten Plattenladen, der sich bereits im benachbarten Fréjus befand, aufzusuchen.

13. Tour de Provence

Samstag, 14.10.17

Wir waren bereits gegen acht Uhr unten im großen Speisesaal. Frère Pascale war jedoch schon unterwegs, hatte uns aber eine Nachricht hinterlassen, und dafür gesorgt, dass wir von einem älteren freundlichen Mönch ein Frühstück und ein Lunchpaket für den Tag bekamen.

Unsere erste Fahrt ging also nach Fréjus. Der Morgen war noch angenehm frisch, aber der Himmel so strahlend blau, dass man kaum auf die Idee kam, wir hätten schon Oktober. Da der Ort nicht groß war, brauchte es nicht lange, den Recordstore zu finden. Wir kamen gerade an, als ein recht junger Typ mit Pferdeschwanz gemächlich sein Rad abstellte und den Laden aufschloss. Als wir direkt danach den kleinen Verkaufsraum betraten, schien er recht überrascht. Vermutlich erwartete er noch nicht so früh Kunden. Der Laden war zwar klein, hatte aber eine interessante Auswahl an Platten anzubieten. Chiara erinnerte mich jedoch recht schnell an unseren Auftrag. Über unsere Frage nach der Single *Nem, mon amour* war der junge Mann noch erstaunter. Er konnte sich nicht erinnern, jemals davon gehört zu haben, gab sich aber Mühe, mit uns zusammen alles durchzuschauen und auch seine Kataloge zu sichten. Leider blieb er erfolglos. Dennoch interessierte er sich für unser Anliegen. Chiara zeigte ihm die Liste der Plattenläden, die sie im Internet rausgesucht hatte. Sie waren über die gesamte Provence verteilt. Es war unmöglich, alle an einem Tag abzuklappern.

Lucien, so hieß der Typ, bot uns an, ein paar der Läden, deren Besitzer er kannte, zu kontaktieren und uns Bescheid zu geben, wenn er etwas in Erfahrung bringen würde. Einen der nächstgelegenen Stores rief er direkt an und organisierte, dass der Besitzer für uns schon etwas früher öffnete. Er kreuzte auf der Liste die Läden an, bei denen er mehr Erfolg für uns sah. Ein paar waren auch nur auf spezielle Musikrichtungen spezialisiert und schieden von daher eher aus. Blieben jedoch immer noch neun und vier davon mit Kreuzchen. Also tauschte Chiara mit ihm ihre Handynummer aus. Ich hatte das Gefühl, dass sie das nicht unangenehm fand – der Typ sah nicht schlecht aus, was ich nicht ohne Neid feststellen musste –, und so verabschiedeten wir uns mit der Absicht, in Kontakt zu bleiben.

Unser nächster Plattenladen war nicht weit entfernt, direkt im benachbarten Saint Raphaël. Lucien hatte dort ja angerufen, sodass man uns bereits erwartete. Doch leider hatte unsere Suche auch hier keinen Erfolg. Genauso wie Lucien schaute der Ladeninhaber unsere Liste durch und gab ein paar Tipps. Auch mit ihm tauschten wir die Nummern für den Fall, dass er etwas herausfinden würde.

Schade. Aber weder Chiara noch ich hätten gedacht, dass es einfach werden würde. Die schöne Badebucht veranlasste uns spontan dazu, in einer der Strandboutiquen Badesachen und Handtücher zu kaufen und so begaben uns damit an den weitgehend leeren Strand. Das Wasser war herrlich. Wir aßen von unserem Lunchpaket aus dem Kloster und genossen den Mittag. Wie man auch immer zu Torys Plänen und Absichten stehen sollte, er hatte mir doch durchaus einen echten Urlaub geschenkt. *Pas mal* oder »niescht schlecht« – würde der Franzose vermutlich sagen.

Gerade war ich in der Sonne am Eindösen, da erinnerte sie mich daran, dass wir noch einiges vorhatten. Als nächstes Ziel schlug Chiara St. Tropez vor. Dort sollte es sogar zwei Plattenläden geben. Außerdem war sie wohl sehr interessiert an den Galerien der Stadt.

»Wir können uns mit einer dieser kleinen Fähren rüberbringen lassen. Die fahren hier stündlich.«

Mit dem Auto sollte man nicht hin, da bis St.Tropez immer fürchterlich Stau herrscht. Dem hatte ich nichts entgegenzusetzen, und es dauerte nicht lange und wir saßen mit einigen anderen Touristen zusammen in einem dieser weißen Wasserflitzer und ließen uns, begleitet von Fahrtwind und Gischt, zu dem berühmten Ort fahren.

Ich weiß gar nicht mehr, was ich mir genau vorgestellt hatte. Jedenfalls fand ich St. Tropez besser als gedacht. Kleiner, als ich geglaubt hatte. Vor allem der Hafen mit den umliegenden alten Häusern in verschiedenen Gelb-, Orange-, Rosa- und Brauntönen und bunten Booten war wirklich schön. Dann der knallblaue Himmel dazu. Diverse verlockende Essensgerüche aus den zahlreichen Restaurants. Ich musste schwer an mich halten, um nicht in einem davon direkt einzukehren. Aber Chiara nahm zielstrebig ihre Suche nach dem nächsten Laden unserer Liste auf, sodass ich Mühe hatte, Schritt zu halten. In den Gassen reihten sich Boutiquen und Galerien aneinander. Immer wieder kleine Cafés, Kneipen und Restaurants. Plätze mit Palmen und Olivenbäumen. Die erste Adresse, die wir versteckt in einer kleinen Seitengasse fanden, war dann aber leider ein Flop. Hier mochte zwar noch vor nicht allzu langer Zeit ein Plattenladen gewesen sein. Doch jetzt waren die Rollläden fest verschlossen und auch sonst zeugte nichts mehr davon, dass er noch einmal geöffnet werden würde. Lucien hatte das bereits vermutet.

Bei der nächsten Notiz auf Chiaras Liste waren wir erfolgreicher. Vor einem recht auffällig herausgeputzten Haus, flankiert von einem Tattoostudio und einem Schmuckladen, blieben wir schließlich stehen. Über dem Schaufenster stand groß »Recordstore.« Auf den Treppenstufen saß eine in einem bunten langen Kleid mit passendem Stirnband gekleidete Mittvierzigerin und rauchte gerade eine Zigarette. Von innen tönte laute Musik, die ich nicht kannte. Chiara aber schon: »Ah, Jean-Jacques Goldman.« Sie schien begeistert.

Als wir eintraten, winkte die bunte Frau uns lässig und rauchte seelenruhig ihre bei näherem Hinsehen erstaunlich dicke und tütenartige Zigarette weiter.

»Na dann, sehen wir uns mal so lange um«, schlug Chiara augenzwinkernd vor. Wir steuerten direkt die Ecke mit den zerfledderten alten Singles an und studierten das Register.

Lucien und der Typ von St. Raphaël hatten beide jeweils unter Chansons, Jazz und Blues nachgeschaut. Das machten wir als Erstes auch. Während sich Chiara die eine Hälfte vorknöpfte, machte ich daneben weiter, bis ich merkte, dass es auch noch ein Register gab, das nach französischen Interpreten geordnet war. Hier gab es definitiv mehr von den alten Sachen als bei den anderen beiden Stores. Beim Buchstaben *F* stoppte ich plötzlich. Da schaute tatsächlich ein kleines verknicktes Karteikärtchen heraus, auf dem mit verwaschener Schrift ein uns seit kurzem bekannter Name stand: *Farez*.

Als ich gerade schon einen Jubelschrei ausstoßen wollte, musste ich leider feststellen, dass das Fach leer war. Nichts außer diesem Kärtchen. Dennoch teilte ich Chiara meine Entdeckung aufgeregt mit und so machten wir uns sofort daran, alle Fächer noch einmal gründlich zu durchsuchen. Vielleicht war die Single ja auch nur irgendwo falsch eingeordnet worden. Leider blieben wir erfolglos. Endlich bequemte sich die bunte Jointfrau zu uns, begrüßte uns mit »Hallo, je suis Estelle«, und fragte uns schwer tiefenentspannt, ob sie uns weiterhelfen könnte. Mein Mischmasch aus Französisch und Englisch führte zunächst dazu, dass die Frau uns die neuesten Platten aus den Charts im Retroplattenformat zeigen wollte. Doch zum Glück gelang es Chiara dann, unser eigentliches Anliegen rüberzubringen. Estelle erwiderte, sie wisse leider nicht, welche Single da eingeordnet gewesen war und wann und wer sie gekauft hätte. Vielleicht könnte uns Pierre Leroc weiterhelfen. Ihm würde seit einer Ewigkeit der Laden gehören und es gäbe eigentlich keine Platte, die er nicht kennen würde. Er hätte auch ein phänomenales Gedächtnis, was seine Kunden anbelangte. Wir würden ihn allerdings frühestens wieder am nächsten Mittwoch antreffen.

Die Info war enttäuschend. Chiara machte deutlich, wie dringend es für uns wäre, mit Pierre Kontakt aufzunehmen. Estelle schien nun längst nicht mehr so tiefenentspannt, sondern definitiv nicht begeistert. Chiara übersetzte mir: »Dieser Pierre ist anscheinend nicht ganz einfach. Ihn zu stören kann wohl Ärger bedeuten.«

Ich weiß nicht genau wie, doch war ich es diesmal, der die Frau schließlich überredete. Vielleicht war es auch nur einem sprachlichen Fehlgriff zu verdanken – ich sagte so etwas wie »il faut parce qu'il va tuer« (3), was so viel heißen sollte, dass es eilen würde, weil sonst der alte Farez sterben würde. Jedenfalls wandte sich die Hippietante mit erschrockenem Blick schnurstracks dem Telefon zu und gab eilig eine Nummer ein. In schnellem, für mich nicht mehr zu verstehendem Französisch schien sie mit Pierre zu sprechen.

Neugierig verfolgten wir das Telefonat und ihre Mimik dabei und versuchten, daraus Schlüsse zu ziehen. Dann beendete sie das Gespräch, suchte einen Notizblock und schrieb eine Adresse darauf. Anschließend wandte sie sich an uns und sagte: »Pierre vous attend à Kelly's Bar à huit heure ce soir.« (4)

Sie ergänzte diese Info noch, indem sie mit recht einfach verständlichen Gesten andeutete, wie wir ihn erkennen würden: Klein. Alt. Bart. Zigarette. Hut.

Uns stand demnach ein abendliches Treffen mit dem ominösen Pierre in St. Tropez bevor. Allerdings waren wir mit dem Boot angekommen, die fuhren nachts nicht mehr und Chiaras Pickup stand in St. Raphaël. Aber Chiara sah darin kein Problem.

»Hey, wir ziehen das jetzt durch, capisci?«

Somit verabschiedeten wir uns von Estelle und machten uns auf, den Ort zu erkunden. Chiara hatte viel Spaß beim Besuch der zahlreichen Galerien, wovon ich persönlich weniger verstand. Wir entschieden uns, die Zeit getrennt zu verbringen und uns gegen halb sieben beim Hafen vor der Kneipe zu treffen. Ich wählte mir als erstes die Zitadelle aus. Der Blick von oben auf St.Tropez war wirklich toll. Anschließend besuchte ich noch das nahegelegene *Musée de la Gendarmerie et du Cinéma.*

Als ich zur Kneipe »Kelly's« am Hafen kam, saß Chiara bereits auf einer Steinbank am Rand des Hafenbeckens und beobachtete das Treiben auf den Yachten.

Wir setzten uns draußen unter der Markise an einen Tisch und bestellten jeweils einen Croque Monsieur mit Salat. Chiara ein Glas Rosé und ich eine Cola. Dann besprachen wir, was wir diesem Pierre sagen wollten und legten uns dafür die passenden Vokabeln und Sätze zurecht.

Eine tiefe rauchige Stimme riss uns aus unserem Gespräch. »Bonsoir, les enfants.«

Pierre. Klein. Brauner Strohhut. Weißer Bart. Zigarette im Mundwinkel. Tiefbraun gegerbtes, leicht grimmiges Gesicht. Offenes buntes Hemd. Schlottrige Jeans. Sandalen. Ohne zu fragen, schnappte er sich einen Stuhl und setzte sich zu uns. Mit einem Wink orderte er einen Pastis, den man ihm direkt brachte. Pierre fackelte nicht lange und kam zum Thema: »Alors. Farez. Pourquoi?« Chiara wirkte eingeschüchterter als normalerweise, räusperte sich und begann zu erzählen. Bis Pierre ihr unwirsch bedeutete zu schweigen. Es entstand eine peinliche Pause, die ich nicht recht zu deuten wusste. Dann sagte er nur: »C´était l´été 2015. Une jeune femme. Mlle Bonnet. Elle était de Toulon.

Elle a acheté la derniere single de *Nem, mon amour…*« (5) Pierre erinnerte sich tatsächlich an all seine Kunden. Wir hatten nun zumindest einen Nachnamen und eine Stadt. Keinen Vornamen und keine Adresse. Ein Stückchen waren wir weiter mit unserer Suche, aber ob das reichte? Ich wusste es nicht. Pierre erzählte weiter. Chiara übersetzte mir zwischendurch, so gut sie konnte. Zunächst erklärte er, dass Mademoiselle Bonnet schon häufiger bei ihm vorbeigeschaut hätte, um Platten zu kaufen. Sie sei ein wahrer Fan alter Chansons und daher über *Nem, mon amour* ganz glücklich gewesen. Dann sprach er über Samir Farez. Er hatte Farez und auch das Lied *Nem, mon amour* gekannt. 1971. Ein kleiner Überraschungshit in Frankreich, den man damals gerne im Radio spielte. Er verkaufte zu der Zeit einige der Singles. Das Lied … Sehr schön. Eine Mischung aus Leonard Cohen und Gainsborough/Birkin. Wobei Marie eine weitaus schönere Stimme hatte als die Birkin. Bedauernswert, dass es nur bei diesem einen Song geblieben war. Aber auch Samirs Musikkneipe war in den siebziger Jahren sehr bekannt gewesen. Er selbst hatte damals einige Male dort vorbeigeschaut. Samir habe es verstanden, viele junge Künstler zu fördern und ihnen in seiner Kneipe ein Forum zu geben. Irgendwann sei es dann ruhiger um ihn geworden. Der Grund dafür – sicherlich der tragische Tod von Marie. Das würde ihm sehr leidtun. Marie wäre eine schöne und sehr lebenslustige Frau gewesen. Die drei Söhne hätte er nur einmal gesehen, als sie noch klein waren.

Die Erinnerung hatte den alten Pierre zugänglicher gemacht. Er winkte die Bedienung herbei und im Nu hatten wir eine Flasche Rosé auf dem Tisch, den Pierre uns, ohne zu fragen, einschenkte. Mit der Dunkelheit wurde es zusehends frischer, sodass wir ins Innere des Lokals umzogen. Es war viel los. Die Kneipe war im Stil englischer Pubs eingerichtet. Eine beeindruckende Sammlung an Biersorten und anderen Spirituosen. Pierre schien man hier gut zu kennen. Mit jedem Glas Wein taute er mehr auf. Auch erinnerte er sich wohl gerne an die alten Zeiten. Sein Plattenladen war damals weit und breit der Einzige gewesen. Er hatte die wilden sechziger und siebziger Jahre miterlebt. Also die ganze Prominenz hätte sich mal in seinem Laden umgesehen. Alain Delon, Brigitte Bardot, Marlon Brando, Curd Jürgens oder Romy Schneider usw., Prominente, die wir wegen unseres jugendlichen Alters vermutlich nicht mehr richtig kannten. Auf Französisch sagte er: »Die Zeiten damals waren einfach anders. Der ganze billige Schickimickiquatsch beherrschte noch nicht den Ort Aber natürlich – die Popularität der Gäste hat unweigerlich dazu geführt. Heute kommen allerdings viel zu viele Neureiche und Möchtegernpromis. Das widert mich manchmal regelrecht an.« Auf die Frage, warum er in St. Tropez geblieben wäre, entgegnete Pierre, dass er trotz allem an dem Ort hängen würde. Und natürlich profitiere sein Laden nach wie vor von der Sechziger-und-Siebziger-Nostalgie. St. Tropez wäre Fluch und Lebenselixier gleichzeitig.

Die Zeit verging. Der Wein war mir mittlerweile dermaßen zu Kopfe gestiegen, dass ich mich am liebsten in die nächste Ecke gelegt hätte, um dort zu schlafen. Doch zu meinem Entsetzen hatte Chiara andere Pläne. Sie erkundigte sich bei Pierre, wo sich die Disco »Le Bleu« befinden würde. Pierre gab ihr eine entsprechende Beschreibung, erklärte aber, dass man eigentlich ohne Reservierung nicht reinkäme. Auch hier könnte aber sein Name weiterhelfen und so gab er ihr eine Visitenkarte mit entsprechender schriftlicher Notiz auf der Rückseite. Zu mir gewandt sagte sie: »Sid, heute lassen wir es mal krachen.«

Wir verabschiedeten uns von Pierre. Er bat uns jedoch, ihm vom Ausgang unserer Recherche unbedingt zu berichten. Und verwies auf seine Telefonnummer auf dem Visitenkärtchen seines Ladens. Dann suchten wir die Disco auf.

Chiara zeigte ihr Zauberkärtchen von Pierre, das der Türsteher allerdings sehr genau studierte, unsere Kleidung abschätzig musternd, dann ließ er uns aber ein. Wow! Ich bin mir sicher, dass es so einen Schuppen in der Form allerhöchstens in Berlin oder anderen ganz großen Städten gab. Bunte riesige Leuchter drehten sich über einer großen Tanzfläche, der ganze Raum war ein einziges Lichtermeer

Aufgetakelte junge Frauen waren da, aber genauso viele extrem hippe Typen. In den Ecken bunte lederne Sitzlounges und auf einer Seite eine riesige glitzernde Bar.

Als wir ankamen, lief lässige Reggaemusik. Ich ließ mich von Chiara schnurstracks an die Bar ziehen. Da befanden sich noch zwei unbesetzte Hocker. Sicherlich was wert, wenn man sich wie ich vor der Tanzfläche fürchtete. Es fällt mir schwer, viel Zusammenhängendes über den restlichen Abend oder die Nacht zu schreiben. Der nächste Cocktail, den ich an der Bar trank, gab mir den Rest. Alles danach ist nur noch schemenhaft vorhanden. Zwischendurch bildete ich mir ein, den Titel von dieser Farez-Single zu hören. Chiara war sehr bald auf der Tanzfläche verschwunden. Plötzlich erkannte ich verwirrenderweise Lucien, den Plattenverkäufer vom Vormittag. Verdächtig nah bei Chiara. Das Meiste, was danach kam, versinkt in einer reichlich diffusen Erinnerung. Irgendwann lief Espasito, der aktuellen Nummer-Eins-Hit in Europa und absoluter Nervtöter und ich tanzte auch noch dazu! Das kann ich mir immer noch weder verzeihen noch erklären. Dann reicht der Filmriss bis zu dem Moment, da ich mit Chiara plötzlich vor der Diskothek saß. Und wenig später im alten Renault von Lucien.

Im Morgengrauen standen wir vor den Klostermauern und wurden von Pascale eingelassen. Der Rest war tiefster Schlaf.

14. Recherchen

Sonntag, 15.10.17

Ich wachte mit meinem ersten richtigen Kater auf. Erschrocken blickte ich zu der kleinen Wanduhr im Raum. Schon fünf nach eins! Und wir mussten doch die Frau in Toulon suchen. Ich wusch mich schnell an dem kleinen Waschbecken in der Klosterzelle und zog mir dann mein letztes frisches T-Shirt an.

Ich klopfte an Chiaras Tür und sie öffnete unmittelbar. Anders als ich war Chiara putzmunter. Es stellte sich heraus, dass sie seit neun Uhr wach war, schon gefrühstückt hatte und Pascale auch nach der Messe angetroffen und ihm bereits von unserem Teilerfolg erzählt hatte. Pascale wäre darüber sehr glücklich gewesen.

»Hier, ich habe dir vier kleine Kaffees in einer Thermoskanne abfüllen lassen und etwas Brot, Wurst und Käse zur Stärkung für dich bekommen.«

Dankbar nahm ich die Kanne entgegen und schenkte mir gleich einen Kaffee in den Kannendeckel ein.

»Ich bin gerade dabei, online alle Bonnets in Toulon herauszusuchen. Sind leider eine ganze Menge. Hier schau, siebenundzwanzig. Davon fünfzehn Frauen. Was aber nichts heißen muss. Vielleicht wohnt sie bei ihrer Familie oder ist verheiratet. Ich denke, wir sollten Pierre noch einmal fragen, ob er doch noch etwas zu Mlle Bonnet weiß, was uns weiterhelfen könnte. Das haben wir gestern etwas versäumt.«

»Ja, da hast du recht. Mensch Chiara, aber dein Tatendrang erschlägt mich etwas. Bist du denn überhaupt nicht müde?«

»Ich denke, ich vertrage Alkohol einfach besser als du.«

»Ich kann mich an kaum etwas erinnern. Wie kam es eigentlich, dass Lucien in der Disco in St. Tropez aufgetaucht ist?«

»Oh, ich habe ihn natürlich, als wir uns in St.Tropez nachmittags getrennt haben, angerufen, um zu sagen, dass wir eine Spur haben und uns mit Pierre treffen. Er sagte da, er wäre abends in St. Tropez sowieso im *Le Bleu* und wir könnten uns ja dort sehen. Er war sehr gespannt zu hören, was wir von Pierre erfahren würden. Deshalb habe ich Pierre ja auch nach dem *Le Bleu* gefragt.«

Ich Hornochse. Und ich hatte gleich gedacht, Chiara hätte heimlich ein Date vereinbart. Wobei ich immer noch den Eindruck hatte, dass es ihr nicht ganz unlieb gewesen sein kann, das eine mit dem anderen zu verbinden.

Um vom Thema Lucien wieder etwas abzulenken, schlug ich vor, Pierre nochmals anzurufen, um die Liste etwas eingrenzen zu können. Das machten wir dann auch. Viel konnte er uns nicht sagen. Sie habe erzählt, Englischlehrerin an einem Lycée zu sein. Ihr Alter schätzte er auf Mitte zwanzig bis maximal um die dreißig. Seines Wissens nicht verheiratet. Und er könnte sie beschreiben: klein, zierlich, brünett, kurze Haare – was sich natürlich geändert haben könnte – und braune Augen. Typische, recht hübsche Südfranzösin. Das war es aber schon. Also entschlossen wir uns, es erst einmal so zu probieren und die Liste abzuarbeiten. Da Sonntag war, bestand zum Glück eine gewisse Chance, jemanden zu Hause anzutreffen. Ich wollte Chiara gern unterstützen, doch fiel es ihr einfach leichter, am Telefon französisch zu sprechen und so blieb mir nichts übrig, als aufmerksam zuzuhören.

Chiara stellte sich immer erst höflich mit Namen vor, entschuldigte sich für die Störung, fragte dann, ob sie mit Mlle Bonnet spräche und wenn ja, ob sie im Frühjahr 2015 die Single *Nem, mon amour* gekauft hätte. Das machte sie sehr charmant und geschickt. Dennoch reagierten zwei Frauen auf die Frage ungehalten und verneinten, Pierre zu kennen, ganze sechs schienen etwas älter, drei lachten über die Anrede Mademoiselle, eine empörte sich sogar über den veralteten Begriff, zwei waren sehr freundlich, hatten aber nie bei Pierre eine Single gekauft, vier waren nicht erreichbar.

Das Ganze hatte über eine Stunde gedauert, aber alles für die Katz. Wenn wir Pech hatten, war besagte Mademoiselle nun eine Madame und hieß nicht mehr Bonnet, wohnte nicht mehr in Toulon oder besaß einfach keinen Telefoneintrag.

Da hatte ich in meinem müden Kopf eine Idee. »Wir könnten noch auf den Homepages der Lycées schauen. Pierre sagte doch, dass sie Englischlehrerin wäre.«

Chiara schaute mich verblüfft an. »Hey, Sid. Superidee! Lass uns sofort nachsehen.«

Es gab fünf Lycées in Toulon. Davon zwei, bei denen es keine Mme Bonnet unter den Lehrern gab, eine, bei denen man auf die Lehrer- und Stundenplanseiten nur mit speziellem Zugangscode kam, aber zwei Lycées bei denen gleich dreimal der Name Bonnet auftauchte. Einmal aber im Fachbereich Technik und einmal in der Schulleitung. Blieb also eine einzige Mme Bonnet am Lycée des Cours Fenons. Im Archiv von 2015 fanden wir Fotos von ihr. Sie hatte die Schulzeitung des Englischkurses und eine Klassenfahrt nach England geleitet. Catherine Bonnet. Man konnte sie nicht genau erkennen, aber kurze braune Haare hatte sie und sie war recht zierlich. Das kam hin.

»Ich würde sagen, wir haben sie«, jubelte Chiara.

»Hm. Aber die Schule dürfte heute natürlich geschlossen haben. Und der Vorname passt zu keiner unserer Telefonnummern.«

»Stimmt.« Chiara nagte mal wieder auf ihrer Unterlippe. »Das müsste aber zu lösen sein.«

Chiara gab den vollen Namen ein und ging auf Facebook.

Ich fragte Chiara: »Bist du Mitglied?«

»Nein. Du?«

»Ich hatte mich mal angemeldet, um auf diese Weise besser nach Platten zu suchen oder sie verkaufen zu können. Habe meinen Account aber vor kurzem wieder gelöscht.«

»Okay, dann mache ich das jetzt.«

Ein paar Klicks und Eingaben später wurde Chiara Da Rosa als neues Facebook-Mitglied begrüßt.

»Mach mal ein nettes Foto von mir!«

Ich nahm ihr Smartphone und machte ein Foto von Chiara. Sie beäugte es kurz und schien es okay zu finden. Dann lud sie es hoch.

»Schau, ich habe keine Freunde!«

Wir mussten beide lachen, doch dann konzentrierten wir uns auf unsere Suche. Da weder Catherine noch Bonnet seltene Namen waren, war die Liste zunächst einmal wieder recht stattlich. Aber als Chiara *Toulon* eingab, blieb nur noch eine Möglichkeit übrig.

Bingo. Catherine Bonnet. Jung, dunkle, mittlerweile halblange Haare, braune Augen, freundliches Lächeln. Die von ihr hochgeladenen Bilder zeigten zum großen Teil Landschaften, Pflanzen, viele Katzenbilder, Bücher, Gemälde, Antiquitäten, Bilder von England und … Schallplatten! Aufgeregt klickten wir die Seite durch. Catherine schien wirklich ein echter Fan von Chansons und Musik aus den Sechzigern und Siebzigern zu sein.

»Also, das ist sie wohl. Dann lass sie uns mal kontaktieren. Da sie Englischlehrerin ist, überlasse ich das diesmal dir. Spiel mal Chiara und schreibe sie an.«

Gut. Das konnte ich leisten. Wir diskutierten noch, wie viel wir von uns preisgeben wollten. Entschieden uns aber dann, direkt aufs Ganze zu gehen.

Hello, Catherine, I am Chiara. I'm nineteen years old, from Italy and I am desperatly looking for an old record with the title ›Nem, mon amour.‹ A song from Samir Farez and Marie Giscard. It has a very important, nearly dramatic reason, I cannot explain it in a few words. I met Pierre Leroc at St. Tropez and finally could find you. Would be so glad to get an answer! (6)

Ich formulierte lange an meinem Text herum, bis sowohl Chiara als auch ich damit soweit zufrieden waren.

»Okay, lass es uns wegschicken.«

Mit einem Klick war's versendet und dann starrten wir eine Ewigkeit gebannt auf den Bildschirm.

»Sie sieht irgendwie so aus, als wäre sie nicht so ein Smartphone-Freak, der dauernd seine Nachrichten checkt. Ich glaube, das kann dauern«, meinte Chiara.

»Hm.« Mensch, was war ich müde! Das Warten machte es nicht besser.

Wir wollten gerade eine Pause einlegen und etwas essen, als sich auf Chiaras nagelneuer und freundeloser Facebookseite etwas tat:

Drei Pünktchen flimmerten auf, dann erschien eine Nachricht und wir lasen gleichzeitig und gleichermaßen aufgeregt den Text.

Hello, Chiara, here's Catherine. I'm very surprised by your message. It's so special! I'd like to hear more about it. (7)

»Bravo! Mega! Lass uns jetzt nicht lange fackeln. Ich will sie anrufen«, rief Chiara.

Also setzte ich wiederum eine Nachricht auf:

Hello, Catherine, I could tell you better if you would give me your number. If you prefer to phone me, this is the number of my mobile phone. (8)

Wir diskutierten noch, wer das Gespräch annehmen sollte. Wir hatten das kaum geklärt, als schon Chiaras Handy summte und Chiara sich, für ihre Verhältnisse ziemlich aufgeregt, meldete.

Sie stellte auf Laut, sodass ich das Gespräch mithören konnte. Zumindest bis zu dem Teil, als Chiara zum Französischen wechselte. Ab da verstand ich nur noch Gesprächsfetzen wie *Fréjus, Farez, très malade, important.* (9)

Die Stimme von Catherine klang ruhig und sehr sympathisch. Chiara notierte eine Adresse, die Catherine ihr diktierte. Dann endete das Gespräch.

Mit triumphierendem Blick drückte Chiara den roten Auflegebutton und rief begeistert: »Mega! Mega! Vite, vite! Beeil dich, wir fahren nach Toulon!«

Wir hatten in der Zwischenzeit bereits fast sechzehn Uhr. Die Fahrt nach Toulon würde an die zwei Stunden dauern. Catherine hätte morgen früh wieder Unterricht und daher sollte es nicht zu spät werden. Chiara stopfte schnell ihre Sachen zusammen und forderte mich auf, das ebenfalls zu tun. Für den Fall, dass wir nachher nicht mehr von Toulon nach Les Issambres fahren konnten.

Dann eilten wir nach unten, um nach Pascale zu suchen. Der aber unterwegs war. Daher hinterließen wir einem der Mönche eine Nachricht für ihn.

Kaum hatten wir eilig die Klostermauern verlassen, da stoppte Chiara unwillkürlich und fing auch schon an zu fluchen. Eh ich genau verstehen konnte, was sie da auf Italienisch rief, fiel es mir auch ein.

Chiaras Pickup stand noch in St. Raphaël!

Wir beide hatten das durch unsere intensiven Recherchen völlig vergessen. Verzweifelt und wütend stampfte Chiara mit dem Fuß auf und fluchte weiter. Ich versuchte gerade, etwas Beruhigendes zu sagen, als sie mir ihre Sachen in die Hand drückte und schon wie der Blitz zurück zum Kloster schoss. Unsicher und leicht verwirrt stand ich da. Vermutlich war das alles heute in meinem eh leicht angeschlagenen Zustand etwas zu viel. Erschöpft lehnte ich mich an einen der sehr alten, knorrigen Olivenbäume vor dem Kloster. Da schoss knatternd ein grauer, winziger und uralter Lieferwagen um die Ecke und hielt mit quietschenden Reifen vor mir. Eine rote Mähne wehte aus dem heruntergekurbelten Fenster und rief: »Allora! Steig ein!«

»Um Himmels willen. Was ist das für eine Karre? Hast du sie den Mönchen gestohlen?«

»Nein, nein. Nur mit etwas Nachdruck ausgeliehen. Der kleine Philippe konnte mir meine Bitte einfach nicht abschlagen.«

Kopfschüttelnd stieg ich ein und ehe ich mich versah, düsten wir ab nach Toulon.

15. Toulon

Hatte ich schon bei den Fahrten mit dem Pickup oder der Vespa zeitweise Ängste ausgestanden, so war das nichts gegen die Fahrt nach Toulon. Der uralte Lieferwagen der Mönche war vermutlich nur für den Einsatz in der nächsten Umgebung des Klosters gedacht und nicht für eine so weite Strecke. Ein paar Mal würgte Chiara den Motor ab und bei höherer Geschwindigkeit zitterte und dröhnte die kleine Kiste dermaßen, dass ich fürchtete, sie würde explodieren.

In Toulon angekommen, musste ich außerdem feststellen, dass es sich um eine große Stadt handelte, kein Vergleich zu den kleinen Badeorten Les Issambres, Fréjus oder Saint Raphaël. Die Adresse suchten wir mit Hilfe meines Tablets und Google Maps. Schließlich fanden wir die Straße und ein wenig später einen Parkplatz.

Ich war etwas nervös, was unser Besuch ergeben würde. Was wäre, wenn Catherine noch nicht einmal dazu bereit wäre, die Single zumindest auszuleihen? Mit diesen Gedanken versuchte ich mit Chiara Schritt zu halten, die durch die engen, aber noch sehr belebten Straßen zu Catherines Wohnung eilte.

Es war ein altes, etwas heruntergekommenes Mehrfamilienhaus mit rostigen Balkons. An dem alten Klingelschild stand ganz oben links der Name. Bonnet. Nach einmal Klingeln ertönte bereits der Türsummer und wir stiefelten die vielen Treppen bis zum fünften Stockwerk hinauf. Als wir leicht außer Atem oben ankamen, stand sie schon in der Tür: relativ klein, zierlich, barfuß in Blue-Jeans und weißem T-Shirt. Die Beschreibung von Pierre war zutreffend. Ich wollte ihr gerade die Hand geben, hatte aber ganz vergessen, dass die typische Begrüßung ja diese Küsschen waren. Chiara schien das zu wissen. Ich selbst ließ dieses Ritual etwas unsicher über mich ergehen.

Catherine führte uns in ihre kleine Wohnung, die im Gegensatz zu dem eher schäbigen Gebäude und Treppenhaus sehr ansprechend eingerichtet war. Vom winzigen Flur kam man direkt in einen recht hohen Raum: weiß gestrichen, mehrere Bücherregale und einige Pflanzen. Viele gerahmte Schwarz-Weiß-Fotografien und zwei große Poster von alten Filmen an den Wänden. Helle Couch mit bunten Kissen und ein Sessel. Eine große geschwungene Stehlampe, die ein warmes Licht in den Raum warf. Auf dem kleinen Couchtisch standen bereits drei Gläser, eine Karaffe Wasser und Wein, Schälchen mit Oliven, Salami und dergleichen bereit. Catherine bat uns, unsere Jacken abzulegen und auf dem Sofa Platz zu nehmen. Sie selbst setzte sich uns gegenüber in den Sessel. Chiara schenkte sich ein Glas Wein ein, ich zog das Wasser vor. Der Filmriss gestern hatte fürs Erste gereicht.

Schließlich nahm Catherine das Gespräch auf Englisch auf: »Normalerweise antwortete ich weder so schnell auf Facebook-Freundschaftsanfragen und fremde Messenger-Nachrichten, noch mache ich für gewöhnlich Treffen mit Unbekannten aus. Eure Anfrage und das anschließende Telefonat waren aber so besonders, dass ich erstmals alle Vorsicht zur Seite geschoben habe. In den letzten Stunden war ich allerdings schon etwas nervös. Aber wenn ich euch so ansehe«, dabei strahlte sie Chiara und mich an, »waren diese Sorgen ja wohl völlig unberechtigt.«

Ich schielte dabei zu Chiaras heutigem Outfit, die obligatorische Canvashose in Military-olivgrün, das schwarzes T-Shirt mit AC/DC-Logo, die vielen Ketten und das glitzernde Nasenpiercing, die rote Mähne. Dann sah ich hinunter auf meine fleckige Jeans und das zerknitterte T-Shirt und musste mich umso mehr über so viel Vertrauen wundern.

Zunächst machten wir etwas Smalltalk. Chiara und ich berichteten ein wenig von uns, wie alt wir wären und wo wir herkämen. Und Catherine von sich. Dass ihre Schule nicht weit von ihrer Wohnung wäre. Sie würde da seit vier Jahren, seitdem sie das Studium beendet hätte, arbeiten. Wir erzählten von der Geschichte des Mönchs Pascale und seiner Familie. Dann kamen wir unweigerlich an den Punkt, da die Single mit dem Lied *Nem, mon amour* ins Spiel kam. Und so stand Catherine auf und ging zu einem der Regale, das ich schon die ganze Zeit fasziniert angestarrt hatte, denn da lagerte eine wirklich ansehnliche Sammlung alter Schallplatten. Catherine nahm aus dem Fach darüber eine bereits einzeln liegende kleine Single und zeigte sie uns.

Ein lächelndes Paar auf dem Cover. Die Frau im geblümten Kleid, lange braune Haare. Der Mann, Pascale zum Verwechseln ähnlich:

hager, dunkle längere Haare, Hemd mit breitem Kragen, Hose mit Schlag. Beide mit glücklichen Gesichtern einander zugewandt. »Sonny und Cher« auf Französisch. Von denen hatte ich auch noch eine Single aus Papas alter Sammlung. Oder wie Pierre gemeint hatte, Gainsborough und Birkin. Siebziger Jahre halt. Nachdem Chiara und ich dieses Schätzchen, für das wir so viel Mühe auf uns genommen hatten, endlich in den Händen hielten, nahm Catherine die Single wieder entgegen.

»Now I guess you want to listen to it.« (10)

Natürlich wollten wir das. Neugierig verfolgten wir, wie Catherine zu einem Stehtisch in der Ecke ging, auf dem ein alter Plattenspieler stand. Behutsam nahm sie die Single aus der Hülle und legte sie auf den Plattenteller. Dann setzte sie die Nadel ganz sachte auf. Und wir lauschten.

Es war schwer zu beschreiben. Die meisten waren es nicht mehr gewöhnt, das leichte Kratzen beim Abspielen zu hören. Genau das aber liebte ich mittlerweile. Anscheinend war die Platte noch recht intakt. Das Lied hatte ganz klar den Sound der Siebziger. Dennoch war es etwas Besonderes. Ein Duett, das von dem Kontrast zweier ganz verschiedener Stimmen lebte, der dunklen von Farez, mit dem deutlich erkennbaren Akzent eines Mannes aus dem Maghreb und der hellen, sehr klaren Stimme von Marie. Ich bedauerte zum ersten Mal, zu wenig Französisch zu können. Die Melodie war traurig und fröhlich zugleich. Wirklich sehr schön. Als das Stück endete, stellte Catherine den Tonarm mit der Nadel genauso vorsichtig wieder hoch.

Es folgte ein Schweigen. Andächtig und fast ängstlich ließen wir das Gehörte auf uns wirken. Dann räusperte sich Catherine und fragte uns, wie uns das Stück gefallen hätte. Chiara war wieder die Erste, die es schaffte, auf Italienisch, Englisch und Französisch Worte zu finden: »Mega. Beautiful. Magnifique. Mais triste.«

Catherine nickte. Sie erklärte uns auch, dass sie sich sofort bei Pierre im Laden in das Lied verliebt hätte. »Er konnte sich nur ganz schwer davon trennen, weil es seine letzte Single von *Nem, mon amour* war. Verglichen mit allen anderen Schallplatten, die ich über die Jahre hinweg gesammelt habe, war es auch die teuerste. Ich vermute mal, deswegen kann er sich auch so gut daran erinnern.« Sie lächelte dabei. »Alors, Pierre hat gesagt, die Platte wäre unverkäuflich. Er wollte sie mir eigentlich nur vorspielen. Es hat mich viel Überredungs- und Verhandlungskunst gekostet, ihm die Platte dann doch abkaufen zu können. Vermutlich ist mir das nur gelungen, weil ich schon oft bei ihm gekauft habe und er meinen Musikgeschmack sehr schätzt.«

Ganz verstehen, wie wundervoll das Lied wäre, könnte man aber nur, wenn man auch dem Text aufmerksam folgen würde. Catherine nahm dabei einen Notizblock, der auf dem Schreibtisch lag, in die Hand. Als wir noch unterwegs waren, hatte sie sich hingesetzt und versucht, den Text aufzuschreiben und für uns ins Deutsche zu übersetzen. Mithilfe eines Wörterbuches und ihrer allerdings etwas eingerosteten Schulkenntnisse – wie sie entschuldigend sagte. Sie zeigte uns ihre Notizen. Chiara und ich lasen gemeinsam den Text durch. Ich war erstaunt, wie gut ihre deutsche Übersetzung war, ohne natürlich beurteilen zu können, ob sie das Original im Französischen ganz traf.

Nem, mon amour

S: Ich war mir sicher, die Wahrheit zu besitzen.
Meine Tradition. Meine Religion. Meine Identität zu haben.
Denn sie können nicht irren.
Sie sind im Recht.

M: Komm. Ich zeig dir meine Welt.
Komm. Sie macht dich frei.
Sie ist gut.

S: Nein, sie können nicht irren.
Ich muss weg. Du bist schön. Aber du irrst.
Sie kennen meinen Weg. Sie kennen meine Bestimmung.
Ich muss weg.

M: Komm, bleib nur ein bisschen.
Lass uns verweilen.
Es ist kein Fehler.

S: Können wir irren? Es scheint so gut. Du bist so frei.
Aber ich muss weg.
Adieu. Mon amour.

M: Nein, es ist nicht falsch.
Du musst nichts aufgeben.
Bleib nur ein bisschen.
Komm, mon amour.

S: Will ich bleiben? Ich weiß es nicht.
Aber du bist so frei. Das ist gut.
Ich bin zerrissen.

M: Es muss dich nicht zerreißen. Es ist der gleiche Gott.
Er liebt dich. Er liebt uns. Es ist nicht falsch.

Sag ja.

Sag in deiner Sprache ja.

S: Sie werden mich hassen, sie werden mich zerreißen. Können sie irren? Aber kannst du irren?

Ich zaudere. Ich wanke.

M: Sag Nem. Sag Ja. Es hasst dich niemand.

Gott liebt Dich.

Egal welchen Weg du gehst. Sag Ja.

S: Sie kann nicht irren. Sie hat Recht.

Ihre Augen sagen es. Es sind die anderen. Obwohl ich sie liebe.

Sie irren. Werden sie es jemals verstehen?

Gibt es einen Weg?

Aber: Ich sage Adieu zu meinem Elternhaus.

Ich sage ja zu dir.

S/M: Nem, Mon amour…

S/M: Nein, wir können nicht irren. Deine Augen sagen es.

Es wird eine Zeit kommen, da werden alle verstehen.

Es wird einen Weg geben. Irgendwann. Gott liebt alle.

Nem, Mon amour …

Ich war definitiv kein Experte für Liebeslieder oder so. Dennoch fühlte auch ich nach dem, was Pascale und auch Pierre uns erzählt hatten, dass das hier ausdrückte, was Samir Farez und Marie Giscard erlebt hatten. Dass es keine einfache Entscheidung für Pascales Vater gewesen war, seine Heimat und sein Elternhaus aufzugeben und bei Marie zu bleiben. Ihr viel zu früher Tod und der spätere Kontaktabbruch zu seinen Söhnen muss für ihn besonders bitter gewesen sein.

Ich wusste nicht genau, wie es in den Siebzigern gewesen sein muss. Auf jeden Fall war das Thema ja wieder hochaktuell. Mama, im Ganzen bislang ein toleranter Mensch, hatte im Zuge der zahlreichen Terrorakte der letzten Zeit nahezu einen Hass gegen den Islam entwickelt und kaum mehr zwischen den radikalisierten Islamisten und dem Islam an sich unterschieden. Das hatte mich gewundert und auch geärgert. Gab es da irgendeine Möglichkeit, zwischen der Tradition des Islam und unserer westlichen Welt einen Kompromiss zu finden? Farez und Marie hatten diesen Optimismus ja wohl gehabt. Bei den Söhnen, jedenfalls Pascale und dem ältesten Bruder gab es aber wohl nur eine Entweder-oder-Entscheidung. Aber vielleicht war es trotzdem ein Versuch wert, dem todkranken Vater zuliebe über dieses Lied eine Annäherung der Brüder zu erreichen? Wie genau das nun aber geschehen sollte, das war mir nicht klar. Chiara schien das Gleiche zu denken, denn sie fasste meine

Gedanken recht ähnlich zusammen. »Krasse Sache. Das wird nicht ganz einfach. Ich denke, wir sollten Pascale berichten, dass wir das Lied nun kennen. Aber zunächst sollten wir Catherine fragen, ob wir uns die Single ausleihen können.«

Ich stimmte Chiara zu. Catherine seufzte. »Diese Platte ist schon etwas Besonderes für mich ... Wir können erst einmal versuchen, eine Tonaufnahme von der Platte zu machen. Auch für die Schule benutze ich oft mein Handy als Diktiergerät und die Tonqualität ist eigentlich ganz gut.« Sie holte ihr Smartphone hervor, gab es Chiara und erklärte ihr, dass sie die Funktion Sprachmemo aktivieren sollte, sobald Catherine die Platte abspielen würde. Chiara hockte sich vor den Plattenspieler, Catherine nahm wieder den Tonarm, setzte die Nadel vorsichtig auf die Single, gab dann Chiara ein Zeichen, damit diese den Button zur Sprachmemo drückte und so ließen wir die Platte nochmals abspielen. Als die Aufnahme fertig war, spielte Catherine die Memo ab und wir waren verblüfft, wie gut die Aufnahme geworden war.

Sie schickte uns die Datei auf unsere E-Mail-Konten.

»Super!«

»Mega!« Chiara und ich waren begeistert. Dennoch wirkte Catherine noch nicht zufrieden. Sie setzte sich auf ihren Schreibtischstuhl und startete ihren PC, lud die Musikdatei, konvertierte sie, brannte nacheinander drei CDs, fotografierte die Plattencover und druckte drei kleine perfekte Kopien aus. Im Nu hatte sie die CDs beschriftet und die CD-Hüllen beklebt. »Voilà.« Mit sichtbar zufriedenem Blick drehte sich Catherine zu uns um. Meine Herren, die hatte es echt drauf.

Auch Chiara hatte Catherine fasziniert beobachtet. Begeistert klatschte sie in die Hände. »Super! Ich glaube, damit hat Pascale nicht gerechnet, dass wir gleich für alle drei Brüder eine Version bekommen. Dann brauchen wir ja wirklich nicht das Original.«

Catherine schaute uns an. Auf ihrem Gesicht breitete sich ein Lächeln aus. Dann schüttelte sie den Kopf. Sie ging zum Plattenspieler, nahm die kleine Single, steckte sie wieder in ihre Hülle und reichte sie mir. Verblüfft und irritiert hielt ich sie in den Händen. Catherine zeigte sich über meinen Gesichtsausdruck belustigt. Dann sagte sie: »Samir Farez. Le père. Ça lui appertient.« (11)

Auch Chiara war erstaunt und verlegen, und setzte gerade dazu an, etwas zu erwidern. Aber Catherine unterbrach sie und erklärte dann langsam auf Englisch, dass ihrer Meinung nach der Vater der Einzige wäre, der das Original verdiente. Freilich müssten wir gut darauf aufpassen und zusehen, dass er die Single auch wirklich bekäme. Am besten zusammen mit seinen drei Söhnen …

»Allora, wir sollten jetzt versuchen, Pascale zu erreichen.«

»Aber haben wir von ihm eine Telefonnummer?«

Chiara lächelte. »Klar. Er besitzt zwar kein Handy, aber er hat mir heute Morgen die Durchwahl des Klosters und auch seine E-Mailadresse gegeben. Er hat außerdem meine Nummer.«

Ich war wieder einmal überrascht, an was sie alles gedacht hatte. Chiara nahm dann einen Zettel aus ihrer Tasche und tippte auf ihrem Handy herum. Es dauerte eine Weile, doch dann schien jemand ranzugehen. Sie sprach ein paar Worte und wartete wieder, teilte mir flüsternd mit, dass man nach Pascale suchen würde.

Endlich ertönte seine Stimme aus Chiaras Handy. Sie hatte auf Laut gestellt, damit ich mithören konnte.

Seine Worte kamen heiser und mit Pausen und man konnte hören, dass ihn die Nachricht sehr bewegte. Da er wieder recht langsam und klar sprach, konnte ich das Meiste verstehen.

Als das Gespräch beendet war, fasste es Chiara dennoch für mich zusammen: »Er sagt, wir können ihm die Tondatei auch erst einmal per E-Mail schicken. Von seinen Brüdern hat er leider keine E-Mail-Adresse. Aber er will als Erstes versuchen, seinen älteren Bruder Khalid in Marrakesch telefonisch zu erreichen. Mit Mounir ist es dagegen echt schwieriger. Er rät uns außerdem, mit Tory Kontakt aufzunehmen.«

Damit wussten wir zwar noch nicht ganz, wie es weitergehen sollte, hatten aber zumindest einen groben Plan für unsere nächsten Schritte. Ich holte mein Tablet hervor und schrieb Tory eine kurze Nachricht, in der ich ihn über den Stand der Dinge informierte. Wie immer war er verblüffend zügig mit seiner Antwort. Auch Chiara und Catherine, die aufmerksam alles verfolgt hatten, waren beeindruckt, wie schnell die Antwort auf dem kleinen Bildschirm erschien.

Von: tory@fantastico.com

An: s.sage@web.de

Mein lieber Sid,

ich bin mehr als begeistert, wie bald Sie Erfolg hatten mit ihrer Suche. Und ich grüße damit auch herzlich das Fräulein Chiara und Mademoiselle Catherine unbekannterweise, die ja wohl auch zu diesem Erfolg sehr beigetragen haben.

Natürlich interessiert mich, was Frère Pascale noch erreichen kann. Derweil werde ich mich aber auch selbst bereits um alles Weitere kümmern. Ich werde mich morgen wieder melden und wünsche Ihnen dreien vorerst noch einen guten Abend und eine erholsame Nacht. Da das Abenteuer jetzt richtig in Gang zu kommen scheint, werden Sie ausreichend Schlaf benötigen.

Es grüßt Sie herzlich, Tory

Chiara hatte mir beim Lesen über die Schulter geschaut. »Eigentlich doch ein ganz netter Typ, dein Mister Tory. Sieht so aus, als würde er eine weitere Reise für dich organisieren … Ich hoffe, ich darf mitkommen.« Grinsen.

In der Zwischenzeit war es schon spät geworden. Halb elf. Ich machte Chiara darauf aufmerksam. Auch sie hatte überhaupt nicht darüber nachgedacht, wo wir übernachten sollten und war auch nicht wirklich begeistert von der Idee, noch mit der alten Kiste nach Fréjus zurückzukehren.

Doch Catherine erkannte die Situation und bot uns an, bei ihr zu bleiben. Schnell war ein provisorisches Nachtlager gerichtet und bald schon war Chiara, der ich das Sofa gelassen hatte, eingeschlafen. Ich hatte mich mit einer kleinen Isomatte begnügt und mir fiel schwer, zur Ruhe zu kommen. Zu viel war geschehen. Und ich war nun wirklich gespannt, wie es wohl weitergehen würde …

16. Flight and Ride to M.

Montag, 16.10.17

Nachdem ich Ewigkeiten gebraucht hatte, in den Schlaf zu finden, hatte ich reichlich verstörend geträumt: Wütende Wildschweine, aufgebrachte Mönche, meine schimpfende und vorwurfsvolle Mutter, ein düsterer dunkelhäutiger Marokkaner, der unsere Single stehlen wollte und ein todkranker Samir Farez im Siebziger-Jahre-Look waren nur ein paar der unerfreulichen Bestandteile meines Traums, der mich schweißnass aufwachen ließ.

Der nervige Weckerton von Chiaras Handy machte das nicht unbedingt besser. Auch im Wachzustand befiel mich eine gewisse Nervosität. Seit meiner heimlichen Abreise war nun schon über eine Woche vergangen. Gefühlt waren es Lichtjahre. Mit meiner Mutter hatte ich zuletzt vor fünf Tagen per E-Mail Kontakt gehabt und sie immer noch nicht wieder angerufen. Auch wenn sie etwas verpeilt und permanent beschäftigt war, was schon oft den Vorteil gehabt hatte, dass sie nicht immer wusste, wo ich mich jeweils aufhielt – auch sie würde irgendwann der Sache auf den Grund gehen und dann feststellen, dass ich mich nicht mit Ansgar im Lateincamp befand. Das war ein ungutes Gefühl. Catherine, die ebenfalls recht müde zu sein schien, war so nett, uns einen Kaffee zu machen und dazu noch die Baguettereste vom Vorabend mit Konfitüre anzubieten. Als ich meine E-Mails einsah, war noch nichts von Tory dabei.

Aber klar, selbst er konnte vermutlich in der kurzen Zeit nicht alles regeln. Catherine legte die Single und CDs sorgfältig in einen wattierten Umschlag und Chiara wickelte ihn nochmals in ein T-Shirt von sich ein. Ich verstaute das Paket dann in meinem Rucksack. Mit Catherine verblieben wir so, dass wir mit ihr unbedingt Kontakt halten wollten. Sie war brennend daran interessiert zu erfahren, wie unsere Geschichte weitergehen würde, und wünschte uns viel Glück dabei. Wir umarmten uns unten vor der Haustür zum Abschied, drückten uns die traditionellen Küsschen auf die Wange. Catherine stieg eilig auf ihr Fahrrad, das sie unten im Hausflur stehen hatte, wir gingen zurück zu dem alten Lieferwagen. Dort angekommen, stiegen wir ein, fuhren aber nicht los. Chiara lehnte sich mit einem Seufzen in ihrem Sitz zurück.

»Tja, und nun?«

»Ich weiß es auch nicht. Es ist noch früh, und wir müssen auf eine Antwort von Tory oder Pascale warten.«

Chiara überlegte. »So wie es aussieht, sollen wir ja wohl als Erstes Kontakt zu dem älteren Bruder Khalid in Marrakesch aufnehmen. Der, wie Pascale sagt, bedauerlicherweise keine E-Mail-Adresse hat.«

»Hm. Oder zumindest kennt Pascale sie nicht.«

»Allora. Hat Toulon eigentlich einen Flughafen?«

»Ich glaube schon. Aber lass uns mal nachschauen.«

Ich nahm mein Tablet und googelte nach *Toulon Flughafen*. Es gab einen. Als ich jedoch *Toulon – Marrakesch* eingab, konnte ich keinen Direktflug finden. Auch die Preise ließen mich erbleichen. Obwohl Tory mir so großzügig Taschengeld gegeben hatte, dafür besaß ich definitiv nicht mehr genug.

»Lass uns mal schauen, wie es mit Flügen von Marseille aussieht«, meinte Chiara. Da gab es in der Tat Direktflüge. Auch mit den Preisen sah es etwas besser aus. Ich fragte Chiara: »Wie viel Geld hast du noch?«

»Bargeld? So gut wie keins mehr. Aber ich habe eine EC-Karte. Ist nicht viel drauf. Aber könnte reichen. Allerdings müssen wir auch dringend tanken, wenn wir diese Kiste noch irgendwohin bewegen wollen.«

Also entschieden wir uns als Erstes, eine Tankstelle zu suchen. Chiara startete den Lieferwagen, der hustend und stotternd seinen alten Motor ertönen ließ, und so knatterten wir durch die Straßen. Schließlich wurden wir fündig. In der Tankstelle entschied sich Chiara noch für ein kleines Radio als Ersatz für ihr eigenes, das sie im Pickup gelassen hatte. Dann fuhren wir etwas ziellos umher, verwirrt von der lauten Stadt und dem tosenden Verkehr.

Schließlich kamen wir in die Nähe des Hafens und fanden einen freien Parkplatz. Ich bat Chiara, dort zu halten. Da wir immer noch nichts von Pascale gehört hatten und auch von Tory keine neue E-Mail eingegangen war, entschieden wir uns, im Kloster anzurufen. Leider war Pascale nicht zu erreichen. Dafür kam aber der Mönch Philippe ans Telefon, der augenscheinlich nicht davon begeistert war, dass wir noch seinen Lieferwagen hatten. Darüber hatte ich gar nicht mehr nachgedacht. Chiara anscheinend auch nicht. Doch wie so oft – mal abgesehen von der Wildschweinattacke – behielt Chiara die Nerven, eine Eigenschaft, die ich an ihr echt bewunderte. Sie versprach dem Mönch, sich wieder zu melden und rief dann Lucien an. Der hübsche Lucien. Wieder merkte ich, dass mich etwas Eifersucht befiel, ich schob diesen lästigen Gedanken aber beiseite.

Nach dem Telefonat erklärte sie mir kurz, was sie mit Lucien abgesprochen hatte: Dem Mönch Philippe hatte sie die Autoschlüssel ihres Pickups gegeben. Lucien wollte sich nun darum kümmern, also die Autoschlüssel abholen und ihren Pickup als Ersatz für den Lieferwagen von St. Raphaël zum Kloster bringen.

Mittlerweile war es halb elf. Abermals checkte ich meine E-Mails. Immer noch keine Nachricht von Tory, was mich nun doch bei seiner sonstigen Gewissenhaftigkeit wunderte. Auch Chiara hatte weder einen Anruf noch eine E-Mail von Pascale erhalten. Also berieten wir uns, was zu tun war.

Bis Marseille waren es zwei Autostunden, mit dem Lieferwagen konnten wir aber gut eine Stunde mehr drauf rechnen. Also entschieden wir uns, sofort nach Marseille zu fahren. Chiara war wild entschlossen, wenn es nicht anders ging, Khalid in Marrakesch aufzustöbern. So starteten wir den Lieferwagen und machten uns auf den Weg. Chiara stellte das neu erworbene Radio an, das man zwar noch weniger hören konnte als in ihrem Pickup. Aber es übertönte dafür etwas die besorgniserregenden Geräusche, die der Wagen auch auf dieser Fahrt machte. Kurz nach vierzehn Uhr kamen wir an.

Am Flughafen stellten wir den Lieferwagen auf einem der großen Parkplätze ab. Mit Herzklopfen folgte ich Chiara, die es wie immer sehr eilig hatte. Und schon fanden wir uns an einem Auskunftsschalter wieder. Die freundliche Französin druckte uns alle Abflugmöglichkeiten von Marseille nach Marrakesch aus. Kurze Zeit später hielten wir zwei wunderbare One-Way-Tickets nach Marrakesch in den Händen.

Als wir abhoben, überkam mich zwar wieder ein mulmiges Gefühl – es war immerhin erst der dritte Flug in meinem Leben – aber ich versuchte mir nichts anmerken zu lassen und kramte schnell meinen iPod heraus. Anscheinend hatte ich zur Musik irgendwie auffällig gewippt, jedenfalls wollte Chiara unbedingt wissen, was ich da gerade hörte. Also teilten wir uns die beiden Ohrstecker und hörten das Stück nochmals. Anders als ich verstand sie den Text und erklärte mir, dass es darum ginge, zu zweit sein Leben zu ändern und sich gegenseitig den Kummer zu nehmen.

»Hm, also mal wieder ein Liebeslied.«

»Ja, aber das hätten wir vermutlich auch bei *Nem, mon amour* gesagt, wenn wir den Hintergrund nicht gekannt hätten«, entgegnete Chiara.

»Stimmt, vermutlich hast du recht. Wobei ich mich bei vielen Liebesliedern immer frage, ob sie überhaupt einen Hintergrund haben. So langweilig und austauschbar sind oft die Texte. Ich denke, da geht es ganz oft nur um die Musik an sich.«

»Allora, geht mir auch so. Aber kennst du *Ride to Agadir* von Mike Batt? Kein Liebeslied. Passt aber schön zu Marokko. Und ein Lieblingslied meines Vaters. Wäre eigentlich auch etwas für deine Plattensammlung.«

Als ich verneinte, kramte sie ihr Handy heraus, stöpselte meine Kopfhörer ein und startete das Lied, das sie in ihrer Musikliste hatte. Oha, ich sah mich, als ich das Lied hörte, schon durch die Wüste auf Kamelen reiten, verfolgt von marokkanischen Reiterscharen. Unter mir die Wolken und das Meer machten alles noch unwirklicher.

Ich holte den Taugenichts wieder heraus. Ab und zu schien Chiara mitzulesen, schüttelte dann aber verwundert den Kopf. Die Zeit ging ruckzuck um, schneller als mir lieb war, und so setzte das Flugzeug zur Landung an, als ich noch immer nicht mein inneres Gleichgewicht gefunden hatte, weder musikalisch, noch durch das Buch, noch in meinen Gedanken.

Der Blick war atemberaubend. Ich hatte zwar schon von Marrakesch gehört, doch bekam ich bei unserem Anflug erst eine Ahnung, dass es richtig schwierig sein musste, sich ohne nähere Kenntnisse in dieser Stadt zu bewegen, die in ihrem Kern eine gedrängte Häuserdichte ohne erkennbare Straßen aufwies, wie ich sie noch nie in meinem Leben gesehen hatte.

Der Flughafen war groß und weitläufig, unterschied sich aber noch nicht wesentlich von dem in Marseille. Jetzt mussten Chiara und ich entscheiden, wie es weitergehen sollte. Ich steuerte eine leere Sitzbank an und checkte meine E-Mails. Nichts. Wir hatten siebzehn Uhr. Das war nun schon etwas beunruhigend. Chiara schaute nach einer Nachricht von Pascale. Zum Glück hatte der sich wenigstens gemeldet. Anscheinend hatte er sie während unseres Fluges versucht, telefonisch zu erreichen. Ihr Handy zeigte einen vor eineinhalb Stunden eingegangenen Anruf an. Sie rief ihn zurück. Ich setzte mich dicht neben sie, um das Gespräch mitzubekommen. Es dauerte auch nicht lange, da hatte man sie an Pascale weitergereicht. Sie stellte wieder den Lautsprecher an. Der sonst so ruhige Pascale hörte sich aufgeregt an. Aber außer den Worten *Khalid, famille, Marrakesh, dangereux und je regrette* (12) konnte ich dieses Mal nur wenig verstehen. Dann bat Chiara mich hastig um einen Stift und einen Block und notierte sich anscheinend eine Adresse. Sie schrieb einen langen Namen auf, der mit *Riad …* anfing. Ich konnte es nicht genau lesen. Chiara seufzte etwas und wandte sich endlich an mich.

»… Also, Pascale hat wohl eine Weile gebraucht, seinen Bruder zu erreichen, der anscheinend nicht so begeistert von unserer Ankunft ist. Dein Mr. Tory hat sich aber mit Pascale in Verbindung gesetzt und für uns eine Unterkunft besorgt. Hier die Adresse. Wohl auch nicht ganz so weit entfernt vom Haus Khalids. Das liegt mitten im Altstadtbereich von Marrakesch. Pascale selbst ist noch nie in Marrakesch gewesen und kann daher auch keine Wegbeschreibung geben. Es scheint nicht ganz einfach zu sein, weil es teilweise keine Straßen gibt, sondern nur enge Gassen. Er war sehr besorgt und hat sich Vorwürfe gemacht, dass er uns allein losgeschickt hat. Er rät uns, einander nicht zu verlieren und auf dem Weg gut aufzupassen. Wir sollten uns am besten durchfragen oder ein Taxi nehmen.«

»Wenigstens wissen wir auf diese Weise, dass Mr. Tory uns doch nicht im Stich gelassen hat. Vermutlich dachte er, Pascale würde uns eher Bescheid geben.«

»Na ja, wie auch immer. Ich denke mal, wir hören auf Pascales Ratschlag.«

Ich stimmte Chiara zu und wir zogen zum Ausgang des Flughafengebäudes und steuerten die Taxis an, die in dichten Reihen vor dem Gebäude standen. Gleich der erste Fahrer nahm uns die Entscheidung ab, und ehe wir uns versahen, saßen wir bereits im Wagen und versuchten, ihm auf Englisch und Französisch unser Reiseziel zu nennen. Er runzelte etwas die Stirn und sagte dann aber leider etwas auf Arabisch, das weder Chiara noch ich verstehen konnten, und los ging's.

Kaum waren wir dann ausgestiegen und hatten bezahlt, brauste er schon wieder weg. Als wir an die kleine Hotelrezeption traten und unsere Namen nannten, konnte die Concierge damit jedoch leider nichts anfangen. Auch der Name Tory oder Pascale sagte der Frau nichts. Als Chiara den Zettel mit dem Hotelnamen hervor nahm, erkannten wir den Irrtum. Diese Unterkunft fing zwar auch mit »Riad« an, war aber eher so eine Art Jugendherberge und definitiv nicht das Hotel, das auf dem Zettel stand. Vermutlich hatte der Taxifahrer uns nach unserem Äußeren eher eine Jugendherberge zugetraut. Die freundliche Frau an der Rezeption sprach im Gegensatz zu dem Taxifahrer jedoch Französisch und so erklärte sie uns, wie wir das Hotel finden könnten. Wir entschlossen uns, zu Fuß zu gehen, um mehr von der Medina zu sehen.

Marrakesch ließ sich mit nichts vergleichen, was ich bisher gesehen hatte. Ein Farb-, Geruchs-, Geräusche- und Formenrausch. Ein fast irrsinniges Gewusel bunt gekleideter Menschen in langen Gewändern. Es hatte uns, so schien es mir, direkt irgendwo ins Mittelalter verschlagen. In den Orient des sechzehnten Jahrhunderts. Wahnsinn. Ich suchte meine Kamera heraus und versuchte, diese bunte Vielfalt auf Fotos zu bannen. Auch Chiara hielt immer wieder inne und schaute sich die Auslagen der Läden an, staunte über Töpfe, Teppiche, Kleider, Schuhe, Gewürze.

Die Gassen waren so eng, dass wir teilweise nur hintereinandergehen konnten. Immer wieder gab es links und rechts Abzweigungen. Ein riesiges Labyrinth. Wir versuchten, aufeinander zu achten und uns nicht aus den Augen zu verlieren. Aber das Gedränge war so groß, dass ich Chiaras Rotschopf immer wieder aus den Augen verlor.

Ich hatte gerade einen besonders schönen Torbogen fotografiert, als ich mich umdrehte und Chiara nicht mehr sah. Ich suchte in allen Abzweigungen, schaute in die kleinen Läden. Aber nichts. Zunächst entschloss ich mich, dahin zurückzukehren, wo wir uns zuletzt gesehen hatten. Nach gut zehn Minuten tauchte sie immer noch nicht auf. Es wäre ja weiter nicht so schlimm gewesen, wenn auch ich den Zettel mit dem Hotelnamen gehabt hätte. Zwar hatte Chiara an der Rezeption das mit dem Namensfehler geklärt. Aber dabei hatte ich weder alles verstanden, noch genau aufgepasst. Es war auch ein recht langer Name, der vermutlich schon bei dem Taxifahrer zu dem Missverständnis geführt hatte. Das war jetzt richtig blöd. Zumal ich, Siegmund Sagenroth, hier vermutlich der einzige Tourist ohne Handy war. Was nun? Ich versuchte es im nächsten Laden und fragte nach allen Hotels, die mit »Riad« anfingen. Aber man verstand mich nicht. Ich irrte lange völlig ideenlos umher. Es dämmerte schon. Plötzlich bekamen die engen Gassen, die ich vorhin noch so schön gefunden hatte, etwas Bedrohliches. Leise Panik beschlich mich.

Irgendwann fand ich einen Laden mit W-Lan und entschloss mich, nochmals meine E-Mails zu checken. Und ja! Da war eine E-Mail von Tory! Noch nie hatte ich mich so sehr über eine Nachricht von ihm gefreut. Sie war allerdings schon vor zwei Stunden an mich versandt worden. Aber der Text, der für seine Verhältnisse ungewöhnlich kurz war, reichte absolut aus.

Von: tory@fantastico.com

An: ssage@web.de

Mein lieber Sid,

Ihre heutige Unterkunft heißt:

Riad Palacio Les Jardins du Raz de Fleur

Rue du Raz 66

Marrakesch

Nennen Sie an der Rezeption unbedingt meinen Namen.

Es grüßt, Tory

Endlich, ich hatte die Adresse! Ich fragte den Mann hinter der Theke. Leider war Englisch auch hier Fehlanzeige. Dennoch hatte ich Glück. Er rief seinen kleinen Sohn, der mir mit Gesten bedeutete, ihm zu folgen. Also lief ich hinter dem Jungen her, der mich durch das Gewirr an Gassen führte.

Schließlich blieb er stehen. Und ich musste staunen. Vor mir erhob sich ein riesiges, mit einem Mosaik verziertes Tor, das den Blick frei gab auf einen beleuchteten Innenhof mit vielen Palmen. Dahinter konnte ich an einem festlich angestrahlten alten Gebäude die leuchtenden Worte »*Riad Palacio Les Jardins du Raz de Fleur*« erkennen. Diesmal war ich also richtig. Der kleine Junge verbeugte sich und sagte etwas auf Arabisch. Ich dankte ihm überglücklich. Doch dann merkte ich, dass er auf etwas wartete. Also kramte ich in meiner Hosentasche nach ein paar Münzen und gab sie ihm. Strahlend verabschiedete er sich und lief davon.

Unsicher schritt ich durch den Torbogen, näherte mich dem prunkvollen Gebäude und betrat den Eingangsbereich. Hinter einem ebenfalls mit Mosaiken reich verzierten

Tresen befand sich die Rezeption, an der mich eine junge Frau in einem glitzernden langen Gewand kritisch und erstaunt musterte. Rasch nannte ich ihr Torys Namen. Unmittelbar darauf änderte sich ihr Gesichtsausdruck. Sie bedeutete mir, freundlich zu warten und rief jemanden an. Ein junger Mann in einer Art dunkelroter Uniform verbeugte sich sehr höflich, nahm mir meinen Rucksack ab und gab mir ein Handzeichen, ihm zu folgen. Er führte mich zu einem Aufzug, der uns in die vierte Etage brachte. Oben angekommen, schritten wir über einen Flur, der mit grünen glänzenden Fliesen ausgelegt war, bis wir vor einer Zimmertür stehen blieben. Der junge Hotelangestellte öffnete mir und bat mich einzutreten.

Was für ein Zimmer! Ein riesiges Bett mit einem Baldachin und Stoffvorhängen an der Seite. An den Wänden mehrere Leuchten, die ein warmes Licht im ganzen Zimmer verteilten, ein grüner dickfloriger Teppichläufer auf dem gefliesten Boden und ein geöffnetes Fenster, das den Blick freigab auf die erleuchtete Altstadt. Hammer! Der junge Mann legte meinen Zimmerschlüssel auf einen kleinen Tisch, verließ mit einer Verbeugung höflich den Raum und ließ mich allein. Ich musste mich erst einmal setzen. Nach der schlechten Nacht, dem frühen Aufstehen heute Morgen, der Autofahrt, dem Flug und vor allem meiner Odyssee in der Medina von Marrakesch war ich ganz schön fertig.

Aber was war das? An einem Schrank gegenüber sah ich in durchsichtiger Folie einen hellen Anzug und ein weißes Hemd hängen. Als ich aufstand, um mir den Anzug näher anzusehen, bemerkte ich einen angehefteten Zettel. Darauf stand in Druckbuchstaben: *Abendessen um 20.30 Uhr. Großer Dinner-Raum. Erdgeschoss.* Wir hatten mittlerweile kurz nach acht. So sehr ich mich gerne hingelegt hätte, die Sache war klar: Ich musste mich beeilen. Im Bad waren raumhohe Spiegel, die, von goldenen und weißen Kacheln eingerahmt, einen total verschwitzten, ganz schön fertig aussehenden und verstrubbelten Sid in fleckigem T-Shirt und knittriger Jeans zeigten. Schnell warf ich die Klamotten ab und sprang unter die Dusche.

Ich zog die neue Kleidung an und betrachtete mich. Verblüffend. Sah gar nicht so übel aus. Ein Blick auf die Uhr verriet mir, dass es Zeit war für das Abendessen. Auch musste ich unbedingt herausfinden, was aus Chiara geworden war. Prompt bekam ich ein schlechtes Gewissen. Zwar hatte sie den Zettel mit der Adresse gehabt. Aber wer weiß, ob auch sie das Hotel gefunden hatte.

Etwas in Sorge eilte ich zum Aufzug und ließ mich die vier Etagen hinunterfahren. Im Foyerbereich versuchte ich mich, kurz zu orientieren. Ein Hotelangestellter winkte mich herbei, um mich dann in einen großen angrenzenden Raum zu führen.

Ich trat ein und fand mich in Tausendundeiner Nacht wieder. Gedämpfte Musik und Gespräche klangen aus verschiedenen Ecken. Die Wände waren mit bunten Teppichen ausgekleidet, überall hingen orientalische Lampen. Niedrige Sofalandschaften gruppierten sich um Tische, an denen jeweils einige Gäste saßen. Ein verführerischer Duft von frisch gebratenen würzigen Speisen strömte mir entgegen. Verwirrt und begeistert zugleich folgte ich dem Hotelpagen, der mich zielstrebig in den hinteren Bereich des Raumes führte. Dann blieb er stehen. Vor mir auf einem der bunt gepolsterten Loungesofas saß eine atemberaubende junge Dame in einem dunkelgrünen Kleid. Hochgesteckte rote Haare … Zahnlücke … Grinsen … Chiara!

Welche Verwandlung! »Wow.« Mehr konnte ich erst einmal nicht sagen.

Chiara lächelte. »Na, du siehst aber auch nicht schlecht aus. Ich bin froh, dass du doch noch den Weg hierhin gefunden hast. Habe mir schon schwer Sorgen und Vorwürfe gemacht.«

Als ich gerade etwas entgegnen wollte, hörte ich ein Räuspern. »Willkommen in Marrakesch, lieber Sid.«

Ich wandte mich zu der Couch hinter mir um und konnte vor Erstaunen kein Wort mehr herausbringen. Da saß ein weißhaariger, alter Herr im Anzug, den ich nur zu gut kannte.

Mr. A.S. Tory.

17. Marrakesch und Khalid

Wie sich herausstellte, hatte sich Tory bereits mit Chiara bekanntgemacht und sich mit ihr eine Weile, wie er sagte, »vortrefflich« unterhalten. Auch sie schien von ihm ganz angetan. Er war auch ein ziemlicher Charmeur und konnte sogar etwas Italienisch. Nachdem ich mich zu den beiden gesetzt hatte, wurden ganz bald darauf eine Vielzahl an köstlichen Speisen auf den Tisch gebracht, die Chiara und ich mit Genuss aßen. Während des Essens erzählte Tory, dass ihn unser unerwartet schneller Erfolg in Sachen *Nem, mon amour* überrascht hatte und es auch für ihn nicht einfach gewesen wäre, das weitere Vorgehen so schnell in die Wege zu leiten, insbesondere seine eigene Reise zu organisieren. Sein Alter und die Einschränkung beim Laufen hätten es nicht einfacher gemacht. Aber einen Besuch in Marrakesch wollte er sich doch nicht nehmen lassen. Auch wollte er es nicht versäumen, uns die schönen Seiten dieser besonderen Stadt zu empfehlen. Leider könne er uns nicht begleiten, da er ja kaum mehr laufen könnte.

»Chiara hat mir übrigens von Ihrer Wildschweinjagd erzählt. Das war natürlich nicht gerade ungefährlich. Aber davon abgesehen, bin ich ganz begeistert. Die wehrhaften Wildschweine sind fast seit Jahrtausenden das Thema der großen Helden und Sagen und immer wieder Gegenstand der Literatur gewesen. Selbst der große Odysseus hat den

Kampf mit einem Wildschwein nicht unversehrt überstanden. Sid, Sie sind ein wahrer Glückspilz. Das muss ich schon sagen. Es freut mich jetzt schon, einmal davon lesen zu können.«

Etwas verlegen nahm ich Torys Lob entgegen. Chiara sagte dann noch, dass ich »*something just like this*« und ein »*superhero*« wäre, ein kleiner Insiderspruch, den wir Tory erst einmal erklären mussten. Doch dann lachte auch er.

Als ich merkte, dass Tory sehr gut gelaunt und gesprächig war, ergriff ich die Gelegenheit und bat ihn, mir endlich zu verraten, warum er ausgerechnet mich für die Reise und den Suchauftrag ausgewählt hatte. Tory lächelte und sagte dann: »Ich bin vor ungefähr drei Monaten auf Ihre damals noch bestehende Facebookseite gelangt. Anlass dafür war der Verkauf einer Platte. Sie erinnern sich vielleicht an Ihre Anzeige auf eBay?«

Verblüfft nickte ich. Ich hatte eine Platte von *Crosby, Stills, Nash & Young* zum Verkauf angeboten, um mir Geld für eine neue zu verdienen. Hatte sie dann aber schließlich doch zum Recordstore gebracht.

»Über die ebay-Anzeige kam ich auf Ihre Facebook-Seite. Ihr Name ist selten genug. Das war nicht schwer … Ich sammle nicht nur Bücher und Geschichten, sondern auch Schallplatten. Das ist Ihnen anscheinend bei den Besuchen in meiner Bibliothek entgangen. Natürlich war ich zunächst davon ausgegangen, es mit einem Erwachsenen zu tun zu haben. Aber Ihre Internetseite hat mir dann gezeigt, dass Sie noch recht jung sein mussten. Das fand ich ungewöhnlich. Und es hat mich neugierig gemacht. Nun, ich denke, Sie wissen selbst, was Sie dort geschrieben und veröffentlicht haben. Ich habe einen gelangweilten, aber ansonsten durchaus pfiffigen Gymnasiasten vorgefunden, der gerne mal seinem Alltag entfliehen würde. Als ich wenig später den Suchauftrag von Pascale bekam, habe ich mich an Sie erinnert und Sie schließlich kontaktiert.«

Ich schwieg. Verwirrt. Auch etwas peinlich berührt. Ich hatte nie darüber nachgedacht, wer sich alles meine Seite anschauen würde. Mama hatte das mit Facebook nicht gefallen; sie hatte mich vor ein paar Wochen dazu gezwungen, meinen Account zu löschen. »Aber warum haben Sie mich erst nach London und dann nach Campeto geschickt?«

»Nun – ich musste Sie natürlich erst einmal kennenlernen. Auch war es meine Absicht, dass Sie sich eine Begleitung für Ihr Abenteuer suchen sollten. Wer weiß, hätte sich bereits in London etwas ergeben, vielleicht hätte ich Sie dann direkt nach Frankreich geschickt. Der Junge Chan erschien mir dann jedoch etwas zu unstet. Von ihrem Maskentanz und der Nummer mit dem Straßenschild haben Sie mir zwar nicht selbst berichtet, aber die Sache ist mir dennoch zu Ohren gekommen.« Tory schaute mich dabei belustigt an. »Aber Sie sollten auch Orte kennenlernen, die eine Reise wert sind. Neben dem Suchauftrag ging es mir auch darum, Ihnen Erlebnisse zu schenken.«

Chiara hatte die ganze Zeit sehr konzentriert gelauscht. »Kannten Sie mich denn auch? Wie kamen Sie auf unsere Taverne?«

»Sid selbst hatte sich Italien ausgesucht. Es hätte auch ein anderes Land sein können. Tatsächlich hatte ich im Vorfeld ein paar geeignete Orte in verschiedenen Ländern gefunden. Immer sehr kleine und überschaubare. Ihre Taverne hat eine sehr ansprechende Internetseite. Auch mit einem Foto von Ihnen und Ihrer Familie. Und ich sehe, es war eine gute Wahl…« Tory lächelte Chiara wieder an.

»Und Pascale Farez – warum haben Sie seinen Suchauftrag angenommen?«

»Auch diesen habe ich im Internet gesehen. Ich denke, da ging es mir wie Ihnen beiden auch. Pascales Geschichte hat mich tief berührt. Dann habe ich mit ihm Kontakt aufgenommen und Pascale erklärt, dass ich jemanden finden werde, der für diesen besonderen Auftrag geeignet ist.«

»Ich verstehe trotzdem immer noch nicht, warum Sie ausgerechnet mich dafür ausgewählt haben.«

Tory sah mich an. »Sie haben die Single gefunden. Das allein zeigt schon, dass es kein Irrtum meinerseits war, oder?«

Ich überlegte. Vieles wurde mir jetzt klarer und war bei weitem nicht mehr so mysteriös wie zu Beginn. Doch da fiel mir eine Sache ein, die immer noch komisch war. »Aber wie um Himmels willen kamen Sie ausgerechnet auf das Latein-Camp und auf Ansgar?«

Tory schmunzelte. »Ja, mein Lieber, da musste ich freilich etwas genauer recherchieren und auch etwas pokern. Wenn es nicht geklappt hätte, hätte ich mir etwas anderes ausdenken müssen. Ihre Schule konnte ich durch Ihre Facebookseite ermitteln. Dort wurde das Lateincamp für die Herbstferien erwähnt. Über die Schulseite fand ich dann wiederum auch eine Seite zu Ihrer Klasse. Sogar mit Fotos. Von der Klassenfahrt nach den Sommerferien. Dass Ansgar nicht zu Ihren Freunden gehörte, schien mir aufgrund der Freundschaftsangaben wahrscheinlich. Ich kontaktierte ihn aber, um ihn für das Camp zu begeistern und gab auch den Tipp, einen Klassenkameraden mitzunehmen … Sie würden nicht mit ihm mitkommen, darauf hatte ich gesetzt … und den Rest wissen Sie ja. Es hat geklappt.«

Ich nickte. Es schien alles so einfach. Verblüffend, aber auch etwas erschreckend, dass Tory genau das erreicht hatte, was er wollte. Eine Weile aßen wir schweigend weiter. Jeder schien dabei seinen eigenen Gedanken nachzuhängen.

Vermutlich auch, um die Stimmung wieder etwas aufzulockern, forderte uns Tory nach dem Essen dann dazu auf, uns unbedingt das Hotel genauer anzusehen. Seiner Meinung nach gehörte es mit zu den schönsten, die er kenne. Wir beherzigten also seinen Rat und streiften durch die Räume und Säle. Es gab dort einen großen Innenhof mit einem Pool. Alles war in dunkelgrünem Mosaik und Gold gehalten. Große Palmen säumten den Beckenrand. Außen standen kunstvolle Stühle und Tische, Liegen und Loungesessel. Zahlreiche Gäste genossen hier ihren abendlichen Drink bei orientalisch angehauchter Loungemusik. Mir wurde bewusst, dass allein eine Übernachtung hier ein Heidengeld kosten musste. Auch den Gästen konnte man ansehen, dass sie alle sehr wohlhabend sein mussten.

Aber das Unglaublichste war die große Dachterrasse im fünften Stock, den wir mit dem Fahrstuhl aufsuchten. Von dort aus konnte man fast die ganze Stadt überblicken. Jetzt bei Nacht eine nahezu magische Kulisse. Der Platz war ein einziges Lichtermeer. Darüber zahllose Rauchsäulen, die in den Nachthimmel stiegen. Sie stammten, wie Tory uns erzählt hatte, von den vielen Garküchen dort. Dicht aneinander gedrängt ein Meer an Häusern. Zwischendrin mehrere Moscheetürme. Und man konnte von hier aus den berühmten großen Platz, Djemaa el-Fna, sehen. Davon hatte Tory besonders geschwärmt. Chiara war ganz außer sich und wollte direkt dorthin. Auch wenn ich todmüde war und wirklich keinen Hunger mehr hatte, konnte ich sie schließlich nicht davon abhalten. Wir machten uns auf den

Weg. Ich hatte Chiara allerdings diesmal beschworen, dass wir zusammenbleiben mussten. Zwar kannte ich jetzt das Hotel, dennoch hatte ich nicht noch einmal Lust, sie zu verlieren.

Der Platz war tatsächlich ganz nah. Und er war es wert, besucht zu werden. Das musste ich zugeben. Es gab nicht nur die köstlich duftenden Garküchen, sondern zahllose Gaukler, Schlangenbeschwörer, Geschichtenerzähler, Wahrsager, Feuerschlucker. Tänzer und Musikgruppen fanden sich inmitten der vielen Stände. Auch Affen führten ihre Kunststücke vor und es gab sogar Pferde, Kamele, Esel und Ziegen. Wir hatten zwar eigentlich genug gegessen, aber an einem Stand kaufte sich Chiara wirklich sehr lecker aussehenden Nougat und ich konnte zu den fantastischen kleinen Grillspießen, die in einer der Küchen angeboten wurde, nicht nein sagen.

Wir liefen weit über eine Stunde über den Platz. Und sicherlich hätte man noch länger verweilen können, aber wir erinnerten uns, dass wir morgen früh Khalid aufsuchen wollten. Also kehrten wir zum Hotel zurück. Tory, der noch im Hotelfoyer saß, berichteten wir von unserem Rundgang. Er war sehr erfreut, dass wir seinem Rat gefolgt waren. Dann verabschiedeten wir uns und suchten unsere Zimmer auf. Chiara hatte eines im dritten Stock. Daher stieg sie schon eher aus dem Fahrstuhl. Bevor die Tür sich wieder schloss, rief sie noch »Ciao.« Mit Zahnlücke.

Anders als am Vorabend brauchte ich heute nicht lange, um einzuschlafen.

Dienstag, 17.10.17

In den frühen Morgenstunden hatten mich die Rufe der Muezzins kurz irritiert, aber ich war dann wieder eingeschlafen. Um acht Uhr wurde ich durch ein Klopfen geweckt. Chiara stand vor der Tür. Sie war schon fertig angezogen. Heute in einem für ihre Verhältnisse recht schlichten schwarzen Kleid mit kurzen Ärmeln. Ihre leuchtend roten Haare waren aber anders als gestern wieder im gewohnten Strubbellook. Sie sprühte wie immer voller Tatendrang. Ich dagegen war immer noch müde, erbat mir etwas Zeit und wir vereinbarten, uns unten zu treffen und beim Frühstück alles zu besprechen.

Es gab einen gesonderten Frühstücksraum. Hell mit vielen Pflanzen. Wieder alles äußerst elegant im orientalischen Stil eingerichtet. Statt der Sitzlounges verzierte Tische und Stühle. Dort wartete ein Frühstücksbuffet mit allem, was das Herz begehrte. Ein ganzer Berg frischer Obstsorten, kunstvoll arrangiert, Getränke aller Art, ein riesiger Samowar für heißes Wasser, Fleisch, Fisch, Käse, Joghurt, Brot und verschiedenstes Gebäck. Mehrere silberne und goldene Behälter mit warmen Speisen. Ich schaufelte mir alles Mögliche auf den Teller und suchte dann nach Chiara und Tory. Beide saßen bereits wieder gemeinsam an einem Tisch.

»Guten Morgen, mein lieber Sid. Ich sehe, Sie wissen dieses fantastische Frühstücksangebot zu schätzen. Setzen Sie sich zu uns. Sehen Sie, wer heute mit uns hier ist.«

Ich begrüßte Matthew. Er erwiderte meinen Gruß mit einem wie immer höflichen Nicken. Er hatte also nicht nur bei den Reisevorbereitungen mitgeholfen, sondern war auch mitgekommen. Wo er wohl gestern Abend gewesen war? Erst jetzt sah ich an der Seite einen Rollstuhl stehen. Mir wurde plötzlich bewusst, dass ich Tory auch in London immer nur im Sessel sitzend gesehen hatte. Dabei hatte ich mir nie groß Gedanken darüber gemacht, wie er dort eigentlich immer hingekommen war. Es schien mir eine Ewigkeit her, dass ich ihn zuletzt gesehen hatte. Dabei war gerade einmal etwas über eine Woche vergangen. Wirklich verrückt, wie sich das Zeitgefühl veränderte, je nachdem, was man erlebte. Die letzten sechs Wochen Sommerferien hatte ich zum Verdruss meiner Mutter fast komplett durchgezockt. Sie waren mir daher eher wie eine einzige Woche erschienen.

»Matthew hatte gestern seinen freien Abend. Nachdem ich ihn mit meiner Reise über Gebühr in Anspruch genommen habe, hat er sich dann genauso wie Sie auf dem Djemaa el Fna vergnügt.«

Während des Frühstücks plauderten wir zunächst etwas. Über Marrakesch. Marokko. Den Tourismus. Dann kam Chiara aber endlich auf Khalid zu sprechen. Sie war nicht so die große Frühstückerin und ich merkte auch, dass es sie drängte, zum eigentlichen Zweck unserer Reise zurückzukommen.

»Pascale hat mir geschrieben und mir die Adresse von Khalid geschickt. Ich habe schon recherchiert. Es ist wirklich nicht weit von hier. Ich würde gerne direkt nach dem Frühstück aufbrechen.«

»Sollten wir nicht vorher anrufen?«

»Pascale meint, ein direkter Besuch wäre besser. Khalid wäre wohl immer sehr beschäftigt und am Telefon schnell ungehalten. Hält wohl auch nach wie vor nicht viel von unserem Besuch oder der ganzen Geschichte mit seinem Vater. Er würde jedoch heute Vormittag zu Hause sein. Pascale sieht weiterhin in dem Lied die einzige Chance, ihn umzustimmen.«

»Klingt schwierig. Aber wir wollen es versuchen.«

Ich holte meinen Rucksack mit der CD aus meinem Zimmer, und wir machten uns auf den Weg. Es war zum Glück noch nicht ganz so viel los wie am vergangenen Tag. Die Touristenströme fielen wohl erst später über die Altstadt her. Dennoch waren viele Frauen mit langen Gewändern und Kopftüchern unterwegs, die vermutlich ihren Tageseinkäufen nachgingen.

Schon nach einer Viertelstunde erreichten wir Khalids Haus. Es war recht groß, aber von außen eher unscheinbar. Es gab keine Klingel, also betraten Chiara und ich den Toreingang, der uns in einen kleinen, schlichten aber sehr sauberen Innenhof führte. Mit seinem einzelnen Olivenbaum und den ockerfarbenen Wänden erinnerte er mich auf wundersame Weise an das Kloster in Fréjus. Hatten da die beiden Brüder doch ähnliche Behausungen gesucht?

Wir klopften an die große Holztür, die sich in dem Hof befand und warteten. Zunächst tat sich nichts. Dann nahm ich in den oberen Fenstern eine leichte Bewegung der Vorhänge wahr. Als wir nochmals klopften, öffnete sich die Tür. Vor uns stand eine Frau mit schwarzem Kopftuch und schwarzem Gewand und schaute uns halb ängstlich, halb fragend an. Als Chiara unsere Namen sagte, nickte sie jedoch und ließ uns herein. Die alten Hausmauern hatten die Erwartung geweckt, dass auch innen alles alt wäre, doch war das Haus sehr schlicht, aber geschmackvoll und modern eingerichtet.

Die Frau führte uns durch einen großen Flur zu einem Wohnzimmer mit einer Sofalandschaft und einem riesigen Fernseher. Davor saß eine junge Frau mit zwei kleinen Kindern. Als wir eintraten, stand sie sofort auf und verließ mit einer scheuen Verbeugung zusammen mit den Kindern den Raum. Chiara versuchte, auf Französisch mit der Frau im schwarzen Tschador zu sprechen. Doch anscheinend verstand sie uns nicht. Sie forderte uns dazu auf, uns hinzusetzen und eilte dann hinaus. Eine Weile saßen wir etwas ratlos da und schauten dem flimmernden arabischen Werbeprogramm im Fernseher zu.

Wir fragten uns langsam, ob Khalid nicht da sei, da erschien ein hochgewachsener schlanker Mann in der Tür. Er trug einen schicken Anzug. Seine herrschaftliche und gestrenge Erscheinung ließ Chiara und mich sofort verstummen. Als ich gerade verlegen Anstalten machte, aufzustehen, machte der Mann eine beschwichtigende Geste und trat auf uns zu, um uns beiden sehr förmlich die Hand zu geben. In einem gut verständlichen Französisch begrüßte er uns und stellte sich als Khalid Farez vor. Auf seinen Wink kam die schwarzgekleidete Frau wieder herein und stellte vor uns auf den Glastisch ein Tablett mit einer silbernen Kanne, einer Zuckerdose und Teegläsern, die grüne frische Blätter enthielten. Und schenkte dann jedem von uns heißes Wasser ein. Dann verschwand sie wieder. Khalid erklärte uns, dass es sich um marokkanischen Minztee handelte, traditionell mit frischer Minze hergestellt.

Als Chiara und ich in gleicher Weise etwas verlegen in unseren Teetassen rührten, unterbrach er das kurze Schweigen und eröffnete das Gespräch: »Alors. Pascale vous a envoyé.«(13)

Chiara nickte. Und so erzählte Khalid ausführlich von seiner Familie. Ich konnte der Geschichte gut folgen; er sprach sehr deutlich und langsam und wechselte, wenn ich etwas nicht verstand, ins Englische. Khalid bestätigte zunächst die Worte Pascales, dass es lange Jahre keinen Kontakt zwischen den Brüdern und auch zum Vater gegeben hatte. Er erzählte: »Das ist natürlich traurig. Grund dafür waren sicher die verschiedenen Wege, die wir alle eingeschlagen haben und natürlich auch die großen Entfernungen. Dass der Kontakt zu meinem Vater abgerissen ist, lag aber auch an ihm selbst. Bereits als wir noch in Marseille bei ihm wohnten, veränderte der plötzliche Tod unserer Mutter alles. Ich war damals siebzehn, fast mit der Schule fertig. Pascale war fünfzehn und Mounir aber erst elf Jahre alt. Da unser Vater nach dem Unfall selbst lange im Krankenhaus bleiben musste, versuchte ich anfangs, so gut es ging, mich um meine beiden jüngeren Brüder zu kümmern. Wieder zu Hause, war Samir Farez jedoch nicht mehr der Alte und ist es wohl auch nie wieder geworden. Den Tod seiner Frau und unserer Mutter konnte er nicht verkraften. Er flüchtete sich in den Alkohol und schaffte es nicht mehr annähernd, sich um uns zu kümmern. Auch nur mit Müh und Not führte er die Musikkneipe weiter. Die lief sehr bald auch nicht mehr so gut wie vorher. Irgendwann konn-

te ich das nicht mehr mitansehen. Ich nahm den Kontakt zu Vaters Familie in Marrakesch wieder auf und versuchte, zwischen Vater und Großvater zu vermitteln. Doch leider erfolglos. Mein Großvater bot damals an, meine Brüder und mich bei sich aufzunehmen, aber weder Pascale noch Mounir wollten von Marokko und Marrakesch etwas wissen. Ich bin dann zu einem Besuch hierher gefahren. Und aus dem Besuch sind nun über dreißig Jahre geworden …«
Khalid legte hier eine kurze Pause ein. Er sah nachdenklich aus, versunken in die Erinnerungen. Dann fuhr er fort. »Das Land und die Kultur gefielen mir sofort. Mein Großvater gab mir mit seinem Gewürz- und Arzneihandel eine berufliche Perspektive. Und schließlich besiegelte natürlich auch meine Heirat mit meiner Frau Jamila meine Entscheidung, in Marokko zu bleiben … Pascale ist ja nicht viel jünger als ich, schon bald entschied er sich nach der Schulzeit für das Christentum und fand damit seinen Weg. Allein wegen Mounir habe ich immer ein schlechtes Gewissen gehabt. Er ist der Jüngste und ihm fiel es am schwersten, mit Mutter Tod klarzukommen. Während Pascale und ich in der Musik nie wirklich eine große Begabung gezeigt haben, war Mounir der einzige, der diese Leidenschaft mit Maman geteilt hatte. Er hatte damals mit Begeisterung Klavier und auch Gitarre gespielt. Aber nach ihrem Tod hat er abrupt damit aufgehört. Der Unfall hat ihm seine Mutter genommen, die er liebte, und er selbst nahm sich dann die

Musik … Die Jahre, die Mounir dann noch bis zu seinem Schulabschluss alleine mit unserem Vater verbrachte, haben ihm wohl nicht gutgetan. Ich fuhr noch einige Male nach Marseille, um nach Mounir und auch meinem Vater zu sehen. Doch Mounir wurde immer verschlossener. Und mein Vater – eine einzige Katastrophe. Alkohol und Zigaretten, Medikamente und Depressionen haben ihn total verändert. Ein Trauerspiel. Er konnte auch absolut kein Verständnis für meine Entscheidung aufbringen, in das Geschäft des Großvaters einzusteigen und an die religiösen und kulturellen Wurzeln der Familie anzuknüpfen. Zu sehr war er inzwischen geprägt gewesen von der westlichen Welt und dem Geist der Hippiezeit. Mounir hat in Belgien eine Ausbildung zum Tontechniker gemacht, hat sich aber nun von seiner Frau getrennt, Drogen genommen und ist auch irgendwie verschwunden. Ich habe vor nicht allzu langer Zeit mit seiner Ehefrau telefoniert. Zwischendurch war er einmal bei ihr, merkwürdig verändert. Das ist der letzte Stand der Dinge. Nein, das hört sich nicht gut an. Ich weiß … Aber, ich habe mittlerweile fünf erwachsene Kinder und auch schon Enkel – meine Tochter und zwei der Enkel habt ihr ja bereits gesehen. Dass mein Vater nun todkrank ist, tut mir natürlich sehr leid. Auch dass Mounir anscheinend abgerutscht ist – aber ich sehe nur wenig Möglichkeiten, daran etwas zu ändern …«

Hier endete Khalids lange Erzählung zunächst. Genauso wie bei Pascales Bericht brauchten wir wieder einige Zeit, das Gehörte zu verarbeiten. Nichts hatte im Widerspruch zu Pascales Geschichte gestanden, dennoch war es ein anderer Blickwinkel. Und es machte auf irgendeine Weise die ganze Geschichte noch etwas tragischer. Pascale hatte weder zu Mounir noch zu seinem Vater eine so detaillierte Schilderung geben können. Was sicherlich auch daran lag, dass er jünger als Khalid war und manches nicht in gleicher Weise mitbekommen hatte.

Es war klar, dass jetzt spätestens der Zeitpunkt gekommen war, ihm unsere CD zu zeigen. Etwas umständlich kramte ich das Paket aus dem Rucksack hervor. Khalid runzelte etwas die Stirn. Ich selbst war plötzlich echt aufgeregt und Chiara rutschte ebenfalls unruhig hin und her. Ich räusperte mich und fragte Khalid auf Englisch, ob wir ihm die CD vorspielen könnten. Natürlich wollte er wissen, um was es sich dabei handelte. Aber ich wollte diesen Moment nicht zerstören, sondern sagte nur, es wäre ein Liebeslied. Immer noch sichtlich irritiert wies er auf die Stereo-Anlage. Das Stück beeindruckte mich vor dem Hintergrund der gerade nochmals gehörten Familiengeschichte noch mehr als in Catherines Wohnung. Auch Chiara hielt die Luft an. Ich wusste gar nicht, ob Khalid es überhaupt kannte. Dazu hatte Pascale gar nichts gesagt. Als das Lied zu Ende war, schwiegen wir alle. Khalids Gesichtsausdruck hatte ich während des Abspielens wenig entnehmen können. Er hatte verschlossen und ernst ausgesehen.

Als ich es schon nicht mehr aushalten konnte, wandte er sich an uns und sagte auf Französisch: »Mein Vater und meine Mutter! Ich erinnere mich an das Stück. Aber das ist schon sehr lange her. Woher habt ihr die Aufnahme?«

Also erzählten wir, wie wir durch Tory nach Frankreich gekommen waren, vom Auftrag Pascales, unserer Suche, die uns nach St. Tropez, dann zu Catherine nach Toulon geführt hatte und schließlich nach Marrakesch. Ernst hörte Khalid uns zu. Es war schwer, aus seinem Gesicht etwas zu lesen. Doch ich meinte, eine leichte Veränderung festzustellen und dann sagte er: »Ja, sie waren glücklich. Und wir hatten auch glückliche erste Jahre zusammen. Das will ich nicht leugnen. Es wäre sicherlich alles anders gekommen, wenn nicht dieser Unfall gewesen wäre … Mein Vater war schuld … Er trank auch damals schon zu viel … Hat euch Pascale das auch erzählt?«

Wir schwiegen. Nein, das hatte er nicht erzählt. Aber es erklärte einiges …

»Es ist ein Grund dafür, dass ich selbst damals nie wieder einen Tropfen angerührt habe. Seitdem ich mich zum Glauben meiner Väter bekannt habe, steht es sowieso nicht mehr zur Diskussion. Pascale hat ja seinen Messwein.« Er lächelte dabei etwas. »Aber Pascale war immer ein ernsthafter und sehr gewissenhafter Mensch. Mounir hingegen ist anscheinend genauso labil wie sein Vater. Er ist auf die schiefe Bahn geraten. Ich spüre, dass etwas nicht stimmt.«

Chiara übersetzte mir, anschließend schwiegen wir wieder.

Auch mein eigener Vater hatte uns verlassen … Aber nach allem, was wir zwischendurch von ihm erfahren hatten, ging es ihm damit gut. Außerdem musste ich beim Thema »Alkohol« daran denken, dass Chiaras Vater und Onkel ein Weingut hatten. Ich hatte erfahren dürfen, mit wie viel Leidenschaft und Liebe die Weinlese gemacht wurde und mit welcher Selbstverständlichkeit man den Wein dort trank.

Als hätte Khalid meine Gedanken gelesen, sagte er: »Mein Vater war die westliche Welt nicht gewöhnt. Zu anders war sein Leben vorher in Marokko gewesen. So etwas kann man nicht so schnell ablegen. Zwar geht es hier in Marrakesch recht locker und weltoffen zu. Es wird sogar Wein angebaut. Aber mein Großvater war in der Beziehung immer sehr streng gläubig und hat sich nach den Vorschriften gerichtet.«

»Aber sie sagten doch selbst, Ihre Eltern wären glücklich gewesen. Also kann doch die andere Lebensweise nicht so ein Problem dargestellt haben«, erwiderte Chiara.

»Ja, das stimmt einerseits. Dennoch hat es meinen Vater nicht gut getan und jetzt kann ich ihm auch nicht mehr helfen und sehe daher auch wenig Sinn in einem Treffen.«

Chiara sah sehr nachdenklich und enttäuscht aus. Das Lied, für das wir so viel Mühe und Aufwand auf uns genommen hatten, hatte anscheinend nicht die Wirkung, wie erhofft.

Chiara war es dann, die einen letzten Versuch startete. »Die CD gehört Ihnen. Hören Sie sie sich noch einmal an. Auch wenn es Ihnen sinnlos erscheint. Ihr Vater wird sterben. Und Ihr jüngster Bruder benötigt Hilfe. Überlegen Sie es sich noch einmal. Wir können nicht mehr lange hierbleiben. Und eigentlich sollen wir ja auch noch Ihren jüngeren Bruder in Belgien oder Holland suchen. Glaube ich jedenfalls. Ich habe aber nur wenig Hoffnung, dass das gelingt, wenn auch Sie sich diesem Versuch verschließen.«

Besser hätte sie es kaum sagen können. Tatsächlich lächelte Khalid. Er lächelte Chiara an. Schließlich stand er auf und gab ihr die Hand. »Sie sind ein gutes Kind. Geben Sie mir Zeit bis morgen. Ich muss nachdenken.«

Da er dann nichts mehr sagte, stand auch ich auf. Mir war fast schwindlig von dieser Begegnung. Ich selbst war ganz verwirrt und merkte, dass ich Zeit brauchte, um über alles nachzudenken. Zum Glück war Chiara so geistesgegenwärtig und dachte daran, Khalid nach einer Telefonnummer zu fragen und ihm auch die ihre zu geben. Damit war alles gesagt, wir verabschiedeten uns. Und gingen schweigend aus dem Haus, durch die engen Straßen zurück, bis wir unversehens wieder vor dem Hotel standen. Fast gleichzeitig sagten wir zueinander, dass wir nachdenken müssten. Im dritten Stock stieg Chiara wieder aus. Ich fuhr weiter zu meinem Zimmer. Dort warf ich mich auf das Bett und ließ alles Revue passieren.

18. Ourika

Ohne zu schlafen, hatte ich bestimmt zwei Stunden so dagelegen und über alles nachgegrübelt. Alles hing irgendwie von Khalid ab. Doch noch mehr, als es Pascale deutlich gemacht hatte, war mir durch Khalid auch klar geworden: Wir mussten Mounir finden.

Ich wusch mir das Gesicht und verließ mein Zimmer, um dann Chiara aufzusuchen. Diesmal hatte ich sie geweckt. Verschwitzt und etwas verschlafen öffnete sie mir die Tür. Dann tauschten wir unsere Gedanken aus. Verblüffend, wie sehr uns das Gleiche bewegte. Doch wir kamen beide zu dem Schluss, dass wir den kommenden Tag und eine Antwort Khalids abwarten wollten.

Den Nachmittag verbrachten wir dann doch noch mit etwas Bummeln durch die Altstadt. Chiara erstand ein langes buntes Kleid und eine Messingschale. Ich kaufte ein Seidentuch, das passte auch grade noch so in meinen mittlerweile übervollen Rucksack. Irgendetwas musste ich ja meiner Mutter mitbringen oder wenigstens gegen mein schlechtes Gewissen tun. Denn ich hatte sie immer noch nicht angerufen.

Beim Abendessen unterhielt uns Tory mit Geschichten von seinen Reisen und schaffte es, auf diese Weise uns abzulenken. Über Privates erzählte er weiterhin nicht viel, aber ich bekam eine Ahnung, dass er ein bewegtes Leben geführt hatte. Chiara war fasziniert von ihm. Aber zu ihr war er auch besonders zuvorkommend und galant.

Als wir uns spät voneinander verabschiedeten und uns eine gute Nacht wünschten, sah jeder in den Augen des anderen, dass wir etwas Angst vor der Nachricht Khalids hatten. So schlief ich diese Nacht wieder unruhig. Anders als gestern hielten mich auch die Muezzins wach.

Mittwoch, 18.10.17

Beim Frühstück hatte ich weit weniger Hunger als am Vortag. Chiara saß nur vor einer Tasse Kaffee. Das Handy daneben. Tory und Matthew erkannten, dass wir beide nicht so gut aufgelegt waren. Tory ließ sich von Matthew im Rollstuhl alsbald ins Foyer fahren. Mit der Ausrede, Zeitung lesen zu wollen.

Der Speisesaal war bereits leer und das Personal begann mit dem Abräumen, als Chiaras Handy klingelte. Sie nahm ab und meldete sich mit einer vor Aufregung krächzenden Stimme. Ich selbst hielt die Luft an und horchte angestrengt. Doch das Gespräch war verblüffend kurz.

Fragend schaute ich danach Chiara an.

»Khalid will mit uns einen Ausflug machen. Zum Ourika-Tal. Es ist wohl keine lange Fahrt. Vielleicht vierzig Minuten. Und er will uns abholen. In einer halben Stunde«, erklärte sie.

»Ja, und was ist mit seiner Entscheidung?«

»Das hat er nicht gesagt.«

»Hm. Das ist seltsam …«

Als wir Tory im Foyer aufsuchten und von Khalids unerwarteter Antwort und dem geplanten Ausflug erzählten, lächelte er. »Gute Wahl. Da war ich vor Jahrzehnten auch einmal. Sehr schön. Es wird Ihnen gefallen.«

Khalid erschien pünktlich. Er hatte heute etwas saloppere Kleidung an. Und schien irgendwie zugänglicher als am Vortag zu sein. Zu seinem Auto war es nicht weit. Kaum waren wir eingestiegen, startete er seinen SUV. Auf der Fahrt entschuldigte er sich, uns mit diesem Ausflug überfallen zu haben. Aber es wäre ihm ein Bedürfnis, nach Ourika zu fahren. Warum, würde er uns gerne erklären, wenn wir da wären.

Die hohen Berge hatte man beim Anflug und auch von Marrakesch aus bereits sehen können. Doch war es etwas ganz anderes, die Fahrt dorthin zu erleben. Es dauerte tatsächlich nicht lange und wir waren in eine Bergschlucht eingetaucht; rote Erde, rotbraune, uralte Häuser dicht an dicht. Es reihten sich mehrere uralte Dörfer in dem Tal aneinander. Bei einem Dorf, das ganz schräg am Berghang lag, hielt Khalid an. Es war ein fast unwirklicher Anblick. Wir sagten ihm, wie schön wir die Landschaft fänden.

Daraufhin erklärte er uns, warum er hierhin gefahren wäre, erneut sehr langsam und teilweise auf Englisch, damit ich folgen konnte. »Als ich damals meinen Großvater besucht habe, war er auch mit mir hier. Er hat erklärt, dass aus diesem Dorf meine Großmutter kam. Die damals bereits verstorben war. Dann hat er sich niedergekniet und gebetet. Anschließend lächelte er und sagte, er würde sie auf diese Weise immer noch besuchen. Ich konnte damals nichts mit dem Beten anfangen, ich hatte es vorher noch nie getan. Meine Eltern hatten uns ganz frei von Religion erzogen. Daher wundert es mich, dass in ihrem Lied von Gott die Rede ist. Ich kannte den Islam damals noch nicht. Aber es hat mich sehr berührt. Und es ist vielleicht der Hauptgrund, dass ich hier in Marokko geblieben bin. Ich weiß nicht, ob ich mich Ihnen verständlich machen kann. Aber das hier hat mir meine Wurzeln zurückgegeben. Ich habe gestern lange nachgedacht. Nicht selten zeigen sich Großeltern ihren Kindern gegenüber gütiger oder versuchen sogar wiedergutzumachen, was sie bei ihren eigenen Kindern falsch gemacht hatten. Ich habe mir das Lied gestern mehrmals angehört. Ja, mein Vater hat es sich vermutlich nicht leicht gemacht. Und mein Großvater, so gütig er zu *mir* war; vermutlich trifft ihn doch eine Schuld an dem Ganzen. Er hätte seinen Sohn nicht von sich stoßen dürfen. Ich werde daher Ihrem Wunsch folgen und meinen Vater besuchen. Vorher allerdings muss ich Mounir finden. Das bin ich ihm schuldig.«

Ich war völlig überwältigt. Damit hätte ich nicht gerechnet. Aber ich verstand, was Khalid meinte. Es war so, als hätte sich ein Puzzle mit vielen Teilen plötzlich zusammengefügt. Die Fahrt zurück durch das Tal erlebte ich wie im Traum. So sehr mich Marokko begeistert hatte, nun drängte es auch mich, diese Sache zu Ende zu bringen. Und da ja wohl der Aufenthaltsort Mounirs nicht ganz feststand, konnte das noch etwas schwieriger werden. Außerdem hatten wir morgen schon Donnerstag. Und am Freitag war das »Lateincamp« zu Ende…

Noch bevor wir beim Hotel eintrafen, rief Chiara in Absprache mit Khalid bei Pascale an. Als sie ihm dann erzählte, dass Khalid nach Mounir fahnden wollte, um dann gemeinsam den Vater zu suchen, stieß dieser ruhige ernsthafte Mann einen Freudenschrei aus und bedankte sich mehrmals. Dann wollte er Khalid sprechen. Mittlerweile waren wir vor dem Hotel angekommen und Chiara reichte ihr Handy an Khalid weiter. Da wir beide das Gefühl hatten, dass die Brüder das Gespräch unter sich führen wollten, stellte Chiara die Lautsprecherfunktion wieder aus und wir warteten vor dem Auto.

Es dauerte eine ganze Weile. Als Khalid das Telefonat beendet hatte, stieg er aus, gab Chiara das Handy zurück und sagte in einer Mischung aus Französisch und Englisch: »Pascale hat die letzte Adresse von Mounir herausgefunden. Ein kleiner Ort am Meer, in Holland. Was er genau dort gemacht hat, wissen wir nicht. Auch seine Ehefrau, die in Belgien lebt, kann dazu nichts sagen. Jedenfalls ist das die erste Anlaufstelle.«

Doch Khalid hatte im Gespräch mit Pascale auch eine andere Frage erörtert und wandte sich nun damit an uns. Ihm persönlich gefiel es nicht, dass zwei so junge Menschen wie wir in ihre Familiensache mit hineingezogen wurden und sich dabei eventuell auch noch Gefahren aussetzen würden. Wir hätten das alles ja nun auch tatsächlich in kurzer Zeit und mit Bravour erledigt. Die Frage wäre aber nun, ob wir auch Mounir aufsuchen müssten.

Damit hatten wir nicht gerechnet. Ich sah Chiara an. Auch ihre Zeit wurde knapp. Ihr Vater hatte ihr ebenfalls nur eine Woche frei gegeben. Wir beide mussten spätestens am Sonntag jeweils in unsere Heimat zurück. Chiara nach Italien und ich nach Deutschland. So sehr ich das verdrängt hatte, aber es blieb nicht mehr viel Zeit. Drei Tage noch. Aber wir sahen uns an und wussten, ohne etwas zu sagen, dass wir diese Sache zu Ende bringen wollten. Das machten wir auch Khalid unmissverständlich klar.

Er nickte. Wollte jedoch Tory sprechen. Und so kam es, dass wir zusammen mit Khalid das Hotel betraten, um nach Mr. Tory zu suchen. Wir fanden ihn schnell. Als hätte er uns erwartet, saß er im Loungebereich des Hotels. Genauso wie bei sich zu Hause an einem Laptop. Khalid begrüßte ihn sehr höflich und wir setzten uns zusammen hin. Dann besprachen die beiden Männer das weitere Vorgehen und erstmals seit Reisebeginn kam ich mir wieder wie der Schuljunge vor, der ich ja auch war. Ausgeschlossen von den Plänen der Erwachsenen. Doch es war Tory, der es auf seine ganz eigene Art schaffte, die Gesprächsführung zu übernehmen und mich und Chiara wieder einzubeziehen.

Auf Englisch sagte er: »Mein lieber Khalid, ich verstehe Ihre Bedenken absolut und teile sie zum Teil auch. Als ich diese beiden jungen Menschen auf die Reise schickte, galt der Auftrag eigentlich nur der Suche nach dieser Single. Dass sich nun daraus Aufgaben, die weit darüber hinausgehen, entwickelt haben, konnte auch ich nicht absehen. Aber allein diesem Jungen verdanken wir es, dass wir jetzt hier alle zusammensitzen. Daher soll auch er entscheiden dürfen, ob er seine Reise damit beendet oder noch bis zum Wochenende fortsetzt. Natürlich darf die junge Dame das ebenfalls für sich bestimmen. Die beiden sind ein vortreffliches Team. Auch ich kann allerdings nicht wirklich einschätzen, auf was wir uns da einlassen. Tatsächlich habe ich bereits etwas recherchiert und nur wenig über Mounir Farez herausfinden können. Was mich ebenfalls etwas irritiert.«

Tory sah mich und Chiara nacheinander an. »Ich kann Ihnen diese Tage noch wunderbar gestalten, eine Wüstenwanderung organisieren, einen kurzen Trip nach Casablanca oder Fés. Ganz wie Sie wollen. Sie müssen nicht im Herbst nach Holland fahren. Es ist da jetzt um einiges ungemütlicher als hier ...«

Sowohl Chiara als auch ich wiederholten jedoch das, was wir auch Khalid gegenüber schon gesagt hatten: Wir wollten keine Zeit mehr verschwenden und diese Suche auf dem schnellsten Weg beenden. Als wir das sowohl Tory als auch Khalid deutlich gemacht hatten, einigten wir uns darauf, dass Khalid uns begleiten würde. Also suchte Tory an seinem Laptop nach Direktflügen von Marrakesch nach Amsterdam. Es war bereits fast fünfzehn Uhr. Am Abend war jedoch noch ein Flug für drei Personen frei. Zusammen mit Khalid entschieden wir uns noch am späten Abend einen Mietwagen von Amsterdam zu nehmen, um nach Renesse zu kommen. Denn dort war die letzte Wohnung von Mounir gemeldet.

Wir verabredeten uns für achtzehn Uhr, um dann mit Khalid zusammen zum Flughafen zu fahren.

19. Renesse

Khalid erschien pünktlich, wir verabschiedeten uns von Tory mit der Vereinbarung, weiterhin in Kontakt zu bleiben und ihn auf dem Laufenden zu halten. Anders als beim Abschied in London merkte ich, dass auch er diesmal etwas in Sorge war und daher Chiara und mich hoch und heilig beteuern ließ, nichts Gefährliches zu unternehmen. Dann kam noch Matthew und legte mir ein Smartphone in die Hand.

Tory sagte: »Das Meiste in den letzten Wochen hätten Sie so nicht erlebt, wenn Sie die ganze Zeit eins gehabt hätten. Aber jetzt, denke ich, können Sie es brauchen. Benutzen Sie es mit Bedacht und nur dann, wenn es wirklich erforderlich ist.«

Ich bedankte mich verlegen. Anschließend sprach er noch Chiara auf den Lieferwagen in Marseille und ihr Auto an. Davon hatten wir ihm am Abend unserer Ankunft in Marrakesch erzählt, es selbst aber fast vergessen. Tory erklärte, er wollte sich darum kümmern. Dann starteten wir.

Die Anfahrt zum Flughafen ging recht schnell, pünktlich hatten wir eingecheckt und das Flugzeug bestiegen. Es dämmerte bereits, sodass wir längst nicht so viel sehen konnten wie bei der Hinreise.

So sehr ich versuchte, etwas Schlaf zu bekommen, es gelang mir nicht. Ich nahm mir daher den Taugenichts und las ihn endlich zu Ende. Schon verblüffend, dieser Kerl. Er hatte, ohne etwas dafür zu tun, immer wieder Glück gehabt und sein Happy End gefunden. Ich hoffte sehr, dass es mir mit meiner Reise auch so ergehen würde, hatte aber das unbestimmte Gefühl, dass wir spätestens jetzt alles Märchenhafte verlassen würden.

Draußen war es schon kalt. Nachdem ich mich die eineinhalb Wochen nur in Gegenden mit sommerlichen Temperaturen aufgehalten hatte, traf mich das herbstliche Wetter hier umso heftiger. Noch dazu regnete es. Es war schon fast zwei Uhr nachts, als wir in Renesse ankamen und das kleine Motel, das außerhalb des Ortes lag, aufsuchten. Jeder verschwand nach der Schlüsselübergabe schnell in seinem Zimmer, um bis zum nächsten Morgen wenigstens ein bisschen Schlaf zu ergattern. Bereits gegen acht Uhr wollten wir zu Mounirs Wohnung aufbrechen und schauen, was wir da in Erfahrung bringen konnten

Donnerstag, 19.10.17

Noch sichtlich müde trafen wir uns am frühen Morgen in dem kleinen Frühstücksraum, der in deutlichem Kontrast zu dem luxuriösen Saal in Marrakesch stand. Aber keiner von uns war sehr hungrig. Bald schon brachen wir zu Mounirs Wohnung auf.

Vor einem einfachen Mietshaus auf der anderen Seite des Ortes parkten wir das Auto. Unter den zehn Klingelschildern fand sich tatsächlich ein kleines mit dem Namen *Farez*. Doch wie wir bereits erwartet hatten, meldete sich auch nach mehrmaligem Klingeln niemand. Daher versuchten wir es nebenan. Nach dem zweiten Mal meldete sich eine Frauenstimme in die Sprechanlage. Ich erklärte auf Deutsch, wir seien Verwandte von Farez und hätten eine wichtige Frage. Daraufhin ertönte endlich der Summer.

Wenigstens war dieses Haus anders als das von Catherine mit einem Fahrstuhl ausgestattet, den wir auch dankbar benutzten und dann im vierten Stock ausstiegen. In der Tür stand eine ältere korpulente Frau in einem geblümten Hauskleid, die Hände vor dem Bauch verschränkt. In ihrem Blick eine gute Portion Skepsis und Ablehnung. Sicherlich waren wir auch ein eigenartiges Gespann: Ein rothaariges Mädchen, heute mit rockiger Lederjacke, frechem T-Shirt, zerrissener Canvashose und Springerstiefeln; ein Mann mit grauen Schläfen, in Anzug und Trenchcoat; und ich, ein fünfzehnjähriger Junge, naja, im üblichen Wuschellook mit Regenjacke und zerknittertem T-Shirt und Shorts. Die Frau konnte nicht besonders gut Deutsch, aber es reichte, damit ich mich mit ihr verständigen konnte.

»Herr Farez komen vor drei Monaten. Kann ganz gut Nederlands. Niet fiel Woord dieser Man. Ist Ingenieur. Aber oft hier tu huis. Aber niet rumoer oder drek. Und keene vrouwen. …Zweemal have so dunkle Männer Herrn Farez bezocht.«

Spontan äußerte die Frau ihr Missfallen über diese »Ausländer.« Fügte dann aber mit einem vorsichtigen Seitenblick auf Khalid hastig hinzu, dass sie natürlich nicht so feine Herren wie ihn damit meinte. Auf die Frage, seit wann Mounir nicht mehr zu Hause gewesen wäre, konnte sie keine genaue Antwort geben. »Ist immer zeer stil. Aber wellicht twee oder drie Woche weg. Ist zeker im vakantie.«

Khalid ließ sich alles von uns noch einmal übersetzen. Dann sagte er mir, ich solle nach dem Vermieter oder Hausmeister fragen. Das tat ich dann auch und erfuhr von der Frau, dass der Vermieter nicht hier in Renesse wohne, wir aber seine Nummer haben könnten. Der Hausmeister wohne aber direkt im Nachbarhaus. Wir könnten ihn jetzt vielleicht erreichen. Sie gab uns die Telefonnummer des Vermieters und den Namen des Hausmeisters. Schließlich entschuldigten wir uns für die Störung und ließen Mounirs Nachbarin wieder in Ruhe, die darüber auch ganz froh zu sein schien.

Der Hausmeister war gerade im Aufbruch und kam uns im Treppenhaus entgegen, kurz nachdem wir geklingelt hatten. Zu Mounir konnte er leider kaum etwas sagen. Dass er die letzte Zeit nicht da war, war ihm wohl auch aufgefallen, sonst wusste er aber nichts. Auf die Frage nach dem Schlüssel zur Wohnung reagierte er aber ablehnend. Auch der Ausweis von Khalid reichte ihm dafür nicht aus. Wir müssten das mit dem Vermieter klären.

Unter der Nummer meldete sich aber zunächst niemand, ich hinterließ daher nur eine Nachricht auf dem Anrufbeantworter. Etwas ratlos schauten wir uns an. Sollte das jetzt schon das Ende unserer Suche sein?

Um die Zeit irgendwie zu nutzen, beschlossen wir, es noch einmal bei den anderen Hausbewohnern zu versuchen. Vielleicht könnte der ein oder andere doch noch etwas gesehen oder gehört haben, das uns weiterhelfen konnte. Bei vier der Klingeln tat sich nichts. Im Grunde kein Wunder. Denn es war ein Wochentag und die meisten vermutlich bei der Arbeit. Drei der Hausbewohner kannten Mounir überhaupt nicht.

Bei unserem letzten Klingeln in einer der beiden Parterrewohnungen hatten wir jedoch mehr Glück. Es öffnete ein älterer Mann. Wie sich herausstellte, kam auch er aus Frankreich und war gebürtiger Tunesier. Er konnte sich daher mit Khalid gut auf Französisch und Arabisch unterhalten. Chiara übersetzte mir. »Er lebt schon lange hier, hat früher am Hafen gearbeitet. Da er jetzt immer viel Zeit hat, bekommt er auch einiges mit, was hier passiert. Mit Mounir hat er zwei- oder dreimal ein Gespräch versucht. Der war aber wohl immer sehr verschlossen. Vor drei Wochen hat er ihn zuletzt gesehen. Mit einer sehr großen Reisetasche ist Mounir aus dem Haus gegangen und etwas später von einem kleinen Fiat mit belgischem Kennzeichen abgeholt worden. Mounirs eigener Wagen, ein alter Peugeot, parkt aber immer noch drüben auf dem Stellplatz. Davor hat er sehr oft Tüten und Säcke weggebracht.«

»Hm ….« Ich wusste nicht so recht, was ich dazu sagen sollte. Das klang alles sehr seltsam.

Wir bedankten und verabschiedeten uns von dem alten Herrn.

Kurze Zeit später rief der Vermieter zurück. Er konnte gut Deutsch und so erfuhr Chiara von ihm, dass Mounir seine Miete für diesen und den nächsten Monat bezahlt habe, er also keinerlei Anlass hatte, sich Gedanken über seinen Verbleib zu machen.

Khalid drängte jedoch darauf, die Wohnung zu sehen und es gelang schließlich nach einigem Hin und Her, den Vermieter doch noch zu überreden.

Eine halbe Stunde später erschien der Hausmeister, etwas ungehalten und in Eile. Und so erhielten wir endlich Zutritt zu der Wohnung Mounirs.

Sofort fiel auf, dass sie ungewöhnlich leer und fast peinlich aufgeräumt war. Keine Bilder. Keine Pflanzen. Nur das Nötigste gab es. Tisch, Stühle, Couch, Bett, Schrank, eine Kommode, ein Schreibtisch, ein Fernseher. Alles etwas alt und schäbig. Aber recht sauber. Kein PC. Oder Laptop. Das Einzige, was überhaupt nicht ins Bild passte, war eine Gitarre, die in der Ecke stand. Aber alle Saiten hingen zerrissen herab. Im Schrank waren nur noch zwei Hosen. In einer Kommode zwei Computerzeitschriften und so eine Art Kulturkalender von Amsterdam. Chiara nahm ihn interessiert heraus und blätterte darin. In der Küche gab es nur ein paar Konserven. Der Kühlschrank war komplett ausgeräumt. Dennoch schauten wir gründlich in allen Zimmern der kleinen spartanisch eingerichteten Wohnung nach, kramten in Schubladen und sahen in alle Ecken.

Khalid hatte seine Suche im Schlafzimmer gerade beendet, da konnte ich sehen, wie Chiara, die neben dem Sofa gekniet hatte, hastig etwas in die Hosentasche steckte. Ich schaute sie fragend an, doch sie schüttelte mit dem Kopf und legte den Finger auf den Mund. Leicht irritiert suchte ich weiter und fand dann auf dem Schreibtisch einen Autoschlüssel. Ich schaute Chiara wieder an, diesmal nickte sie. Also zeigte ich ihn Khalid, der über diesen Fund ganz froh zu sein schien. Ansonsten sah er sehr besorgt aus. Nachdem wir alles durchgesehen hatten und auch der Hausmeister schon ungeduldig wurde, verließen wir die leere Wohnung und machten uns eilig auf zu Mounirs Peugeot.

Der Schlüssel passte. Im Auto fanden wir zunächst nur ein paar Plastikflaschen und einen leeren Pizzakarton. Es sah längst nicht so sauber aus wie die Wohnung. Das Auto war alt, besaß kein Navi, nur ein Radio. Im Handschuhfach fanden wir einen noch recht neuen Stadtplan. Khalid wollte ihn sofort sehen und faltete ihn auf. Es war ein Plan von Amsterdam.

Als er ihn gerade wieder zuklappen wollte, rief Chiara: »Stopp!« Sie deutete auf eine große Anzahl blasser Bleistiftkringel, die auf den ersten Blick kaum auffielen. Doch sie verteilten sich fast über den gesamten Stadtplan. An vier Kringeln stand jeweils ein Buchstabe: S, T, A und M. Mit den Punkten konnten wir jedoch nichts anfangen. Es waren keine großen oder bekannten Gebäude dort eingezeichnet.

Mir brummte der Schädel und ich war hundemüde. Es war erst elf Uhr. Auch Khalid sah elend aus. So einigten wir uns darauf, etwas zum Essen zu holen und in dem Motel eine Mittagspause einzulegen, um dann zu beschließen, was wir mit dem Wenigen, das wir herausgefunden hatten, anfangen konnten.

Bei einem Imbissstand versorgten wir uns mit Sandwichs und Getränken und nahmen alles mit zu dem Motel. Jeder von uns ging auf sein Zimmer. Man konnte erkennen, dass auch Khalid das Bedürfnis hatte, allein zu sein. Er hatte sich, seitdem wir Mounirs Wohnung verlassen hatte, sehr wortkarg gegeben.

Sobald er in seinem Hotelzimmer verschwunden war, eilte ich zu Chiara.

Sie öffnete mir direkt und ließ mich herein.

»Was sollte das? Was hast du in Mounirs Wohnung gefunden? Warum hast du es nicht Khalid gezeigt?«

Chiara bat mich neben ihr auf dem Hotelbett Platz zu nehmen. Auch sie wirkte sehr ernst. »Wenn Khalid das hier gesehen hätte, hätte er uns sofort nach Hause geschickt. Ich glaube zwar, dass auch er etwas ahnt. Aber ich finde, das hier ist schon sehr bedenklich und daher wollte ich es erst dir zeigen.«

Sie zog einen zerknitterten Zeitungsausschnitt aus ihrer Hosentasche und glättete ihn mit ihren Händen. Dann gab sie ihn mir. Es war ein kurzer Bericht von dem Anschlag auf das Bataclan in Paris. November 2015. Dem Wortlaut nach noch aus dem gleichen Jahr.

»Was hat das in seinem Zimmer zu suchen?«, fragte mich Chiara und schaute mich an. Ich überlegte. Mounir war erst vor drei Monaten in die Wohnung gezogen. Der Artikel konnte also nicht zufällig von einer alten Zeitung stammen. Zudem war er ausgeschnitten.

»Der alte Mann im Haus hat erzählt, dass Mounir viele Säcke herausgebracht hat. Er hat also, bevor er verschwunden ist, alles aufgeräumt. Dieser Ausschnitt muss ihm dabei herausgefallen und unter das Sofa gerutscht sein.«

»Du gehst also davon aus, dass dieser Artikel eine besondere Bedeutung hat?«, fragte ich.

»Ja. Das glaube ich.« Chiara kaute auf ihrer Unterlippe.

Mir wurde plötzlich ganz anders. Ein ungutes Gefühl hatte ich schon die ganze Zeit gehabt. Spätestens als ich die Wohnung gesehen hatte.

Ich räusperte mich. »Du denkst also das Gleiche wie ich? Da stimmt etwas ganz und gar nicht. Und er ist nicht allein…«

Chiara sah mich an. »Ja, es spricht leider einiges dafür. Die Wohnung. Der Zeitungsausschnitt. Die Männer, die ihn besucht haben. Dass er verschwunden war. Dann verändert zurückkam. Und nun seit drei Wochen wieder weg ist. Nicht allein.«

»Sch…. Eigentlich ist das eine Sache für die Polizei. Das ist ein paar Nummern zu groß für uns…«

»Ja, du hast recht. Aber in dem Moment geben wir ihn auf. Es wird Khalid und Pascale und seinen Vater zerstören. Es wird alles zunichtemachen, was wir bis jetzt erreicht haben. Ich möchte wenigstens noch vorher herausbekommen, was er wirklich vorhat. Vielleicht irren wir uns ja auch.«

Sie nahm die Karte aus dem Auto hervor. Ich hatte gar nicht bemerkt, dass sie sie eingesteckt hatte. »Sie ist nagelneu. Er hat alles gesäubert und seine Spuren verwischt. Aber die muss er vergessen haben. Sie ist der Schlüssel. Da bin ich mir ganz sicher.«

»Du willst also herausbekommen, was diese Kringel bedeuten?«

»Richtig. Dass es keine ganz bekannten Gebäude oder Plätze sind, kann man ja schon sehen. Aber die Kreise sind alle neben die Straßen gezeichnet. Und es sind sehr viele. Aber nur vier mit einem Buchstaben daneben. Die aber liegen jeweils mittendrin.«

»Was kann es also sein? Bushaltestellen? Geschäfte?«

»Ich denke, wir googeln es mal. Lass uns die Straßen eingeben. Vielleicht fällt uns etwas auf.«

Wir probierten eine Weile. Aber ohne Ergebnis. Erschöpft und frustriert stellten wir unsere Suche fürs Erste ein. Da fiel mein Blick auf die Broschüre vom Kulturkalender Amsterdam, den Chiara ebenfalls mitgenommen hatte. Als Kunstliebhaberin hatte sie ihn ja schon in der Wohnung interessiert durchgeblättert.

»Glaubst du, Mounir hat in seiner Zeit in Renesse Kulturveranstaltungen in Amsterdam besucht?«

Chiara schaute mich an. »Hm … Er kommt aus einer Künstlerfamilie… vielleicht doch?«

Ich schlug den Kalender auf und blätterte ihn Seite für Seite durch. Amsterdam war eine große Stadt. Da wurde sehr viel angeboten. Kunstausstellungen, Vorträge, Filme, Konzerte. Ein dichtes und vielseitiges Programm. Fast jeden Tag war etwas los. Aber wir hatten bereits Mitte Oktober. Das Meiste war schon gelaufen. Da fiel mein Blick auf das Oktoberprogramm. Eine große Extraseite mit Werbung. Amsterdam Dance Festival. Viel Techno. Fünf Tage. Ab übermorgen. Konzerte und Events in der ganzen Stadt. Alljährliches Event. Über 320.000 Gäste aus aller Welt wurden erwartet. Mit viel Musikprominenz. Chiara starrte mit mir auf die Seite. »Merda! Ich glaube, das ist es. Die vielen Kringel.«

Aufgeregt sprang sie auf und ergriff die Karte. Dann nahmen wir das Handy zu Hilfe. Wir überprüften jeden einzelnen Kreis und verglichen ihn mit den Veranstaltungsorten. Sie stimmten einer nach dem anderen überein. Alles kleinere Cafés oder Kneipen. Hier und da auch durchaus größere Veranstaltungshallen. Aber alle nicht auf dem Stadtplan gesondert verzeichnet. Stumm saßen wir kurz nebeneinander. Jeder von uns versuchte, Worte zu finden.

Chiara sprach als Erste. »Was auch immer es ist … es hat auch mit Musik zu tun … Da bin ich mir fast sicher. Musik, die auch seinen Eltern so wichtig war. Khalid hat erzählt, dass Mounir früher Musik gemacht hat und aufgehört hat, als die Mutter gestorben ist. Die zerstörte Gitarre in seiner

Wohnung. Das ist seltsam. Anscheinend hat er doch wieder gespielt … Und der Zeitungsartikel. Le Bataclan … Warum?«

»Hm. Aber was sollen wir nun machen? Wir müssen Khalid Bescheid geben. Es eilt. Übermorgen am Nachmittag beginnen die ersten Veranstaltungen.«

»Wenn wir ihm Bescheid geben, schickt er uns nach Hause. Ganz sicher. Dann können wir gar nichts mehr machen. Und ich will mir erst sicher sein. Stell dir vor, wir liegen damit ganz falsch.«

»Aber was willst du tun? Da allein hin und Mounir finden? Wie? Selbst wenn … Willst du ihn freundlich ansprechen und nach Hause führen? Das glaubst du doch selbst nicht!«

»Nein, aber ich habe eine Idee. Schau mal, die Buchstaben. Es spricht einiges dafür, dass das zumindest die ersten Orte sind, wo sie irgendetwas machen wollen. S, T, A und M. Ich kann mich ja irren. Aber ich glaube, das sind die Abkürzungen der Namen. M steht vielleicht für Mounir. Lass uns mal schauen, bei welchem Veranstaltungsort das ist.«

Mit wachsendem Unbehagen erkannten wir, dass es der Größte von allen war. Eine große Konzerthalle mitten in der Stadt. Eines der Eröffnungskonzerte, das auch in der Werbung erwähnt war.

»Du hast recht, wir müssen bald der Polizei Bescheid geben. Aber ich möchte dabei sein. Wenn wir Khalid jetzt schon informieren, wird er uns nicht mehr teilnehmen lassen und vielleicht sogar einen Fehler machen. Er ist Mounirs Bruder. Das darfst du nicht vergessen.«

»Und wie stellst du dir das vor? Er ist hier im Motel. Ein paar Zimmer weiter. Wir können ihm nicht verheimlichen, was wir tun wollen.«

»Doch, zumindest vorerst. Wir werden ihm sagen, dass wir keinen Sinn mehr in der Suche sehen und die restlichen drei Tage noch in Amsterdam verbringen wollen.«

Da ich selbst wie gelähmt war von Chiaras Umtriebigkeit, schaute ich ihr nur sprachlos zu, wie sie auf ihrem Handy nach Zugverbindungen suchte.

»Hier. Dreieinhalb Stunden Fahrtdauer. Es gibt eine Busverbindung bis Rotterdam. Von dort geht der Zug bis Amsterdam.«

Mir persönlich ging das zu schnell. Ich war hin- und hergerissen. Das alles kam mir einfach nicht mehr real vor. Und so ließ ich es geschehen, dass Chiara bei Khalid klopfte. Ich folgte ihr zögerlich. Als Khalid öffnete, erklärte sie ihm, was sie vorher mit mir vereinbart hatte. Khalid nickte ernst und sagte, wir sollten auf uns aufpassen. Er wünschte uns viel Glück und bedankte sich nochmals für alles, was wir für ihn getan hätten. Er selbst wäre sich noch nicht ganz im Klaren, was er weiter unternehmen könnte, würde aber noch einen Tag bleiben und dann entscheiden, was er als Nächstes tun konnte. Ich stand währenddessen stumm daneben und hatte ein entsetzlich schlechtes Gewissen.

Wir suchten den Busbahnhof auf, der tatsächlich nicht weit entfernt lag, holten uns die Fahrkarten und gingen dann zu Fuß zum ebenfalls nicht weit gelegenen Strand, da wir noch bis zur Abfahrt etwas Zeit hatten. Dort setzten wir uns an die Dünen. Die kühle Meeresluft tat gut. Machte aber alles noch unwirklicher. Eine Weile genossen wir beide die Stille und den Blick auf das Meer.

Ich nahm mein neues Handy heraus und klickte das E-Mail-Programm an. In der kurzen Zeit hatte Tory alles perfekt eingerichtet. Von ihm selbst war noch keine E-Mail eingetroffen. Dafür aber von meiner Mutter. Aber ich hatte da jetzt gar keine Lust drauf und ignorierte sie. Vermutlich erwartete Tory eine Nachricht von mir. Wahrheitsgemäß berichtete ich ihm von unserem Vormittag, ließ aber Chiaras Fund des Bataclan-Artikels und unsere Erkenntnisse und Vermutungen außen vor. Ich erklärte, dass wir uns von Khalid verabschiedet hätten und noch nach Amsterdam fahren wollten, um auf diese Weise die restliche Zeit zu verbringen. Zwar belog ich ihn nicht, jedoch verheimlichte ich etwas Wichtiges. Ich schickte die Mail ab.

Chiara hatte die ganze Zeit gedankenverloren daneben gesessen. Dann sagte sie: »Es wäre schön, wenn wir uns irren würden. Im Grunde sind das alles noch keine Beweise. Sor gen macht mir aber, dass auch seine Frau gesagt hat, er hätte sich verändert. Und dass er eine Weile verschwunden war. Was auch immer es ist, ich will noch etwas mehr über ihn herausfinden.«

Ich schaute Chiara fragend an.

»Allora, ich möchte zu der Konzerthalle, bei der das M steht. Ich möchte mir das einfach vorher anschauen und herausfinden, ob Mounir da schon war. Was er dort macht. Und ich möchte eine CD mitnehmen. Ich weiß, das klingt verrückt. Aber bitte lass uns das heute wenigstens machen und dann schauen wir weiter.«

Noch immer verstand ich nicht wirklich, was Chiara vorhatte. Sie machte jedoch keine Anstalten, das näher zu erklären. Mit dem Blick zur Uhr merkte ich, dass es Zeit war, zurück zum Busbahnhof zu gehen.

Der Bus kam pünktlich und so fuhren wir innerhalb von zwei Stunden nach Rotterdam.

20. Amsterdam

Von Rotterdam dauerte es noch eineinhalb Stunden bis zum Amsterdamer Centraal Bahnhof. Verrückt, erst gestern Nacht waren wir in dieser Stadt mit Khalid angekommen. Da hatten wir noch überhaupt keine Ahnung gehabt, was auf uns zukam. Wir wussten immer noch nicht, wo Mounir war. Aber es sprach einiges dafür, dass er sich in Amsterdam aufhielt. Möglicherweise schon seit drei Wochen.

Vom Bahnhof war es nicht weit bis zur Konzerthalle. Schon von Weitem sahen wir ein großes Banner, das die Veranstaltung am Samstag ankündigte.

Das Gebäude war geöffnet und so betraten wir das große Foyer. Es gab einen Tresen für den Ticketverkauf, der auch besetzt war.

Chiara ging darauf zu und sprach den jungen Mann dort auf Deutsch an: »Hallo, wir sind zu Besuch in Amsterdam und interessieren uns für das morgige Festival. Ich habe gehört, dass viele Hilfskräfte gebraucht werden. Auch ich würde gerne helfen. Glauben Sie, da geht noch was so kurzfristig?«

Der Mann schaute uns erstaunt an.

»Ja klar, hier gibt es viel zu tun. Aber es sind eigentlich schon alle Jobs vor Wochen vergeben worden.«

Doch Chiara ließ sich nicht so einfach abwimmeln. Sie setzte ihr charmantestes Lächeln auf. »Allora, aber wenn ich das hier so sehe, könnt ihr bestimmt noch jemanden wie mich gebrauchen …«

Der junge Mann zögerte etwas. Dann zwinkerte er Chiara zu. »Okay, also der Chef ist grad da. Er hat in der Halle zu tun. Ich schau mal, was geht.«

Dann verließ er kurz den Tresen und verschwand hinter einer der Türen.

Ich war sprachlos. Ich fragte mich, ob Chiara diese Idee ganz spontan gefasst oder schon vorher geplant hatte, was sie da erzählen wollte. Aber ich musste zugeben, es war recht clever. Wenn wir richtig lagen und Mounir hier übermorgen etwas vorhatte, hatte er die drei Wochen mit Sicherheit dazu benutzt, um sich irgendwie Zutritt zu verschaffen. Mit einem Job ging das natürlich am besten. Dennoch merkte ich, wie mir das Herz bis zum Hals klopfte. Das hier war eine echt heiße Kiste.

Während ich so herumgrübelte, war der junge Mann wieder zurückgekehrt. »Tim Jansen hat kurz Zeit. Geht hin und versucht euer Glück.«

Wie immer vor solchen Veranstaltungen war hier echt viel los. Überall Techniker. Oben an der Beleuchtung oder an der Bühne. Mittendrin stand ein Mann mit einer großen

Kladde und war dabei, Anweisungen zu geben und einiges zu überprüfen. Neugierig beobachteten wir die Arbeiter, die sich im Raum befanden. Es waren so viele, dass es schwer war, das mit einem Blick zu erfassen. Ich war nun echt gespannt, welchen Bären Chiara dem Veranstaltungsleiter aufbinden wollte. Aber ich hatte mal wieder ihren Charme und ihre Überzeugungskraft unterschätzt.

Herr Jansen meinte: »Wenn du unbedingt helfen willst, wir können morgen früh noch ein paar hinter der Bühne gebrauchen und ab dem Nachmittag noch Ordner. Du musst dafür einen Anmeldebogen ausfüllen. André, den du gerade gesprochen hast, müsste noch welche haben.«

Also holte sich Chiara den Bogen, füllte ihn rasch aus, ergänzte ein Passfoto, das sie ihrem Bibliotheksausweis von Pisa entnahm, und legte ihren Ausweis vor. Auch ich musste mich ausweisen und zusammen mit Chiara kontrollieren lassen, damit ich mit ihr hinter die Bühne gelassen wurde. Dann suchten wir den Verantwortlichen für die Mitarbeiter auf, der sich mit dem Namen Jamie vorstellte und Chiara sofort erklärte, ab wann sie am nächsten Tag kommen sollte, und dass sie dann eingeteilt würde. Das war's auch schon. Chiara hatte sich in Nullkommanichts einen Job geangelt. Ich staunte wirklich. Wir beide beobachteten, wie Jamie ihren Bogen in ein kleines Büro brachte und dann abschloss. Es war nun schon acht Uhr abends und wir sahen, dass die meisten ihre Arbeit für diesen Tag beendeten. Gerne hätten wir noch gesehen, wer sich da alles bei Jamie abmeldete, aber er ließ uns dafür keine Gelegenheit mehr, sondern bat uns, dass auch wir jetzt gehen sollten. Da fragte Chiara ihn noch: »Weißt du zufällig, ob hier auch ein Franzose mit arabischem Namen, ein Mounir Farez arbeitet?«

Jamie war aber wohl echt in Eile und wollte auch Feierabend machen. Er sagte: »Es sind so viele Anmeldungen. Das weiß ich nicht auswendig.«

Vor der Konzerthalle beobachteten wir noch eine Weile, wer das Gebäude verließ. Allerdings waren es so viele, dass es schwer war, da den Überblick zu behalten. Schließlich machte ich Chiara darauf aufmerksam, dass wir noch eine Übernachtungsmöglichkeit bräuchten.

»Lass uns nach einer Jugendherberge suchen.«

Damit war auch Chiara einverstanden. Wir schauten im Internet nach. Es gab gleich mehrere. Bei der zweiten, die wir ansteuerten, hatten wir Glück und bekamen noch zwei Schlafplätze für die Nacht. Wegen des anstehenden Festivals war natürlich fast schon alles ausgebucht. Anschließend suchten wir einen Pizzaimbiss auf. Nachdem wir schweigend gegessen hatten, gingen wir unsere Planung für den nächsten Tag durch.

Chiara hatte sich schon einige Gedanken gemacht. »Ich soll morgen ab neun Uhr bei der Konzerthalle sein. Ich denke aber, wir sollten schon etwas früher hingehen, um den Eingang im Blick zu haben. Ab neun Uhr übernimmst du das dann allein. Übers Handy halten wir Kontakt. Ich werde morgen als Erstes versuchen, an die Unterlagen im Büro zu kommen.«

»Glaubst du wirklich, das schaffst du?«, fragte ich skeptisch.

»Ich versuche es zumindest. Es kann natürlich sein, dass Mounir nicht dabei ist, oder sich unter anderem Namen angemeldet hat. Wenn es uns aber gelingen sollte, Mounir auf diese Weise zu entdecken, müssen wir versuchen, ihn zu beobachten. Herausfinden, wo er wohnt und was er macht und so weiter. Aber klar, es kann gut sein, dass das hier ins Leere führt…«

»Wir haben kein Foto von Mounir. Wie willst du ihn erkennen, wenn er unter falschem Namen hier ist?«

»Ja, das ist ein Problem … Wenn wir bis morgen Nachmittag nichts herausfinden und uns nichts anderes einfällt, müssen wir unseren Plan ändern und Khalid benachrichtigen oder uns an die Polizei wenden.«

»Sag mal, die Exfrau von Mounir hat bestimmt Fotos von ihrem Mann. Vielleicht kann sie uns ein Bild schicken. Sollen wir sie vielleicht kontaktieren?«

»Mensch, du hast recht. Noch ist es nicht zu spät für einen Anruf. Ich muss mal schauen, ich meine Pascale hätte mir die Nummer gestern geschickt.«

Chiara suchte die E-Mail von Pascale. Tatsächlich. Da stand die Telefonnummer von Mounirs Frau. Eine Frau Farez meldete sich. Chiara erklärte ihr unser Anliegen und kurz darauf erschien eine Nachricht, im Anhang dazu vier Bilder. Auf allen Fotos war die Ähnlichkeit zu der Mutter frappierend. Allerdings konnte man auf den letzten beiden Bildern die Spuren des Drogenkonsums erkennen. Er war sehr hager, hatte hohle Augen, fahle Haut.

Froh über diesen weiteren Baustein unserer Recherche, machten wir uns zurück zur Jugendherberge auf.

Wir verabschiedeten uns vor Chiaras Zimmer und vereinbarten, beide für sieben Uhr unsere Handywecker zu stellen, damit wir rechtzeitig frühstücken und zur Konzerthalle gehen konnten.

Freitag, 20.10.17

Am nächsten Tag eilten wir kurz vor acht zur Halle.

In der Nähe des Eingangs hielten wir an. Eine Weile war noch alles ruhig. Nach und nach kamen vereinzelt Menschen, die sich vor der Halle trafen und auch den Eingang passierten. Wegen des kühlen Herbstwetters trugen einige schon dicke Jacken, Mützen und Schals. Chiara verabschiedete sich von mir. Sie bläute mir noch einmal ein, dass wir über das Handy in Kontakt bleiben, jedenfalls wichtige Beobachtungen auf diese Weise sofort einander mitteilen sollten. Mittagspause sollte wohl gegen zwölf Uhr sein.

»Ich versuche, dann rauszukommen, okay?«

Ich nickte, Chiara verabschiedete sich und ich nahm brav meinen Posten ein. Da sehr viele vor neun Uhr gekommen waren, tat sich eine Weile gar nichts mehr. Ich verfluchte das kühle Wetter und dass ich nicht daran gedacht hatte, mir einen wärmeren Pullover zuzulegen. Dann fing es sogar wieder an zu regnen. Zwischendurch checkte ich immer wieder mein Handy. Bislang war da aber von Chiara keine Nachricht. Ich konnte mir allerdings auch vorstellen, dass es nicht gerade einfach war, in das Büro und an die Personalbögen zu kommen. Es war schon halb elf und ich war mittlerweile erbärmlich am Frieren, als mein Handy in meiner Hosentasche vibrierte. Schnell zog ich es heraus.

Habe es geschafft. War im Büro. Kein M F und kein Bild, das passt. Komme um 12 Uhr raus.

Auch wenn das einerseits enttäuschend war, es erleichterte mich irgendwie. Da sich auch sonst keiner mehr vor dem Eingang hatte blicken lassen, entschied ich mich, kurz bei dem Fastfood-Restaurant gegenüber vorbeizuschauen. Ich hatte schrecklichen Hunger. Gerade kaufte ich einen Hamburger, Pommes und eine Cola, und wollte damit wieder zurück auf meinen Warteposten gehen, als drei Männer das Restaurant betraten, sich aber nicht in der Schlange anstellten, sondern direkt hinten in eine Sitzecke setzten. Es waren nur ein paar Sekunden, dennoch war ich mir sicher, das Gesicht erkannt zu haben: Mounir.

Mit Mantel, Mütze und Brille und kurz gestutztem Kinnbart. Fast hätte ich vor Schreck die Cola umgekippt. Dann suchte ich mir etwas weiter entfernt ebenfalls einen Platz. Und machte mich ungeschickt und mit leicht zitternden Händen daran, den Hamburger zu essen. Obwohl ich in dem Moment keinerlei Hunger mehr verspürte. Ich konnte nicht viel hören, aber die drei sprachen auf jeden Fall Französisch.

Plötzlich erhob sich Mounir, verließ das Restaurant, überquerte die Straße und verschwand sehr zügig in der Konzerthalle. Die anderen beiden brachen kurz darauf auch auf. Ich ließ mein gesamtes Menü stehen, eilte hinterher und versuchte Chiara dabei eine Nachricht zu schicken. Ich kannte es aus Krimis, wie jemand eine Verfolgung aufnimmt, sich dabei möglichst unauffällig gibt und in der Menschenmasse untertaucht. Das zu sehen und dann auch selbst zu machen, war aber zweierlei. Vor allem, wenn man dabei verzweifelt mit der automatischen Textverbesserung seines Handys kämpft, die gerade dabei war, völligen Unsinn an Chiara zu schreiben. Ich hatte die beiden Männer fast schon aus den Augen verloren, als es mir gelang, eine Kurznachricht abzuschicken, die allerdings nur mehr oder weniger verständlich war.

M ist in halle. Brille. Vorsicht. Noch zwei. Folge.

Immer wieder musste ich schauen, dass ich es rechtzeitig schaffte, die Straßen zu überqueren. Einmal war die Ampel schon längst rot und einer der Autofahrer zeigte mir wütend einen Vogel. Dann verschwanden die beiden Männer noch überflüssigerweise in der U-Bahn. Ich hatte aber kein Ticket. Da machte ich es wie Chan und sprang über die Absperrung. Hinter mir laute Proteste. Zum Glück merkten die beiden anscheinend nichts und ich folgte ihnen die Rolltreppen hinunter. Die nächste Bahn traf recht schnell ein. Es war entsetzlich voll und ich schaffte es kaum, sie nicht wieder aus den Augen zu verlieren. Zwei Stationen später stiegen sie schon wieder aus.

Wieder ging es eine Rolltreppe hinauf. Oben an der Straße angekommen, herrschte tosender Verkehr. Es ging weiter mitten durch das Gewimmel an Leuten. Vorbei an mehreren Grachten. Zahllose Radfahrer flitzten vorbei. Immer aufs Neue meinte ich, die beiden verloren zu haben.

Gerade hatte ich sie wieder erblickt, da blieben sie stehen. Der eine schaute sich um, sie sprachen kurz miteinander. Dann trennten sie sich. Unschlüssig, wem ich nun folgen sollte, entschied ich mich für den, der auf der gleichen Straßenseite blieb, und eilte ihm hinterher. Vor einem hohen Gebäude an einer Hauptstraße, die entlang einer der großen Grachten führte, wandte er sich dem Hauseingang zu. Und war auch schon in dem Gebäude verschwunden.

Ich sah auf mein Handy. Es war kurz vor zwölf. Enttäuscht bemerkte ich, dass Chiara meine Nachricht noch nicht gelesen hatte. Eigentlich hätte ich genau zu diesem Zeitpunkt umkehren sollen. Aber just in dem Moment öffnete sich die Tür. Ein Pärchen kam heraus, blieb aber halb im Hauseingang stehen, um sich voneinander zu verabschieden. Eilig huschte ich hinein, murmelte eine Entschuldigung vor mich hin und ging dann langsam die Treppen hinauf. Auf jedem Absatz las ich die Klingelschilder und entschied mich dann weiterzugehen. Auf diese Weise checkte ich alle sechs Stockwerke. Natürlich war es naiv zu denken, irgendwo den Namen *Farez* an einer Tür zu lesen. Ich wusste selbst nicht mehr, was ich eigentlich suchte. Ich hatte gerade erkannt, dass das hier zu nichts führte und war auf dem Rückweg, als sich im ersten Stock eine Tür öffnete.

Der Mann von vorhin kam heraus, sah mich flüchtig an und blieb dann aber abrupt stehen. Ich verstand nicht, was er sagte. Schnell wollte ich an ihm vorbeigehen, doch packte er mich plötzlich am Arm und nahm mir meinen Rucksack ab. Zitternd stand ich da. Ich hätte in diesem Augenblick vielleicht noch laufen können. Aber im Rucksack waren die CD. Und die Single. Mein Tablet. Der Taugenichts. Eigentlich alle meine Sachen.

Eh ich mich versah, hatte der junge Mann den großen Umschlag herausgezogen. Neugierig öffnete er ihn. Und hielt dann bereits die CD und die Single in der Hand. Mit der Plattenhülle von *Nem, mon amour*. Und Samir Farez und der lächelnden Marie Giscard auf dem Cover. Dann ging alles ganz schnell. Er packte mich, öffnete wieder seine Tür und zog mich hinein.

Die Wohnung war fast leer. In der Mitte des Raums Schlafsäcke und Reisetaschen. Sonst konnte ich nichts Auffälliges erkennen. Doch zu meinem Entsetzen war noch ein anderer Mann in der Wohnung. Auch noch recht jung, in einem blauen Monteuranzug. An der Seitentasche ein kleines Schild: *LS Elektro*. Als er uns beide sah, schien er zunächst erstaunt. Es kam zu einem schnellen Wortwechsel. Ich konnte nichts verstehen außer dem Namen *Farez*. Der andere Mann schimpfte wütend. Dann kam er zu mir und befeuerte mich mit Fragen auf Französisch und dann auf Holländisch. Doch ich verstand ihn nicht.

Wieder schienen sich die beiden zu beraten. Mit dem Ergebnis, dass sie meinen Rucksack ausschütteten, alles durchwühlten, meinen Ausweis studierten und mich abtasteten. Bis sie das Handy fanden. Auf dem Display Chiaras Antwort eingeblendet. Ich konnte nur noch einen kurzen Blick erhaschen. Es stand irgendetwas von »*Wo bist du? … Mounir… Khalid …*« Als die Männer es sahen, schrien sie mich an. Ich konnte ihnen trotzdem immer noch keine Antwort geben – um ehrlich zu sein, ich wusste in dem Moment auch überhaupt nicht, was ich sagen sollte. Schließlich zog der eine mich in einen kleinen Raum, verpasste mir, als ich mich wehrte, eine ordentliche Gerade mitten ins Gesicht, die mich kurz bewusstlos werden ließ, holte dann eine Vorhangkordel, mit der er meine Hände hinten fixierte, und schloss das Zimmer ab. Kurze Zeit später kam er wieder und perfektionierte das Ganze. Fesselte mir ebenfalls die Beine mit einer dicken Kordel, stopfte mir etwas in den Mund und band mich an einem Stuhl fest. Dann ging er zu dem Fenster, zog die dichten Vorhänge zu. Wieder verließ er das Zimmer. Ich konnte hören, wie die beiden Männer telefonierten.

Der Rest meiner Erinnerung besteht hauptsächlich aus einer einzigen Wolke aus Angst, vollkommener Unsicherheit und Warten. Endlosem Warten. Durst und Hunger stellten sich erst später ein und das elende Bedürfnis, auf Toilette zu müssen.

Irgendwann musste ich eingeschlafen sein. Als ich wieder aufwachte, verriet mir allein die Dunkelheit hinter den Vorhängen, dass es Abend oder sogar schon Nacht geworden war. Es war still in der Wohnung. Aber ich wusste nicht, ob meine Peiniger weg waren oder nur schliefen.

Da schlich leise ein Mann ins Zimmer. Ich erstarrte fast vor Schreck. Eine hässliche Fratze blickte mir entgegen. Erst im nächsten Moment erkannte ich meine chinesische Maske. Dennoch konnte ich auch im Dunkeln den kurz gestutzten Bart darunter sehen. Es war Mounir. Er nahm mir den Knebel aus dem Mund und reichte mir etwas zu trinken. Dann sprach er in langsamen Französisch zu mir: »Wer bist du und wie kommst du zu dieser Schallplatte?«

Ich raffte all meine Französischkenntnisse zusammen und antwortete ihm, so gut es ging. Bei jedem Wort hatte ich Angst, etwas zu sagen, das mir schaden könnte. Also berichtete ich ihm nur, dass ich die alte Platte für seinen Bruder Pascale in Frankreich gesucht hätte und Khalid Farez seinen Bruder Mounir wiedersehen wollte. Mounir nickte. Schien zu überlegen. Dann fragte er mich, wie wir ihn gefunden hätten. Und ich log, es wäre nur ein Zufall gewesen.

»Je ne te crois pas.«(14)

Entgegen meiner Hoffnung schob er mir wieder den Knebel in den Mund. Stand kurz da und schien nochmals nachzudenken, ging dann aber doch hinaus. Danach war es wieder ganz still in der Wohnung.

Mir wurde nun endgültig klar, dass ich mich in einer absolut unglückseligen Lage befand und auch von Mounir keine Hilfe erwarten konnte. Warum er die Maske angezogen hatte, konnte ich mir nicht erklären. Aber eins stand fest: Ich musste hier irgendwie weg, bevor es zu spät war. Ich fing an, an meinen Hand- und Fußfesseln zu zerren und zu nesteln. Zuerst tat sich gar nichts. Im Gegenteil: die Fesseln schienen noch strammer zu werden.

Schließlich packte mich so eine Art Todesmut und ich ruckelte so lange auf dem Stuhl, bis ich umfiel. Die Holzlehne splitterte. Ich begann meine Fesseln an dem splittrigen Teil aufzureiben. Es dauerte eine Ewigkeit, doch irgendwann löste sich ein Teil und ich bekam die Hände frei. Auch wenn sie fast taub waren, und ich kaum etwas sehen konnte, schaffte ich es auch, meine Füße zu befreien. Und dann riss ich mir endlich den entsetzlichen Knebel aus dem Mund.

Als ich mich auf diese Weise nach Stunden Mühsal befreit hatte, merkte ich mit Entsetzen, dass es bereits wieder heller wurde und daher nur noch eine Frage der Zeit war, bis die Typen mich so entdecken würden. Ich wankte zum Fenster, zog den Vorhang vorsichtig zur Seite und schaute hinaus. Erster Stock. Das Fenster ging zu einem gepflasterten Innenhof hinaus. Dennoch, es war hoch, ich würde mir bestimmt ein Bein brechen beim Springen. Aber das größere Problem war das abgeschlossene Fenster. Der herannahende Tag spendete etwas mehr Licht und so suchte ich den Raum ab. Außer einem Schreibtisch und einem leeren Schrank war hier fast nichts. Auf dem Schreibtisch stand ein kleiner Behälter mit einem Notizblock und Büroklammern. Ich nahm eine Klammer, bog sie auseinander und nestelte mit ihr an dem Verschluss in der Fensterklinke, nach einer Weile Herumstochern mit der Klammer sprang der Knopf hoch. Fast konnte ich es nicht glauben, die Klinke ließ sich daraufhin wieder bewegen.

Da hörte ich Geräusche in der Wohnung. Jetzt oder nie. Ich öffnete das Fenster, stieg auf das Sims und sprang.

Der Schmerz, den mein rechter Fuß und mein Handgelenk durchschüttelte, als ich unten auf allen vieren aufkam, war entsetzlich. Das war mir in diesem Augenblick jedoch egal. Ich hechtete so schnell davon, wie ich konnte. Ohne zuerst überhaupt zu wissen, in welche Richtung. Als ich endlich genug Abstand zu der Straße und dem Gebäude hatte, steuerte ich eine enge Seitengasse an und lehnte mich völlig erschöpft gegen die Häuserwand. Plötzlich wurde mir bewusst, dass ich nichts mehr besaß: keine Jacke, keinen Rucksack, kein Geld, kein Handy, kein Tablet. Und – was das Schlimmste für mich in dem Moment war –, die Single und die CD waren weg. Trotzdem sammelte ich mich und wusste, dass es nur ein einziges Ziel gab. Ich musste zu der Jugendherberge zurück. In der Hoffnung, dass Chiara noch dort war. Weil ich keine Ahnung hatte, wie weit ich von der

Jugendherberge entfernt war, machte ich mich auf, irgendwo Auskunft zu erhalten. In diesen frühen Morgenstunden war aber selbst Amsterdam nahezu von Menschen verlassen.

Endlich fand ich eine Kneipe, die anscheinend rund um die Uhr offen war. Eine ziemliche Spelunke. Die Typen dort waren alle reichlich hinüber. Ich schaffte es, jemanden nach der Jugendherberge und der Straße zu fragen. Der Typ hinter der Theke zog einen kleinen Stadtplan unterm Tresen hervor und markierte mir den Weg. Dann machte ich mich auf. Mein Fuß und eigentlich alles an mir schmerzte und es war auf diese Weise ein wirklich weiter Weg. Irgendwie und irgendwann erkannte ich die Straße und das erleuchtete Schild der Herberge und war in diesem Moment überglücklich. Als ich zur Eingangstür wankte, war die Nachtschicht an der Rezeption vermutlich reichlich besorgt über meinen Anblick. Wahrscheinlich hielt der Mann mich für einen jungen Junkie. Viel besser sah ich wohl nicht aus. Ich nannte meinen Namen, er schaute kurz nach einer Notiz und winkte mich dann herein. Noch immer kraftlos lehnte ich an der Rezeption, als ich einen Aufschrei hörte und mich ein völlig aufgelöstes zerzaustes Wesen ansprang und in den Arm nahm.

Chiara.

Meine Güte. Sie schleifte mich zu den Sesseln in dem Empfangsbereich der Jugendherberge.

Dort saß ebenfalls, allerdings völlig in sich zusammengesunken, mit blassem Gesicht, Khalid. Er stand dann auf und drückte mich.

Und noch jemand war da. Fast hätte ich ihn nicht erkannt oder ihn in der Aufregung ganz übersehen: Pascale erschien mit einer Tasse Tee und etwas zu essen. Setzte es vor mich hin und nahm mich stumm in den Arm.

Anschließend erzählten wir. Erst ich. Dann Chiara. Zeit zum Übersetzen war erst einmal nicht und so schauten Khalid und Pascale nur von einem zum anderen und versuchten, sich wohl aus allem einen Reim zu machen. Als ich mit meinem Bericht fertig war, kam Chiara aus dem Jammern kaum hinaus. Sie war völlig außer sich über das, was passiert war und was noch hätte passieren können. Von ihr erfuhr ich, dass sie erst kurz nach zwölf meine Nachricht gesehen hatte. »Ich habe Mounir gestern auch direkt erkannt. Er kam gegen elf Uhr in den Konzertsaal. Ich war aber so damit beschäftigt, in seine Nähe zu gelangen und etwas über ihn herauszufinden, dass ich in der Zeit nicht auf mein Handy geschaut habe. Er ist unter falschem Namen da – als Achmet Hamdan – aber nicht, wie wir gedacht hatten, als Hilfsarbeiter, sondern als Tontechniker. Beauftragt mit dem wichtigsten Teil des gesamten Konzerts …«

Natürlich, jetzt fiel es auch mir wieder ein. Khalid hatte es uns erzählt. Mounir hatte in Belgien eine Ausbildung zum

Toningenieur gemacht. Chiara erklärte weiter. »Deshalb konnte ich ihn nicht bei den Anmeldebögen finden. Der falsche Name … wir haben uns leider nicht geirrt. Das ist mir da schon klar geworden … Ich wollte dir und auch Khalid sofort Bescheid geben.«

Mit dieser Absicht war sie um zwölf Uhr heraus geeilt. Aber ich stand nicht mehr vor der Konzerthalle und erst da hatte sie meine Nachricht gesehen und sich deshalb schreckliche Sorgen gemacht. Als die Mittagspause vorbei war und ich immer noch nicht auftauchte, rief sie Khalid an und erzählte ihm alles. Der war zuerst sehr wütend. Doch entschied er sich, sofort zu kommen. Ihren Job hatte Chiara zu diesem Zeitpunkt nicht mehr in Ruhe machen können und sich krankgemeldet.

»Ich habe keine Ahnung, wie er das hinbekommen hat, aber Khalid hat es geschafft, von Renesse in einer Stunde hier zu sein. Er wollte sofort zur Konzerthalle. Aber Mounir war nicht mehr da.«

In einem Café hatten sie alles durchgesprochen und anschließend Pascale und Tory verständigt, der sich ebenfalls sofort von Frankreich auf den Weg gemacht habe. Geeinigt hatte man sich auf einen anonymen Anruf bei der Polizei. Mit den Angaben zu den vermuteten Attentatsorten.

»Nur Mounirs Namen, auch nicht seinen falschen, den haben wir nicht genannt … Ich weiß … vielleicht ist das ein großer Fehler … aber wir wollen ihm eine letzte Chance geben.«

Ich erfuhr, dass auch ein langes Telefonat mit der Exfrau Mounirs stattgefunden habe. Diese hatte erzählt, dass Mounir eine ganze Weile als Tontechniker tätig gewesen wäre. Oft auch auf großen Konzerten. Dass er wohl auch sehr gut in seinem Job war. Er wäre sowieso sehr musikalisch gewesen und hätte vor ein paar Jahren das Gitarrespielen wieder angefangen. Durch den Kontakt mit der Musikszene wäre er jedoch leider auch zu den Drogen gekommen, die ihn irgendwann den Job gekostet hatten. Der Name Achmet Hamdan sagte ihr auch etwas. Es war der Name eines Kollegen Mounirs. Mounir müsse sich irgendwie Ausweis und Unterlagen von ihm besorgt haben. Auch Mounirs neuer Look passte. Hamdan hätte immer einen Bart und eine schwarze Brille getragen.

21. Das Konzert

Samstag, 21.10.17

Es war bereits acht Uhr morgens. Keiner von uns hatte geschlafen. Zu viel lag im Ungewissen. Also berieten wir uns, was wir als Nächstes machen sollten. Ich kannte die Adresse und auch das Aussehen der Männer. Die Frage war natürlich, ob sie nicht längst mein Verschwinden bemerkt und das Feld geräumt hatten, oder aber nach mir suchten. Und natürlich auch, was das für ihre Planungen bedeutete. Wir mussten im Falle einer Anzeige auch den Unterschlupf von Mounir preisgeben. Soviel war klar. Selbst Khalid und Pascale sahen ein, dass sie dieses Wissen nicht unterschlagen durften. Khalid und Chiara entschieden, die Polizei nochmals anonym zu informieren. Chiara gab die Wohnung bekannt und machte eine Personenbeschreibung nach meinen Angaben. Nur die Beschreibung Mounirs hielt sie bewusst sehr vage.

Was mir Sorgen machte, war aber die Tatsache, dass man auf diese Weise bei einer Durchsuchung der Wohnung wohl auch meine Jacke, meinen Rucksack mit allen Ausweisen, dem Tablet und auch meinem Handy finden würde. Dafür musste eine logische Erklärung her. Davon abgesehen, dass die CD und die alte Single noch darin waren, für die wir so viel Mühen auf uns genommen hatten. Also rief auch ich bei der Polizei an und meldete meine Sachen als gestohlen. Allerdings wollten sie, dass ich persönlich vorbeikäme.

Der schwierigste Teil blieb noch offen. Was sollten wir bis zum Konzertbeginn machen? Keiner von uns wollte einfach nur abwarten. Khalid und Pascale hatten schon die ganze Zeit die Nachrichten mitverfolgt. Doch von ihrem Anruf war nichts an die Presse gelangt und so sah es bislang ganz danach aus, dass das Konzert stattfinden würde. Was derweil im Verborgenen lief, wusste keiner von uns. Am Abend hatte Khalid zwei der vier markierten Veranstaltungsorte aufgesucht und auch Polizeiwagen gesehen. Allerdings würden die Sicherheitsvorkehrungen bei einem solchen Event sowieso viel höher sein als sonst.

Uns alle bewegte die Frage, was genau Mounir und die anderen Männer vorhatten. Chiara fragte mich nochmals, ob ich wirklich nichts Auffälliges gesehen hatte.

»Ich hab echt nicht viel Zeit gehabt, mir die Wohnung genauer anzuschauen. Sah alles sehr danach aus, dass sie da noch nicht lange waren … Aber Moment … da war dieser Mann, der mich geschlagen und eingesperrt hat … Er trug einen blauen Monteuranzug … Da stand *LS Elektro* drauf …«

Chiara grübelte kurz. »Hey, das könnte ein Hinweis sein. Ein Elektriker. Mounir hat durch seinen Beruf Zutritt bekommen und dieser andere Mann vielleicht auch. Einiges spricht dafür, dass sie auf diese Weise schon im Vorfeld die Sicherheitsvorkehrungen umgangen haben. Lass uns mal überlegen. Zu was hat Mounir Zugang als Tontechniker? Was kann ein Elektriker machen?«

Ich hatte von beidem nur wenig Ahnung. Aber der Tontechniker war natürlich für die ganze Musikanlage, eventuell auch für die Beleuchtung zuständig. Da das Festival ja schwerpunktmäßig Dance- und Technomusik präsentierte, war vermutlich eine ganze Menge Elektronisches dabei, sodass logischerweise auch ein Elektriker zu den gleichen Geräten Zugangsmöglichkeiten haben konnte.

Dann sagte Chaira: »Ich denke, wir versuchen es ganz einfach noch einmal über diese Firma und fragen, ob und wann ihre Mitarbeiter in einem der vier Veranstaltungsorte einen Einsatz hatten.«

»Du glaubst wirklich, man gibt dir Auskunft?«

»Vielleicht nicht, vielleicht aber doch. Ich gehe mittlerweile unbedingt davon aus, dass sie die drei Wochen hier dazu genutzt haben, etwas vorzubereiten. Gut getarnt durch ihre Berufe. Wenn die Wohnung hier fast leer war, ist auch davon auszugehen, dass sie Sprengsätze oder so etwas schon längst vorher bei Mounir zusammengebaut haben. Entsprechende Treffen hat es ja gegeben. Das wissen wir von der Nachbarin.«

Ich staunte über Chiaras Schlussfolgerungen. Mir lief es dabei eiskalt den Rücken herunter.

Chiara nahm ihr Handy, googelte die Firma LS Elektro und schon klickte sie die Telefontaste an. »Guten Tag, ich bin vom deutschen Management und der Rechnungsstelle des Amsterdam Dance Festival. Wir haben eine Nachfrage zu dem letzten Auftrag bei uns. Bin ich da richtig informiert, dass Sie vor ein paar Wochen auch im Le Comte, Adagio, Excess und in der Music-Hall tätig waren?«

Ich konnte nichts verstehen. Doch entnahm ich Chiaras Gesichtsausdruck, dass sie einen Volltreffer gelandet hatte.

»Ich habe bei der Rechnungsaufstellung keine Angaben zu dem, was sie gemacht haben. Könnten Sie noch einmal nachschauen, was genau Ihr Auftrag war? … Die Lichtanlage … In der Music-Hall die Musikanlage … Ah natürlich. …Vielen Dank, das hilft mir weiter.« Triumphierend legte sie auf. »Bingo. Das ist es.«

Khalid und Pascale waren die meiste Zeit während unseres Gespräches nicht dabei gewesen. Mir schien es, als wollten sie sich untereinander beraten. Hinzu kam, dass sich die beiden Brüder so lange nicht gesehen hatten und dies nun gleich unter so extrem schwierigen Umständen nachholen mussten.

Chiara rief nochmals bei der Polizei an und gab unseren Verdacht bezüglich möglicher Platzierungssorte von Sprengsätzen bekannt.

Ich war mittlerweile völlig erschöpft, machte mich dennoch wenig später auf den Weg zur Polizeiwache.

Als ich dort eintraf und meinen Verlust meldete, interessierte man sich besonders für meine Personenbeschreibung und wo man mir den Rucksack geraubt hätte. Ich beschrieb die Männer so detailliert es ging, und verlegte den Ort meines Verlustes ganz in die Nähe der Wohnung. Als ich gerade dachte, das wäre es schon gewesen, bat der Polizeibeamte mich, noch bitte dazubleiben. Der zuständige Kommissar wolle mich sprechen. Damit hatte ich nicht gerechnet. In Panik suchte ich nach einer Ausflucht. Doch da kam schon ein großer Mann in Zivilkleidung herein und stellte sich als Kommissar Pit De Groot vor. Wirklich passender Name. Er sah sehr freundlich aus, gab mir die Hand und zog dann einen Stuhl zu mir heran. Zunächst schien er nur etwas Small Talk zu betreiben. Woher ich käme, wie alt ich sei, was ich in Amsterdam machen würde. So banal diese Fragen waren, ich hatte bei jeder Antwort das Gefühl, dass er mich dabei sehr forschend ansah.

Als ich den vermeintlichen Überfall beschrieb, wollte er dann alles ganz genau wissen. Ob auch andere Passanten das gesehen hätten, ob ich um Hilfe geschrien hätte und wann und wo genau das gewesen wäre. Woher ich meine aufgesprungenen Lippen und die Verletzungen an den Händen hätte.

So einfach das noch am Telefon und bei dem Beamten vorher gewesen war – ich merkte, dass ich bereits nicht mehr genau wusste, was ich zuvor gesagt hatte.

»Da ist etwas seltsam. Vor ein paar Stunden sind gleich drei anonyme Anrufe eingegangen, einer mit einer ganz ähnlichen Personenbeschreibung dreier Männer. Aber da ging es um etwas ganz anderes. Weitaus weniger Banales als einen Diebstahl oder Raub. Weißt du zufällig etwas dazu?«

Dabei schaute er mich sehr freundlich, aber auch intensiv an, und ich merkte, wie ich seinem Blick auswich.

Und dann fragte er: »Wo warst du eigentlich, bevor du nach Amsterdam gekommen bist?«

Ich begann zu stottern. Versuchte mir eilig eine sehr vage Geschichte von einer Interrailtour zusammenzureimen. An dem Blick des Kommissars konnte ich erkennen, dass es mir nicht gelang.

»Mein lieber Siegmund Sagenroth – ein Name, der wirklich einprägsam ist –, es ist so, dass wir schon seit zwei Tagen eine internationale Vermisstenmeldung zu deiner Person hereinbekommen haben. Danach wirst du verzweifelt von deiner Familie gesucht, die scheinbar nichts von deiner Interrailtour wusste…«

Was soll ich sagen. So sehr mich schon die ganze Zeit das schlechte Gewissen geplagt hatte – ich hatte irgendwie geglaubt, dass Tory das verhindern konnte. Ich schwieg. Ich weiß nicht, was am Schluss für meine Reaktion auf De Groots Frage ausschlaggebend war: Vielleicht, dass der Kommissar wirklich nett war oder ich es satthatte, ihm weiter ein Lügenmärchen aufzutischen. Also erzählte ich ihm die ganze Wahrheit. Von Anfang an. So gut es eben ging. Geduldig hörte er zu. Stellte nur hin und wieder Zwischenfragen. Und es tat gut. Nur, als ich den Namen Mounirs sagen musste und auch seinen falschen Namen nennen sollte, zögerte ich. Mich packte ein schrecklich schlechtes Gewissen Khalid und Pascale gegenüber. Doch der Kommissar schien zu verstehen.

Als ich endlich fertig war und auch von meinem gestrigen schrecklichen Tag und der Nacht erzählt hatte, stand er auf und sagte: »Siegmund, du bist schon so etwas wie ein Held. Auch deine Freundin Chiara …« Er schaute mich ernst an. »Aber du weißt auch, dass ihr unverzeihlich naiv wart. Ihr habt in einer unglaublich gefährlichen Sache eigenmächtig gehandelt…«

Betreten nickte ich.

»Ich denke, es kann einen Weg geben, einen Kontakt zwischen dem kranken Vater und seinem jüngsten Sohn herzustellen und ihn dennoch der gerechten Strafe zuzuführen. Erst einmal müssen wir ihn und die anderen Männer fassen. Lebendig, wenn es geht. Und natürlich ohne Opfer. Das ist zunächst unser vorderstes Anliegen. Ich werde die Beamten, die sich gerade vor Ort in der Konzerthalle und auch an den anderen Veranstaltungsorten befinden, sofort davon unterrichten. Und unbedingt auch deine Mutter. Du ruhst dich erst einmal aus. Ich denke, auch ein Held muss mal eine Pause einlegen.«

Nach dem Gespräch rief ich Chiara von der Wache aus an und sagte ihr Bescheid, dass die Polizei nun alles wusste, erklärte ihr auch, dass mir keine Wahl geblieben war. Unter anderem, weil mich meine Mutter als vermisst gemeldet hatte. Chiara war zwar deswegen sehr aufgeregt, hatte aber schließlich Verständnis.

Als der Kommissar meine Mutter anrief, bat er mich ans Telefon. Sie war völlig aufgelöst. »Sid, wie kannst du nur! Ich konnte über eine Woche Ansgars Eltern nicht erreichen. Am Dienstag habe ich dann erfahren, dass du überhaupt nicht im Lateincamp bist. Und dass mich niemals Herr Brauer angerufen hat!«

Ich schwieg und wusste natürlich, wer sich da als Herr Brauer ausgegeben hatte …

»Du hast dich auf meine E-Mails nicht gemeldet und ich habe mir entsetzliche Sorgen gemacht! Ich habe dann die Polizei angerufen.«

Tatsächlich hatte ich am Mittwoch ja den Eingang ihrer Mails gesehen, aber ignoriert. Danach war ich so beschäftigt gewesen, dass ich keine Zeit mehr gehabt hatte.

Ich entschuldigte mich mehrmals, versuchte, meine Mutter so gut es ging, zu beruhigen. Den Rest des Telefonats übernahm De Groot.

Von den Geschehnissen der letzten vierundzwanzig Stunden und dem, was noch bevorstand, erzählte ihr aber auch De Groot vorerst nichts, um sie nicht noch mehr zu beunruhigen. Als sie sagte, sie wolle mich sofort abholen, erklärte der Kommissar, dass man mich spätestens morgen nach Hause bringen würde. Sie würden mich noch in einer kleinen Sache als Zeuge benötigen. Zwar war meine Mutter nur schwer davon abzubringen, jedoch ließ sie sich schließlich von De Groot überreden, bis zum nächsten Tag abzuwarten.

Man versorgte noch meinen mittlerweile total geschwollenen Fußknöchel und die blutigen Schürfwunden an Händen und Füßen.

Chiara nahm am Nachmittag ihren Job als Ordner tatsächlich auf, was aber dazu führte, dass sie sich anders als erhofft nur außerhalb der Halle aufhalten konnte. Khalid und Pascale bekamen noch Tickets und erschienen zeitig vor der Eröffnungsveranstaltung vor sechzehn Uhr in der Konzerthalle. Ich selbst war zwar gänzlich erschöpft, fand aber keine Ruhe und konnte durch Chiaras Vermittlung auch noch auf den letzten Drücker in zu dem Eröffnungskonzert. Sie hatte es tatsächlich auf ihre unnachahmliche Weise geschafft, mir eine Karte zu organisieren.

In den Nachrichten hatte es weiterhin keine Informationen gegeben. Vor und in der Halle versammelte sich jedoch ein erkennbares Aufgebot an Sicherheitskräften und Polizei. Eine ganze Weile glaubten wir alle noch, dass Mounir gewarnt war und daher nicht erscheinen würde. Aber kurz vor Beginn nahm er seinen Platz an der Anlage im hinteren Bereich der Halle ein. Selbst bei der dämmrigen Beleuchtung konnte man erkennen, dass er elend und nervös wirkte. Auch Khalid und Pascale waren entsetzlich aufgeregt. Das Publikum schien jedoch nichts gehört oder gesehen zu haben. Dann fing die Veranstaltung mit einer fulminanten Lichtshow an. Tosender Beifall. Auf der Bühne erschien der erste und wohl lang erwartete Special Act der Veranstaltung. Ein sehr bekannter DJ. Das Publikum wurde von den elektrisierenden Dance Beats mitgerissen.

Doch plötzlich gab es Tonstörungen, man konnte erkennen, wie Mounir hektisch an der Anlage herumdrehte. Aus dem Publikum erklangen Buhrufe. Mir stand das Herz still und ich fragte mich ernsthaft, ob das meine letzten Sekunden werden sollten.

Was dann geschah – damit hatte keiner von uns gerechnet. Es knackte zuerst, dann hörte man das Kratzen einer

Nadel, unnatürlich laut über die Boxen im Saal übertragen. Aus der Anlage kamen laut die ersten Klänge eines Stücks, das ganz und gar kein Techno war.

Samir Farez sang die ersten Zeilen von *Nem, mon amour…*

Im Publikum war es ganz leise. Auch ich hielt den Atem an. Mounir stand starr vor Schreck an seiner Anlage. Eine ganze Weile schien er nur wie alle im Saal dem Lied zuzuhören.

Als er dann doch fluchtartig sein Pult verlassen wollte, wurde er sofort von zwei Beamten ergriffen.

Irgendwann wummerten wieder die Technobeats. Die Gäste erwachten wie aus einer Hypnose und begannen zu klatschen und zu tanzen. So dachten dann wohl die meisten, es wäre eine ganz spezielle Musikeinlage des DJs gewesen. Von den Geschehnissen an dem Technikpult hatten die wenigsten etwas mitbekommen. Pascale und Khalid folgten sofort den Beamten nach draußen. Kurz gelang es ihnen, zu Mounir durchzukommen. Der brach, als er sie sah, völlig zusammen und ließ sich dann ohne Widerstand abführen. Chiara hatte draußen von alldem nichts mitbekommen. Jedoch auch sie konnte sehen, wie man Mounir herausführte und zu einem Polizeiwagen brachte.

Kommissar de Groot erzählte mir später, dass man noch am Vormittag aufgrund der anonymen Anrufe die Anlagen in allen vier genannten Veranstaltungsorten, aber auch in den übrigen Kneipen und Diskotheken abgesucht hätte. Tatsächlich wurden nur in den vier Hallen Sprengsätze mit Zeitauslöser gefunden. Drei in der Lichtanlage und einer in der Tonanlage. Alles äußerst geschickt versteckt, sodass es bei einem Routinecheck vermutlich nicht aufgefallen wäre. Sie wurden sofort unscharf gemacht, aber nicht ausgebaut, um den Anschein zu erwecken, sie seien noch intakt. Zwei der von uns beschriebenen Männer konnten bei dem Versuch, sich den anderen Veranstaltungsgebäuden zu nähern, festgenommen werden. Einer wäre leider flüchtig. Aber es würde unter Hochdruck nach ihm gefahndet. Meinen Rucksack samt Jacke fand man draußen in den Mülltonnen des von mir beschriebenen Wohnhauses. Es war aber noch alles da, was ich angegeben hatte. Tablet, Handy, CD, eine alte und eine neue Single, ein altes Buch, ein großer Tierzahn und auch eine seltsame Maske. Augenscheinlich hatten Mounir und seine Komplizen kein wirkliches Interesse an dem Inhalt gehabt.

Die Idee, die CD mit *Nem, mon amour* abzuspielen, war De Groot zusammen mit Chiara kurz vor dem Konzert eingefallen. Der Kommissar hatte sie sich selbst vorher angehört und diese Zwischeneinlage dann rasch mit dem DJ abgesprochen. Die Veranstalter und das wichtigste Personal wären vorher ins Vertrauen gezogen worden, damit nichts schief ging. Ziel war es, Mounir mit dem Lied aus dem Konzept zu bringen.

Mounir war direkt nach seiner Festnahme in vollem Umfang geständig. Als er seinen Job verlor und im Drogensumpf fast draufgegangen war, hatte ein Bekannter ihn in Belgien ein paar Mal zu Sitzungen in einer Moschee mitgenommen. Dort war es gelungen, Mounir weiszumachen, dass ihn diese westliche Teufelsmusik krank gemacht hätte. Vor einem Jahr war er erst nach Marokko und anschließend in den Irak gereist. Dort hatte man ihn tatsächlich von seiner Drogensucht befreit, dann aber für den Dschihad ausgebildet und schließlich für diesen konkreten Anschlag instruiert. Seinem Freund Ahmet Hamdan hatte Mounir den Ausweis und die Unterlagen vor vier Wochen gestohlen und sich damit für den Job als Tontechniker beworben.

Mounirs Komplizen waren zunächst weniger kooperativ und zeigten auch keinerlei Reue. Doch hatten sie einhellig gesagt, dass Mounir der Kopf der Terrorzelle war. Erst vor drei Monaten hatte Mounir sie angeheuert. Die Sprengsätze und die Installationen in der Lichtanlage und der Musikanlage stammten aber allein von Salem, so hieß der flüchtige Mittäter. Er wäre wirklich Elektriker. Über seinen möglichen Aufenthaltsort konnten oder wollten die beiden Männer jedoch nichts sagen.

Am meisten haute mich es um, als mir Kommissar De Groot erklärte, dass es keinen A.S. Tory in London oder sonst wo gäbe. Das wäre wohl ein Pseudonym. Auch wenn man natürlich keinerlei Verbindung zu dem geplanten Attentat sehen würde, wäre es schon eine sehr bedenkliche Sache, der sie eigentlich dringend nachgehen müssten.

Aber sicherlich wäre das Ganze, was ich da erlebt hätte, wirklich A STORY. Ob mir dieses Wortspiel nie aufgefallen wäre? Daraufhin konnte ich gar nichts mehr sagen. Ich war vollends baff.

Bevor ich von De Groot nach Hause gebracht wurde, konnte ich mich noch von Chiara, Khalid und Pascale verabschieden. Die beiden Brüder waren schwer mitgenommen. Genauso wie Chiara hatte man auch sie lange verhört. Beide wollten in den Folgetagen den Vater mit der Single im Gepäck besuchen. Von Mounir würden sie vorerst nichts erzählen.

Ich hatte noch eine Stunde Zeit. Chiara und ich setzten uns in ein kleines Café in der Nähe der Polizeistation. Gedankenverloren rührten wir beide in unseren Kakao-Bechern. Chiara sprach als Erste: »War die Reise nun das Abenteuer, das du haben wolltest?«

Ich überlegte. »Das Ende war ganz klar anders als erwartet … Aber ich habe noch nie so viel auf einmal erlebt. Und es war cool, das alles mit dir zusammen herauszufinden. Nein, ich bereue meine Reise nicht.«

Chiara lächelte und ergänzte: »Geht mir genauso. So einen Trip habe ich auch noch nie gemacht. Und das alles wegen einer kleinen alten Schallplatte und eines mysteriösen Herrn …«

»Herr ›Story‹! Ja, ich kann es immer noch nicht fassen!«

»Allora, das ist echt der Hammer! Ich fand ihn trotzdem sympathisch und interessant. Ich werde auch den Eindruck nicht los, dass es noch einen anderen Grund gibt, warum Mr. Tory dich auf Reisen geschickt hat. Ob wir den und seinen wahren Namen nochmals erfahren werden?«

Ich sagte: »Wir werden sehen …«

Chiara schien weiter zu grübeln. »Wie konnte es nur passieren, dass Mounir so etwas Schreckliches geplant hat?«

Ich überlegte. »Mounir hat sich meine chinesische Maske angezogen und mich damit fast zu Tode erschreckt. Vielleicht ist dieser ganze Terror auch wie eine hässliche Maske. Sie erkennen es nur nicht selbst.«

Chiara nickte. »Ja, das Bild ist nicht schlecht. Allerdings kann man Masken wieder abziehen. Ich hoffe, das gelingt Mounir.«

»Das hoffe ich ebenfalls … Irgendwie wollte er wohl auch so eine Art Held sein. Nur auf völlig falsche Weise. Hört sich schräg an, ich weiß.«

»Si, das kann gut sein. Aber ich mag dieses Wort in diesem Zusammenhang gar nicht. Ich bevorzuge eindeutig die guten Helden. Um ehrlich zu sein, ich mag auch Helden, die ein ganz kleines bisschen weniger heldenhaft und dafür aber nett sind … Aber sag mal, wirst du die Geschichte für Tory aufschreiben? Ich würde mich jedenfalls freuen …«

Ich sah sie an. »Ja, das werde ich.«

Es war Zeit zu gehen. Kurz vor meiner Abfahrt drückte Chiara mich fest. Dann grinste sie. »Ciao, mein Wildschweinheld!«

Ich musste lächeln und stieg dann in De Groots Wagen.

Bei der Autofahrt konnten wir im Radio hören, dass man beim alljährlichen Amsterdam Dance Festival erfolgreich einen Anschlag hätte verhindern können. Die Konzerte würden ohne Unterbrechung, aber mit verstärkten Sicherheitsmaßnahmen weitergehen.

Die Ankunft zu Hause am späten Vormittag war dann echt übel. Meine Mutter heulte und schimpfte. De Groot versuchte sie jedoch, so gut es ging zu beruhigen und versicherte ihr, dass ich eigentlich trotz der Gefahren, denen ich mich ausgesetzt hätte, auch eine beeindruckende Reise hinter mir hätte.

Während ich diese letzten Zeilen eingebe, sind zwei Monate vergangen. Mit dem Schreiben habe ich direkt nach meiner Ankunft angefangen.

Tory hat sich sehr bald gemeldet und mir zu der Vereitlung des schlimmen Anschlags gratuliert. Er entschuldigte sich dafür, dass er mich in solche Gefahr gebracht hatte und erklärte, dass seine Kontakte und Recherchen leider diesmal versagt hätten. Allerdings hätte ich es ihm in Amsterdam durch meinen gefährlichen Alleingang leider auch schwer gemacht, rechtzeitig einzuschreiten.

Er schrieb: *»… Ihre Reise war vor allem am Ende nicht mehr so unbeschwert wie die des Taugenichts … ich hoffe dennoch, Sie haben auch gute und gewinnbringende Erfahrungen und Erkenntnisse gesammelt …«*

Das Geheimnis um seinen richtigen Namen lüftete er nicht. Ich wiederum hatte dem Kommissar gegenüber nie genauere Angaben zu Torys Person und Adresse gemacht … dies aber mit dem festen Entschluss, bald selbst noch mehr über ihn in Erfahrung zu bringen …

Chiara will mich im neuen Jahr besuchen kommen. Sie schickt mir fast täglich kleine Nachrichten. Auch Musiklinks und Fotos ihrer Kunstarbeiten. Sie hat sich außerdem an einem Ferngymnasium angemeldet und will versuchen, ihr Abitur nachzuholen.

Catherine war geschockt, als sie von der Wendung erfuhr, die die Geschichte um ihre Platte genommen hatte. Dennoch war sie froh, dass Samir Farez sie bekommen hatte.

Auch den Zettel mit Chans Handynummer habe ich in meinem Rucksack gefunden und mit ihm per WhatsApp Kontakt aufgenommen.

Und noch ein kleines Wunder ist geschehen: Mein Vater hat sich nach langer Zeit aus Kanada gemeldet und sich nach uns erkundigt. Er will uns demnächst endlich wieder besuchen.

Im Deutschunterricht lesen wir gerade den Taugenichts. Mein Lehrer war sehr erstaunt, dass ich das Buch schon kenne. Bei einigen aus meiner Klasse habe ich daher neuerdings den Streberstatus erhalten. Ist mir aber egal.

Den flüchtigen Mittäter hat man zwei Wochen nach dem vereitelten Attentat in Belgien festgenommen.

Von Pascale und Khalid habe ich eine Weile nichts mehr gehört. Bis ich gestern einen Brief von Pascale mit einer Anzeige fand.

Samir Farez

04.05. 1944 - 21.12. 2017

Es wird eine Zeit kommen, da werden alle verstehen.

Es wird einen Weg geben.

Irgendwann. Gott liebt alle.

Wir trauern um unseren Vater:

Khalid, Pascale und Mounir Farez

Ich weiß nicht, ob es noch einmal zu einer Begegnung zwischen Mounir und seinem Vater gekommen ist. Doch die Namen der Brüder unter der Textzeile aus *Nem, mon amour* sagen mir, dass meine Reise und vor allem die Suche nach der Platte einen Sinn gehabt haben.

Hiermit beende ich meine STORY. Ich werde sie morgen an Tory per E-Mail abschicken.

Nachwort

Liebe Leserin, lieber Leser,

es freut mich, wenn du bis hierhin gelesen hast und ich hoffe, dass es eine gute Lesezeit war. Die vorliegende Ausgabe ist eine komplett überarbeitete Neuauflage.

Die Idee zu A. S. Tory ist bereits 2014 entstanden, hat dann lange geruht, bis ich die Geschichte 2017 wieder aufgegriffen und innerhalb von ein paar Wochen in den Sommerferien fertig geschrieben habe. Erst im Sommer 2018 entschied ich mich spontan, sie selbst zu veröffentlichen. Über ein Jahr später habe ich mich ihr nun wieder gewidmet.

Wie es überhaupt zu diesem Buch kam?

Mit Sid gemeinsam habe ich sicherlich, dass ich Reisen, Begegnungen und alte und neue Musik liebe. Mit Tory verbindet mich die Liebe zu Büchern und Geschichten und die Skepsis den neuen Kommunikationsmedien gegenüber, obwohl ich sie selbst sehr gerne und häufig nutze. Den »Taugenichts« wiederum liebe ich wegen seiner Unbekümmertheit. Eine Leichtigkeit, die einem in den Jahren 2015 und 2016 und auch dieses Jahr zeitweise abhandengekommen ist. Ein Hauptgrund dafür, dass das Buch eben diese Wendung erfährt, die manch einer vielleicht als Bruch empfinden kann. Dennoch wollte ich – anders als es eben leider in der Wirklichkeit geschehen ist – dem Ganzen noch ein anderes Ende verpassen. Kein Happy End, aber doch zumindest etwas positiver. Auch habe ich mich besonders 2016 immer wieder gefragt, welche Menschen hinter diesen Geschehnissen stehen, welchen familiären Hintergrund sie haben und welche Umstände einen zu solchen Irrwegen und scheinbar unerklärlichen, und ja, monströsen Taten führen können, und wer hinter der Maske steckt, die sich Mounir angezogen hat …

Die Handlung, alle Personen und auch das Lied *Nem, mon amour* sind frei erfunden. Namensgleichheiten oder Parallelen zu wirklich lebenden Personen sind rein zufällig und daher ohne Bedeutung. Den Ortsnamen »Campeto« gibt es nicht. Er steht für eine Vielzahl ähnlicher Dörfer in der Toskana. Auch das Kloster bei Fréjus, die Diskothek »Le Bleu« oder die Kneipe »Kelly's« existieren nicht.

Den Nachtzug von Hannover bis Paris gibt es leider nicht mehr, ich habe es dennoch bei dieser nächtlichen Fahrt ohne Umstiege oder Wartezeiten gelassen.

Das Amsterdam Dance Festival ist dagegen nicht fiktiv und es findet auch alljährlich statt, doch gilt es zu hoffen, dass es nie Schauplatz eines ähnlichen Plans wird. Allein die sich aus der Geschichte ergebene Jahreszeit und die Reiseroute der Hauptpersonen haben es mich aus rein logistischen Gründen auswählen lassen, doch erscheint mir das gleiche Szenario an jedem anderen beliebigen Ort möglich und daher austauschbar. Da ich persönlich weder Wildschweinjäger, noch Weinbauer, Mönch in einem Kloster oder Terrorabwehrexperte bin, seien mir eventuelle Recherchefehler in diesen Zusammenhängen bitte verziehen.

Diese Neuauflage ist unter dem Eindruck der weltweiten Coronakrise erfolgt. Es ist höchst eigenartig und sehr beklemmend, dass man in all diese Länder, in die Sid reist, aktuell nicht mehr reisen, sich auch hier nicht mehr unbekümmert und ohne Sicherheitsabstand auf neue Begegnungen einlassen kann. Ich hoffe sehr, dass sich das wieder ändert und möglichst viele Menschen diese furchtbare Zeit überstehen. Vielleicht aber lassen sich das Reisen und die Schauplätze des Buches ein bisschen ersatzweise nachempfinden und miterleben.

Ich möchte mich an erster Stelle bei meiner Familie bedanken, die es akzeptiert hat, dass ich seit der Entstehung von A.S. Tory phasenweise in anderen Welten war und auch sonst alle Höhen und Tiefen der Buchveröffentlichung oder -vermarktung ertragen hat. Mein Dank gilt ebenfalls meinen Lesern, die an meinen Protagonisten Gefallen gefunden haben und mich darin bestärkt haben, ihnen auch in Folgebänden weiterhin Leben einzuhauchen. Es ist mittlerweile schwierig, einzelne Namen zu benennen, da es in diesem doch so langen Zeitraum so viele waren, die in unterschiedlichster Weise ihren Anteil hatten. Ich denke aber, ihr wisst, wer gemeint ist, und daher auf diesem Wege ein ganz großes Dankeschön!

Auf jeden Fall will ich Silvia Hildebrandt dafür danken, dass sie sich meinem Bucherstling so professionell und mit sicherem Gespür gewidmet hat und Stefan Hilden für das neue Cover, mit dem es nun auch wunderbar zum zweiten Band von A. S. Tory passt.

Ansonsten freue ich mich natürlich über alle neuen Leser!

Dabei ist stets ein Feedback oder eine Rezension willkommen. Wo und wie? Wer das möchte, kann mich ganz leicht im Buchhandel wie auch auf den verschiedenen Social-Media-Kanälen unter diesem sagenhaften Namen finden.: -)

S. Sagenroth im April 2020

Zitate und Übersetzungen

Anmerkung; Ich habe nicht alles übersetzt. Bei den englischen Sätzen hoffe ich, dass sie zumindest aus dem Kontext heraus verständlich sind.

Eingangszitat: Eichendorff, Joseph von, Aus dem Leben eines Taugenichts, Hans von Weber Verlag, München 1914, Kapitel Sieben, S.75,

1. zitiert aus: ebenda, Kapitel Drei, S. 31

2. Ich bin Bruder Pascale, der einzige marokkanische und katholische Mönch der Region Provence-Alpes-Côte-d'Azur.

3. »Es muss sein, weil er töten wird.« Sid verwechselt das Verb »tuer« (töten) mit »mourir« (sterben).

4. Pierre erwartet euch bei der Bar Kelly's um acht Uhr heute Abend.

5. Es war im Sommer 2015. Eine junge Frau. Mademoiselle Bonnet. Sie kam aus Toulon. Sie hat die letzte Single von Nem, mon amour gekauft.

6. Hallo Catherine, ich bin Chiara. Ich bin 19 Jahre alt. Komme aus Italien und suche verzweifelt nach einer alten Schallplatte mit dem Titel ›Nem, mon amour.‹ Ein Lied von Samir Fares und Marie Giscard. Es gibt dafür einen sehr

wichtigen, fast dramatischen Grund, den ich jedoch nicht mit ein paar Worten erklären kann. Ich traf Pierre Leroc bei St. Tropez und konnte Sie schließlich finden. Ich würde mich sehr über eine Antwort freuen.

7. Hallo Chiara, hier ist Catherine. Deine Nachricht hat mich sehr überrascht. Sie ist so besonders, dass ich gerne mehr darüber erfahren würde.

8. Hallo Catherine, ich könnte es dir besser erzählen, wenn du mir deine Nummer geben würdest. Wenn du mich lieber anrufen willst, das hier ist meine Handynummer.

9. Frejus. Farez. Sehr krank. Wichtig.

10. Nun wollt ihr es bestimmt hören.

11. Samir Farez. Der Vater. Sie gehört ihm.

12. Khalid, Familie, Marrakesch, gefährlich und es tut mir leid.

13. Also, Pascale hat euch geschickt.

14. Ich glaube dir nicht.

Sids Playlist

Heroes – David Bowie

Dream catch me – Newton Faulkner

Princess of China – Coldplay

Human – Rag'n Bone Man

Sound Of Silence – Disturbed

Something Just Like This – The Chainsmokers, Coldplay

Là-bas – Jean-Jacques Goldman, Sirima

Est-ce que tu m'aimes? – Maître Gims

Loin – Maître Gims ft Dany Synthé

I got you babe – Sonny and Cher

Suzanne – Leonhard Cohen

Ride to Agadir – Mike Batt

Uprising – Muse

Insomnia – Faithless

One More Light – Linkin Park

Liebe Leserinnen und Leser, ihr wollt wissen, wer eigentlich Mr. Tory ist und wie es weiter geht? Hier ist der zweite Band:

A.S. Tory und die verlorene Geschichte

Eine E-Mail mit einer Adresse in Venedig, einem Foto aus den Dreißigerjahren und einer Gratulationsanzeige.

Mehr Informationen haben Sid und Chiara nicht, als sie beschließen, die Vergangenheit eines mysteriösen Engländers zu enträtseln. Bei ihrer Suche landen die beiden im alten Ghetto Venedigs, im Wiener Untergrund und in Berlin-Kreuzberg. Nach und nach erforschen sie eine Biografie, die von einer ersten Jugendliebe, allerbesten Freunden, grenzenlosem Hass und Tragik erzählt. Unmerklich verwebt sich die Geschichte mit der Gegenwart und ihnen selbst. Gelingt es, das Puzzle vollständig zusammenzusetzen?

Eine spannende Reise durch die Zeit, nicht nur für Jugendliche.

Seitenanzahl: 276 S.

Erscheinungsdatum: 16.09.2019

Kurze Leseprobe:

Berlin, November 1938 Der Kellerraum war von Dunkelheit und Eiseskälte erfüllt. Ein modriger Geruch lag in der Luft. Boden und Wände waren rußig und feucht, an den Seiten die Umrisse einiger stählerner Regale mit Kisten und Blechdosen. Der Junge öffnete die Augen. Die Sprungfedern der schäbigen Matratze stachen ihm in die Rippen. Vorsichtig richtete er sich auf. Er fror, Schwindel erfasste ihn und Hunger breitete sich als Schmerz in seinem Magen aus. Mit der Zunge fuhr er sich über die aufgesprungenen Lippen. Vor ihm lag eine zerbrochene Schale mit einem letzten harten Brotkanten. Die Kanne war umgekippt. Nur noch ein feuchter Fleck auf dem staubigen Steinboden. Sein schmächtiger Körper tat weh, Arme und Beine fühlten sich taub an. Angst. Mit aller Gewalt kehrte sie zurück. In der Ecke zeichnete sich ein dunkler Haufen ab. Eine Kinderuniform. Ihn ergriff ein Schaudern. Was hatte er getan? Er musste fort. So schnell wie möglich. Hastig langte er in die Brusttasche seiner Jacke und zog zwei zerknickte Fotos hervor. Eine Frau, ein Mann, zwei Kinder. Ein Junge und ein Mädchen. Alle in dunkler Kleidung. Die Hände artig vorne gefaltet. Mit großen Augen starrten die beiden Kinder in die Kamera. Der Mann blickte ernst. Nur die Frau trug ein leichtes Lächeln. Das Blond ihrer Locken stach genauso hervor wie das kurze helle Haar des kleinen Jungen.

Der Mann und das Mädchen waren dunkelhaarig. Im Hintergrund ein Ladeneingang – und ein Schild. Abraham Torani Bücher. Auf dem anderen Foto ein Junge mit fröhlichem Blick, in der Uniform der Pimpfe. Das Mädchen spöttisch lachend mit Dirndl und Zöpfen. Grenzenlose Trauer und Schmerz erfassten ihn. Er streichelte die beiden Bilder und schob sie in die Tasche zurück. Sein Blick fiel auf das winzige, zersplitterte Fenster unterhalb der Kellerdecke. Das offenstehende Gitter klapperte leise vor sich hin. Er stand auf, schritt mit wackligen Beinen auf die Regale zu, fasste nach den stählernen Stützen, suchte auf den Einlegeböden Halt und kletterte empor, bis er inmitten von Glassplittern vor der kleinen Kellerluke hockte. Das Metallregal quietschte und scheppernd fiel eine Dose zu Boden. Er drückte den rostigen Metallriegel zur Seite und riss das Fenster auf. Licht und kalte Luft strömten ihm entgegen, dann zwängte er sich mühsam und mit letzter Kraft durch die schmale Öffnung. Er blinzelte. Seine Augen tränten. Der Junge versuchte, sich aufzurichten. Seine Beine zitterten. Ein eisiger Wind streifte ihn, bevor er zusammenbrach. Er merkte nicht mehr, wie jemand ihn hochnahm und davontrug …